TITUS
VERLAG

Das Buch

»Ich schlurfe durch die Gänge auf der Suche nach einem sicheren Schlafplatz. Denn ich brauche Kraft. Viel Kraft. Für morgen. Für den 56. Stock.

Doch am meisten Kraft brauche ich für eine Antwort.

Eine Antwort auf die Frage: ›Kennen Sie … den Darkside Park?‹«

Das Autorenteam

18 Geschichten, drei Bücher, sechs Autoren und ein düsteres Geheimnis, das alles umschließt – mit diesem ungewöhnlichen und bereits mehrfach preisgekrönten Konzept beschreitet Ivar Leon Menger einmal mehr neue Pfade. Gemeinsam mit den Autoren Hendrik Buchna, John Beckmann, Christoph Zachariae, Raimon Weber und Simon X. Rost entwirft er das vielschichtige Panorama einer Stadt, die ganz im Bann einer alles entscheidenden Frage steht: »Kennen Sie den Darkside Park?«

Weitere Informationen im Internet unter **www.titus-verlag.de**
oder auf der Webseite der Serie **www.darksidepark.de**

Darkside Park

Drittes Buch

Das letzte Geheimnis

von

Ivar Leon Menger

TITUS
VERLAG

Druck und Bindung:
AALEXX Buchproduktion, Großburgwedel

Lektorat Buchformat und Buchsatz:
Sascha Ehlert

Fotos:
iStockphoto

Gestaltung Cover:
Ivar Leon Menger

1. Auflage 2010

Bibliografische Information der Deutschen Bibliothek
Die Deutsche Bibliothek verzeichnet diese Publikation in der Deutschen Nationalbibliografie; detaillierte bibliografische Daten sind im Internet über http://dnb.ddb.de abrufbar.

ISBN 978-3-942277-10-5

Prolog

WILLKOMMEN IN PORTERVILLE, der freundlichen Stadt im Herzen von Maryland. Es ist mir eine Ehre, Sie als Gast bei uns begrüßen zu dürfen. Seien Sie versichert: Wir werden alles tun, um Ihren Aufenthalt so angenehm wie möglich zu gestalten.

Getreu dem Leitspruch unserer Stadt: »Pflücke den Tag wie eine reife Frucht, aber drücke niemals den Knopf des 56. Stockwerks.«

Doch lassen wir nun einige Beteiligte unserer großen Geschichte zu Wort kommen …

Augen der Nacht

von Simon X. Rost

ICH BIN COOL. Ich bin ein vernünftiger Typ. Wirklich, da können Sie jeden fragen. »Jason Hincks ist vernünftig«, wird es heißen.

Das muss man in meinem Job auch sein. Ein Profi. Sonst überlebt man das Business nicht lange. Glauben Sie mir. Ich bin ein Profi. Und sehr vernünftig. Aber man darf es nicht zu weit mit mir treiben. Irgendwo hab auch ich meine Grenze. Und die sollte man, zum Henker noch mal, nicht überschreiten. Sonst wird's böse. Ganz böse. Wie damals bei Nicky. Aber das ist lange her und eine andere Geschichte.

Inzwischen hab ich mich besser im Griff. Ich bin cool. Das muss man in meinem Job auch sein, sonst … aber das sagte ich ja bereits.

Es ist halb eins in der Nacht. Ich schiebe den Karton mit kalten Reisnudeln zur Seite, ziehe den Gürtel an meinem schwarzen Seidenkimono mit dem chinesischen Drachen darauf straff, steck mir eine an und kümmere mich dann wieder um den Bunsenbrenner und die Glaskolben auf dem mit Brandlöchern übersäten Tisch in meiner Werkstatt. Was ich da mache?

Ich reduziere das L-Ephedrin mit Natrium in flüssigem Ammoniak zu DMA. Crystal Meth oder auch Ice genannt. Ein Traum von einem Drogenrausch. Aber sind wir mal ehrlich: Das Zeug ist ein Auslaufmodell in meinem Angebot, weil die Kunden einfach nicht damit umgehen können und es die unangenehme Begleiterscheinung hat, die Schleimhäute im Gesichtsbereich zu zersetzen. Was soll ich sagen? Nach einem halben Jahr auf dem Zeug siehst du älter aus als dein eigener

Opa, und dein Körper ist noch so leistungsfähig wie der von diesem Physiker im Rollstuhl. Dieser kleine Verkrüppelte. Sie wissen schon. Nur dass du weit davon entfernt bist, 'nen Nobelpreis zu bekommen. Nach einem halben Jahr auf Crystal ist deine Birne so weich, als hättest du sie drei Minuten bei tausend Watt in der Mikrowelle gegart.

Solche Leute habe ich nicht gerne vor meiner Haustüre, und ich treff mich auch nicht gerne mit ihnen in den dunkleren Gassen von Porterville, um ihnen den Stoff zu verkaufen. Aber was soll ich sagen? Die Kundschaft verlangt danach und sie zahlt gut. Das Ephedrin extrahiere ich übrigens aus Schnupfensprays, die es rezeptfrei in jedem Drugstore gibt, weil mir der Weg über den Schwarzmarkt in Mexiko zu gefährlich ist. Habe ich schon erwähnt, dass ich sehr vernünftig bin?

Ich bin aber auch ein Verfechter von Qualität, müssen Sie wissen, und deswegen wird alles, was ich selber herstelle, zuerst von mir selbst ausprobiert, bevor es an die Kundschaft rausgeht. Ich nehme natürlich nicht viel. Ich bin ja nicht bescheuert. Aber das bin ich den Kunden einfach schuldig. Und ich muss sagen, dass mir das Crystal heute besonders gut gelungen ist.

Das habe ich von meinem Vater. Nicht das Crystal. Aber das Probieren. Und die Liebe zur Kundschaft. Die Herstellung und der Verkauf von Drogen hat in meiner Familie eine lange Tradition. Mein Vater hat sie noch innerhalb der gesetzlichen Bestimmungen betrieben. Wir hatten eine Apotheke, die beste in Porterville, Hincks Apotheke am Cleveland Drive, und mein Daddy hat sich immer gewünscht, dass sein kleiner Jason einmal sein Nachfolger wird. Das bin ich auch geworden, allerdings anders, als mein alter Herr sich das gedacht hat.

Daddy hat den alten Damen ihre Appetitzügler verkauft. Natürlich ging es dabei nur ums Abnehmen und nie um die Amphetamine in den Pillen. Natürlich. Wir wollen doch den alten Damen nicht ein dezentes Drogenproblem unterstellen! Und bei ihren Valium-Tabletten ging es immer nur um den gesunden, ruhigen Schlaf, weil Mamis kleiner Sohn nach Kuwait verlegt worden ist und sie seitdem kein Auge zubekommt. Kuwait, ich bitte Sie, da hat man natürlich Verständnis. Und für ein gemischtes Doppel aus Aufputschmittel und dem Zeug, das einen wieder runter bringt, natürlich auch.

Daddy hat keine Fragen gestellt, und ich tue es auch nicht. Was geht's mich an, was meine Kunden mit meinen Produkten machen? Ich bin nicht ihr Arzt, nicht ihr Pfarrer und nicht ihre Eltern. Ich bin Geschäftsmann, und ich verkaufe ihnen alles, was sie brauchen, um aus Porterville einen bunten, abwechslungsreichen Ort voller guter Laune zu machen, falls ihnen ihre gute Laune abhanden gekommen ist. Bei mir bekommen sie Poppers, Speed, Hasch, Koks, LSD, GHB, MDMA, Ecstasy, Diazepam und eben Crystal. Aber kein Heroin oder Crack. Das passt nicht nach Porterville, finde ich.

Das Telefon klingelt und ich gehe aus meinem Labor, schiebe die Geheimtür zu und nehme die steile Holztreppe, die aus dem Keller nach oben führt. Das Haus sieht immer noch aus wie früher, als meine Eltern noch lebten. Eine hellblaue Tapete mit aufgedruckten Magnolienblüten, pseudoantike Tischchen und ein hellbraunes Cordsofa. Würden nicht überall leere Pizzaschachteln, volle Aschenbecher, DVD-Hüllen und meine dreckigen T-Shirts rumliegen, könnte man meinen, Mum würde noch in der Küche stehen und Hackbällchenauflauf kochen. Und Dad würde gleich zur Haustüre reinkommen, seine Tasche auf den Sekretär im Flur legen und sich dann mit der ›Porterville Times‹ auf das Sofa setzen, um kurz darauf mit strengem Blick über seine randlose Brille zu starren und mich nach der Fünf in Mathe und dem Schulverweis wegen dem Hasch zu fragen. Aber das ist schon vorbei. Das hab ich zum Glück hinter mir.

Das Crystal lässt in seiner Wirkung noch nicht richtig nach, aber weil um diese Zeit eigentlich nur Kunden anrufen und ich für meine Kunden immer einen besonders aufgeweckten Eindruck machen will, schiebe ich mir ein kleines Löschpapierchen auf die Zunge und genieße die fast sofort einsetzende Wirkung, als ich den Hörer abnehme.

»Hallo?«

»Bist du das, Jason?«

»Wer sollte sonst an mein Telefon gehen, Big J.?«

Big J. ist einer meiner Kunden aus den besseren Kreisen von Porterville, der nicht will, dass sein tatsächlicher Name am Telefon fällt. Er hält sich und seinen Job wahrscheinlich für ziemlich solide. Aber sein mintgrüner Anzug spricht Bände, wenn Sie mich fragen, und sein Konsum ist in letzter Zeit ziemlich aus dem Ruder gelaufen. Aber was soll's? Jedem Tierchen sein Pläsierchen, und Big J.'s Pläsierchen ist eben Koks.

»Hast du noch Seidenhemden?«

»Klar hab ich Seidenhemden, aber meinst du nicht, du solltest etwas kürzer treten, Big J.?«

Pause. Ich höre, wie Big J. nach Luft schnappt, und grinse mir eins. Solche Töne ist er von mir normalerweise nicht gewöhnt.

»Was soll das, Jason? Misch dich da nicht ein! Ich hab alles im Griff. Also, was ist? Hast du Seidenhemden für mich, ja oder nein?«

»Nein.«

»Nein? Aber …«

»Außer du bezahlst deine letzte Lieferung, Big J. Ich bekomm noch zwei Riesen von dir.«

Wieder eine Pause. Big J. seufzt.

»Ich weiß. Hör mal, morgen wird bei mir ein Vertrag unterschrieben, und ich bekomme einen Scheck über viertausend. Dann bekommst du deine Kohle.«

»Dann komm morgen wieder.«

Big J. antwortet nicht. Ich höre so etwas wie Schluchzen am anderen Ende der Leitung. Weint der Typ jetzt etwa?

»Hör zu, Jason. Wir sind doch Kumpels, oder? Ich hab doch immer pünktlich gezahlt, oder nicht? Hör mal, wie sieht's aus, brauchst du 'ne Wohnung? Ich kann dir 'ne Wohnung besorgen, wenn du willst, ich …«

»Ich brauch keine Wohnung, Big. J, ich wohn im Haus meiner Eltern, schon vergessen?«

Das Acid kickt jetzt richtig rein, und meine geschärften Sinne lassen mich hören, wie sich Schritte meiner Haustüre nähern. Ich erwarte keine Kunden und das Geräusch gefällt mir nicht. Big J. labert irgendeinen Scheiß, aber ich würg ihn ab.

»Ruf an, wenn du Kohle hast, Big J., dann zahlst du deine Schulden, und wir reden weiter.«

»Aber Jason …«

Klick. Ich hab aufgelegt. Ich habe keinen Bock auf unangekündigte Besuche, vor allem nicht von den Bullen. Mit zwei Schritten bin ich am Fenster und schiebe die Gardine mit den stockigen Nikotinflecken zur Seite. Auf der Straße ist kein Auto zu sehen. Auch kein Bullenauto. Vor meiner Haustür steht ein schmächtiger Typ, der eine Braut zu stützen scheint. Junkies? Penner? Jedenfalls nicht meine Kundschaft. Es klopft an der Tür. Warum klopfen die? Warum klingelt er nicht? Die Braut kann sich kaum auf den Beinen halten. Haben die was von mir genommen, und es ist schiefgelaufen? Mein Herz schlägt knapp unter meiner Kinnlade. Ich hab keinen Bock auf diesen Scheiß. Ich bin cool, ich bin vernünftig, aber ich brauche diesen Scheiß nicht.

»Jason?«

Er hat leise gerufen, und die Stimme kommt mir vage bekannt vor. Aber ich weiß nicht, woher ich sie kenne und auch nicht, ob ich etwas Angenehmes oder etwas Bedrohliches mit ihr verbinde. Im fahlen Mondlicht blitzt eine Nickelbrille auf.

»Jason Hincks!«

Wieder ruft er, diesmal etwas lauter. Der Typ scheint nicht aufzugeben. Wenn er mit dem Klopfen nicht aufhört, wird bald Mrs. Wilbur von gegenüber wach, und die hat mich eh auf dem Kieker. Ich muss diesen Scheiß beenden. Jetzt. Mit zwei weiteren Schritten bin ich am Sekretär im Flur, greife unter die Tischplatte und schiebe den Messingknopf zu Seite. Das Geheimfach fand ich schon mit sieben Jahren cool, als mein Alter das Teil anschleppte. Ich zieh mein Baby aus Österreich hervor. Eine Glock 17C, Kaliber 9, 19 Schuss, die mir ein Kunde mal anstatt von Dollarscheinchen gegeben hat, um zu bezahlen. Ich hab geflucht und den Typen zur Sau gemacht, aber genommen habe ich sie trotzdem. Und genau jetzt könnte der Moment gekommen sein, wo ich sie brauche. Ich entsichere das Ding und gehe zur Tür. Der Typ davor hämmert noch immer gegen das Türblatt.

»Jason? Jason, mach auf!«

»Was willst du hier, du Penner? Hau ab!«

Kurze Stille hinter der Tür.

Dann: »Jason? Bist du das, Jason?«

Sind heute eigentlich alle bescheuert? Zuerst wählt Big J. meine Nummer und will wissen, ob ich das bin, der rangeht, und jetzt dieser Penner, der an meine Tür klopft.

»Verpiss dich, du Arschloch!«

»Jason, ich bin's. Martin Prey. Aus der Highschool, du weißt schon.«

»Martin?«

Das Bild eines schmächtigen Typen mit Brille und Pickeln taucht vor meinem inneren Auge auf. So einer mit Büchern unter dem Arm und 'ner Collagejacke, die zwei Nummern zu groß ist. Einer der Nerds, die nix mit Frauen am Hut haben, weil Frauen nix mit ihnen am Hut haben. Und der um mich und meine schon damals offensichtlichen Beschaffungstalente in puncto Stimmungsaufheller immer einen großen Bogen gemacht hat. Was will der vor meiner Tür?

»Bitte mach auf, Jason! Ich brauche deine Hilfe«, quakt der Typ, als hätte er gerade meine Gedanken gelesen.

Seine Stimme ist brüchig, er steht kurz vor den Tränen. Was ist nur heute mit den Leuten los? Was hab ich diesem Tag angetan, dass er mir so auf den Kopf scheißt?

»Hau ab, Martin! Ich kann dir nicht helfen, und ich brauch keinen Besuch!«

»Bitte, Jason. Ich weiß nicht, zu wem ich sonst gehen sollte. Sarah geht es schlecht. Bitte!«

Er ist laut geworden. Seine Stimme klingt fast ein wenig hysterisch. Ich muss den Scheißer von der Straße bringen, sonst macht mir Mrs. Wilbur die Hölle heiß, und in Nullkommanix stehen die Cops vor meiner Tür. Ich hasse es, wenn Cops vor meiner Tür stehen. Hab ich schon gesagt, dass ich vernünftig bin? Ich schiebe den Riegel auf und hänge die Kette ab, öffne die Tür einen Spalt breit und sehe das Gesicht der Alten, die in Martins Arm hängt. Sie ist total im Arsch. Martin selber sieht kaum besser aus. Er ist verschwitzt und hat Kratzer im Gesicht. Das Glas seiner Brille hat einen Sprung, und der Typ sieht einfach nur fertig aus, wie er mich so flehend anguckt und etwas wie ein schiefes Lächeln versucht. Ich pack ihn am Kragen und zieh ihn rein, nachdem ich mich vergewissert habe, dass niemand auf der Straße ist.

»Gott sei Dank, Jason, du rettest mir das Leben, ich …«

»Halt die Schnauze, und setz dich mit der Alten da drüben aufs Sofa!«

Martin gehorcht. Er schiebt einen Stapel Pornos vom Sofa und lässt die Frau draufsinken. Er selber bleibt auf der Lehne sitzen. Ich stecke die Glock in die Tasche meines Kimonos und hole eine kleine Dose aus derselben Tasche heraus. Ich lasse eine Pille in meine Hand gleiten. Auf dem Esstisch steht noch ein angebrochenes Bier, und mit einem abgestandenen Schluck spüle ich den kleinen Stimmungsaufheller runter. Ich bin vernünftig, aber ich kann dringend etwas bessere Laune gebrauchen.

»Was ist?«, schnauze ich Martin an. »Was willst du hier, Martin? Warum klopfst du mitten in der Nacht an meine Tür und bringst irgendeine total fertige Alte mit, als hätten wir uns nicht fünf Jahre nicht gesehen? Hm?«

»Es tut mir leid, Jason, aber ich wusste wirklich nicht, zu wem …«

»Scheiße, habt ihr den Gestank mit reingebracht? Ist sie das, die so stinkt?«

Ich halte mir den Seidenärmel vor die Nase, weil es nach einer ekelhaften Mischung aus Kotze und Müll riecht. Und jetzt, wo ich die Alte genauer unter die Lupe nehme, fällt mir auf, dass ihre Klamotten total zerrissen sind. Sehen aus wie Krankenhaus-Kleidung. Sie starrt leblos vor sich hin. Ich kenne diesen Blick.

»Scheiße, Martin, hat die Alte Crack genommen? Hast du mir ’n gottverdammten Crack-Junkie angeschleppt?«

Martin bekommt rote Flecken im Gesicht.

»Nein, Jason, hör zu: Sie ist keine Süchtige. Sie ist fertig und durcheinander. Sie war eingesperrt. Sie ist total am Ende, verstehst du. Aber wir müssen weiter, und sie muss irgendwie durchhalten, und ich dachte … ich dachte, ich komme her, weil … weil du ja früher …«

»Weil ich ihr was geben kann, damit sie durchhält. Ist es das, was du von mir willst, Martin?«

Martin nickt stumm. Er pult etwas aus seiner Regenjacke hervor. Benjamin Franklin lächelt mir von Dollarscheinen aus zu. »Ich … ich kann auch bezahlen.«

Ich hebe die Hände wie ein Priester in der Messe. Ich glaube, Martin erzählt Scheiße, aber was soll’s? Ein spätes Geschäft an der Haustür ist nicht zu verachten, und wegen mir kann er erzählen, was er will.

»Okay. Okay, okay. Ich werde jetzt mal die absolute Frechheit ignorieren, dass du hier mitten in der Nacht mit diesem Wrack aufkreuzt, und einfach so tun, als wären wir alte Freunde. Hm, Martin? Und dann geb ich der Alten ein bisschen Speed, keine Sorge, nur ein leichtes Aufputschmittel, und dann haut ihr zwei wieder ab und kommt nie wieder. Hab ich das richtig verstanden?«

Martin nickt wieder stumm. Die fertige Alte hebt schwach ihren Kopf, und zum ersten Mal sehe ich ihre Augen. Ich zucke zusammen. Solche Pupillen habe ich noch nie gesehen. Nicht klein und lichtempfindlich, wie man es bei einem Junkie erwarten würde, sondern groß, unglaublich groß, sie scheinen fast die ganze Iris zu füllen. Und sie fixieren mich, dass ich das Gefühl kriege, sie bekommt doch alles mit und dazu mehr, als mir lieb ist. Ich drehe mich um, gehe zum Küchenschrank und ziehe Mums Mehldose raus. Ich grabe kurz im Mehl, dann finde ich die kleine Plastiktüte, hole eine gelbe und eine rote Pille raus und kehre mit einem Glas voll Wasser zurück zum Sofa.

»Hier.«

Ich strecke ihr die Gelbe und das Wasserglas hin, und Martin nimmt beides entgegen und flößt es ihr ein. Er hält mir einen Schein hin, und ich stecke ihn ein, mit dem Wissen, dass er viel zu viel bezahlt, aber offensichtlich keine Ahnung hat. Dann sieht Martin mich aus unruhig flackernden Augen an.

»Ich ... kann dir noch mehr Geld geben, Jason. Ich muss ein, zwei Tage irgendwo unterkommen. Mit ihr.« Seine Augen zucken kurz zu ihr rüber.

»Ich bin kein Hotel, Martin. Geh ins ›Olympic Regent‹.«

»Ich ... wir können nicht ins Hotel. Bitte. Wir ...«

Draußen fährt ein Auto vor. Was ist denn heute nur los hier? Ich drehe mich um und will zum Fenster, aber da ist Martin schon an mir vorbei gestürmt und hat die Gardine zur Seite geschoben. Scheiße, was geht denn hier ab?

»Martin, kannst du mir mal erklären …«

»Das sind sie. Verdammt! Das sind sie, verstehst du?«

Ich verstehe gar nichts. Das Auto ist ein dunkelblauer Pontiac. Drinnen kann man die Silhouetten von zwei Personen erkennen.

»Wer, zur Hölle, sind ***sie***, hm??«

Martin packt meinen Kimono am Kragen. Seine Stimme ist kaum mehr als ein heiseres Flüstern.

»Die vom ›Kennedy Medical Center‹! Die von der Stadt, verstehst du? Die suchen uns. Mich und Sarah!«

»Die von den Klapsen suchen euch, Martin? Jetzt wird mir einiges klar. Du hast sie aus der Klapse entführt, oder wart ihr da zusammen? Ist auch egal. Hör mal, nimm deine Kohle und die Pillen und die Alte und verpisst euch, klar? Ich hab keinen Bock auf diese Paranoia-Scheiße. Das da draußen ist ein stinknormaler Pontiac, keine Bullen, kein weißer Transporter mit Klapsen-Aufkleber, sondern vermutlich nur ein Pärchen, das ungestört vögeln will und …«

Scheiße. Bei Mrs. Wilbur gegenüber ist Licht angegangen. Aus dem Pontiac steigen zwei Typen in Anzügen aus, groß, dunkel und gehen zu ihrer Tür. Ich kenn die Sorte und sie gefällt mir nicht. Drogencops sehen so aus. D.E.A. vielleicht, vielleicht Zivilermittler vom F.B.I.. Scheiße … Scheiße, Scheiße, Scheiße.

»Wir müssen weg!«

»Was?«

Martin starrt mich panisch an, als ich die Glock und das Pillendöschen aus dem Kimono nehme, mir das Ding runterreiße und eine Lederjacke überwerfe. Täusche ich mich, oder fährt da draußen gerade ein zweiter Wagen vor?

»Los, schnapp dir deine Alte, und weg hier! Hinten geht's raus!«

Martins Blick zuckt noch einmal zum Fenster, dann nickt er und geht zum Sofa, wo langsam Leben in die Alte zu kommen scheint. Das Speed beginnt bei ihr zu wirken, und ich stelle fest, dass nicht nur sie fitter werden muss, sondern auch ich. Verfluchte Mrs. Wilbur! Ich lege mir noch ein Löschpapierchen auf die Zunge, während ich das Sofakissen aufreiße und die eingeschweißte Plastiktüte mit den Dollarscheinen und dem Koks in meine Jacke stopfe. Vorne an der Eingangstür sind bereits Schritte zu hören. Ich dränge Martin und die Alte zum Hinterausgang. Es klopft.

»Mr. Hincks? Machen Sie auf! Porterville Police Department. Wir wollen nur mit Ihnen reden!«

Ich aber nicht. So leise es geht, drücke ich die Klinke der Tür hinunter, die zur Garage führt. Die Garage geht nach hinten raus, und die kurze Auffahrt führt nicht zur

Bedford Lane, wo der Hauseingang ist, sondern zur Knox Road hinter dem Garten. Keine Ahnung, warum mein Alter das so wollte, aber nicht zum ersten Mal finde ich es ziemlich praktisch. Ich nicke Martin mit dem Kinn zu, dass er die Alte hinten in den Wagen setzen soll. Ich hab keinen Bock auf ihre Gesellschaft, aber noch blöder wär's, die Bullen finden zwar nicht mich, aber dafür eine völlig zugedröhnte Alte auf meinem Sofa. Ich blockiere die Tür zwischen Garage und Haus mit einem alten Bürostuhl und haste zum Wagen.

»Mr. Hicks? Aufmachen! Sofort!«

Noch bevor ich in den rotschwarzen Chevrolet Camaro gestiegen bin, höre ich bereits das Holz von der Eingangstür splittern. Scheiße, die fackeln nicht lange! Ich lasse den Wagen an und drücke auf die Fernbedienung für das Garagentor, aber das Scheißding geht viel zu langsam auf. Im Haus sind Schreie und Schritte zu hören, dann wird an der Tür zur Garage gerüttelt und der Bürostuhl wackelt hin und her. Das Garagentor ist immer noch nicht ganz auf, als diese Bastarde tatsächlich zu schießen beginnen! Bamm! Und noch mal: Bamm! Die Türklinke fetzt zur Seite und der Bürostuhl fällt um.

»Scheiße! Festhalten!«, schreie ich und drücke das Gaspedal voll durch. Das Dach des Camaro schabt funkensprühend unter dem immer noch nicht ganz geöffneten Garagentor durch, als ich im Rückspiegel sehe, wie zwei Typen in die Garage stürmen und auf uns anlegen.

»Shit! Runter!«, brülle ich Martin an, als auch schon eine Kugel die Heckscheibe zerlegt und dann mit dumpfem Schlag irgendwo im Blech stecken bleibt. Diese Wichser! Meine Heckscheibe! Ich verreiße das Lenkrad, mähe die Büsche im Vorgarten der Nachbarn um, aber kann den Wagen wieder abfangen und auf die Knox

Road bringen. Im Rückspiegel sehe ich, wie die zwei Arschlöcher auf die Straße rennen und weiter auf uns schießen. Einer hat sich hingekniet. Ich höre die Kugeln dicht am Fahrzeug vorbei in den Asphalt einschlagen. Die schießen auf unsere Reifen! Martin packt mich am Arm und deutet nach vorne.

»Da!«, schreit er und deutet auf einen weißen Pontiac der rückwärts aus der Bedford Lane schießt und mit seinem Heck genau auf uns zuhält. Scheiße! Der zweite Wagen! Ich reiße das Steuer rum, aber die Cops erwischen uns trotzdem. Der Pontiac touchiert mein Heck. Wir werden durchgeschüttelt und der Camaro beginnt zu schleudern. Martin schreit auf, aber ich kenne mein Baby in- und auswendig. Wir haben eine halbe Drehung hinter uns, als ich gegenlenke, und als der Wagen einen Dreiviertelkreis hinter sich hat, reiße ich rum, drücke das Pedal wieder durch, und wir schießen die Bedford Lane hinab in Richtung Innenstadt.

»Fuck!«

Ich gucke in den Rückspiegel, aber die Penner im weißen Pontiac versuchen immer noch umzudrehen, ich gebe mehr Gas, ignoriere die roten Ampeln und schieße über die nächsten beiden Kreuzungen. Um die Zeit ist eh keiner unterwegs.

»Fuck, Fuck, Fuck!«

Martin dreht sich um und sieht nach der fertigen Alten auf dem Rücksitz. »Wie haben die uns so schnell gefunden, Sarah?«

Sie wirkt jetzt wach, kein Wunder, nach der Gelben fühlt sich jeder wach, aber reden kann das Weib wohl immer noch nicht.

»Das waren Drogencops, Martin. Die suchen nicht nach euch. Die suchen nach mir! Scheiße.«

»Was machen wir jetzt?«

»Ich muss weg, raus aus der Stadt. Wenn die das Haus durchsuchen, dann bin ich am Arsch, verstehst du?«

»Niemand kommt aus der Stadt, wenn sie es nicht wollen!«

»Hör auf mit dieser Paranoia-Scheiße, Martin! Das sind ganz normale Cops, und mit dieser Karre komm ich überall hin, wenn ich will!«

Ich tätschele das Lenkrad des Camaro. Das verdammt nochmal beste Auto, das Chevrolet je gebaut hat, wenn Sie mich fragen.

Vierte Generation, Z28 mit dem 5,7-Liter-V8-Motor der Corvette, okay: gedrosselt auf 275 PS, aber mit 275 PS kommt man schon ein Stückchen weit. Auf die auffällige rotschwarze Lackierung könnte ich allerdings im Moment verzichten, aber man kann nicht alles haben.

»Da vorne!«

Martin deutet auf den Beresford Drive, einen Block weiter. An den Hochhauswänden sieht man den Widerschein blauroter Polizeilichter, und wenig später höre ich die Sirenen, als die Fahrzeuge über die Kreuzung rasen.

»Die suchen uns!« Martins Stimme ist jetzt ganz ruhig.

»Scheiße, Mann, ich bin doch nur ein kleines Licht! Nur ein scheißkleiner Dealer! Lasst mich in Ruhe, ihr Arschlöcher!«

Ich biege rechts ab, gebe wieder Gas und biege noch mal ab. Wir sind jetzt in Downtown. Der Hudson Tower erhebt sich über uns wie eine silberne Nadel in der Dunkelheit. Der Camaro schießt an einer endlosen Reihe von Bars und kleinen Geschäften vorbei. Die Sirenen werden leiser.

»Da vorne ist die Ecke Brackett- und Congress Street. Wenn wir da rüber kommen, sind wir schon so gut wie auf dem Highway. Und dann: Adios, Porterville!«

Martin nickt, aber der kleine Freak zweifelt, das kann ich an seiner verkniffenen Visage ablesen. Ich lange in meine Jacke und fühle das kleine Plastikdöschen neben dem kühlen schweren Griff der Glock. Ich bin ein vernünftiger Typ, aber man darf es nicht zu weit mit mir treiben. Jeder hat seine Grenze. So wie ich damals bei Nicky. So weit darf's nicht kommen, denke ich mir, aber ich muss jetzt wach bleiben und schüttle eine Pille aus dem Döschen. Ich hasse es, Pillen ohne was zu trinken runterzuschlucken, davon muss ich würgen, aber vielleicht … ich beuge mich rüber und öffne das Handschuhfach. Der Camaro schießt über die Brackett Ecke Wembley, und ich ziehe eine jungfräuliche Bierdose aus dem Handschuhfach! Jawoll! Mein Glück hat mich nicht im Stich gelassen! Ab jetzt wird alles besser, ich weiß es, es wird besser, weil ich ein vernünftiger Typ bin. Martin starrt mich an, als ich die Dose zwischen meine Schenkel stelle und sie aufreiße, aber er war schon immer ein Spießer. Das Bier schäumt wie verrückt, kein Wunder nach dem Zusammenstoß vorher, und meine Jeans wird nass.

»Fuck!«

Egal, ich setze die Dose an, lege den Kopf in den Nacken und spüle die Pille herunter. Allmählich gefällt mir der Abend wieder. Alles wird glattgehen. Ich spüre es einfach.

»Pass auf!«, schreit Martin, weil irgend so ein Penner seinen Einkaufswagen mit Müll und Klamotten quer über die Straße schiebt und der Idiot nicht schneller macht, als wir kommen, sondern auch noch stehenbleibt. Der Penner springt aus dem Weg, aber sein Einkaufswagen hat weniger Glück, und der Camaro fetzt das Ding zur Seite, bis es mit einem hässlichen Geräusch in einem am Straßenrand geparkten Wagen stecken bleibt. Mann, war das geil! Saugeil sogar, und ich lach mich halb tot darüber! Martins linke Hand hat sich in den Sitzbezug gekrallt und mit seiner Rechten hält er sich krampfhaft an dem Griff über der Beifahrertür fest, was mich noch mehr lachen lässt, aber der alte Langweiler hat schon wieder ein Problem.

»Da vorne, Jason!«, schreit er und deutet auf die Kreuzung. Zwei Polizeifahrzeuge sind quer darauf geparkt und zwei Cops entrollen etwas, das wie ein Nagelteppich aussieht. Zwei weitere Cops haben sich hinter den Motorhauben verschanzt, und wenn ich mich nicht sehr täusche, dann sind das Pumpguns, die sie in ihren Händen halten. Was ist mit den Bullen heute Nacht nur los? Was hab ich diesen Scheißern nur getan, kann mir das mal jemand sagen? Aber ich lasse mir meine gute Laune nicht verderben.

»Halt dich fest, Martin, das wird jetzt ein wenig ruppig!«, warne ich den Langweiler.

Ohne vom Gas zu gehen, ziehe ich den Camaro rüber auf den Gehweg vor den Geschäften. Martin schreit. Ich habe vielleicht 20 Zentimeter Platz auf jeder Seite und jage den Camaro zwischen den Laternenpfählen und den Schaufensterscheiben durch. Ich fetze ein halbes Dutzend Mülleimer und leere Zeitungsständer zur Seite. Scheiße noch mal, mein Kühler muss inzwischen vielleicht beschissen aussehen. Martin schreit weiter. Die fertige Alte hinten sagt gar nichts. Sie starrt nur wie ferngesteuert auf die Straße, wo sich die Cops überrascht zu uns umdrehen und hilflos ein paar Schüsse hinter uns herjagen, die jedoch nicht uns, sondern Schaufensterscheiben treffen, die in einem Hagel aus Scherben auf den Gehweg stürzen.

»Yeeeeeaaahhhh!«, brülle ich, als wir an ihnen vorbei sind und ich die Auffahrt zum Highway hinaufbrettere und dann noch mal: »Yeeeaahhh, Martin, wir haben's geschafft, Alter!«

Aber Martin scheißt sich immer noch ein. Langsam macht der Langweiler mir schlechte Laune. Er stiert vor sich hin und murmelt komisches Zeug.

»Woher wussten die, wo wir sind? Woher wusste Dr. Barrett das?«

»Barrett? Wer zum Henker ist Dr. Barrett?«

»Der Anstaltsleiter vom ›Kennedy Medical‹. Er steckt dahinter, er lässt uns suchen!«

»Der Chef von der Klapse? Marty, Marty, Marty. Du musst mit dieser Paranoia aufhören, verstehst du? Wir haben's geschafft, comprende? Wir sind raus aus Porterville! In sechs Meilen kommt die Interstate, und dann fahren wir nach Florida oder nach Kalifornien und sehen dieses miese Kaff nie wieder, verstehst du? Du musst endlich mal ... Scheiße, was macht das Arschloch denn da?«

Ich steige voll in die Eisen, weil vor mir so ein bescheuerter Lastwagen auf der Mittelspur der Landstraße fährt. Martin und ich werden in die Gurte gepresst und die Alte schleudert's zwischen den Gurten durch, und sie knallt mit dem Kopf gegen das Armaturenbrett. Sie schreit auf. Martin stopft sie irgendwie wieder nach hinten und gibt ihr ein Taschentuch für die Platzwunde an der Stirn, während ich fluche und versuche, an dem Stück Dreck von einem Lastwagen vorbeizukommen.

Von der Ladeklappe des Fleischtransporters grinst mir ein aufgemaltes Schwein entgegen. ›Morris Fine Foods‹ steht darüber, und dem grinsenden Schwein hat man das erste Steak schon aus dem Rücken geschnitten. Trotzdem grinst es noch, was ich selten dämlich finde. Noch dämlicher finde ich allerdings, dass ich an dem Scheißlaster nicht vorbeikomme, obwohl der Camaro 275 Pferdchen unter der Haube hat und ich bei aller Bescheidenheit ein großartiger Fahrer bin. Aber der Typ in dem Lastwagen scheint direkt aus der Hölle zu kommen. Als ich ihn überholen will, zieht der Typ rüber und drängt mich ab. Die Reifen des Camaro drehen im Dreck neben der Fahrbahn, und wir kommen um ein Haar ins Schleudern. Links zischt der Shaden Forest an uns vorbei, rechts geht's steil zum Cale River bergab. Martin, die Memme, schreit mal wieder, aber so leicht gebe ich mich nicht geschlagen. Ich setze mich wieder hinter den Lastwagen, der bestimmt 90 Sachen drauf hat, lasse mich ein Stück zurückfallen, dann schalte ich runter und gebe Vollgas. Ich ziehe links raus und bin schon halb an ihm vorbei, als mich die Scheinwerfer eines entgegenkommenden Autos voll blenden. Ich steige in die Eisen, die fertige Alte wird gegen den Fahrersitz geschleudert, und ich muss wieder hinter den Lastwagen ziehen, um die andere Karre vorbeizulassen.

»Sie soll sich anschnallen, zur Hölle! Sag ihr, dass sie sich endlich anschnallen soll!«, schnauze ich Martin an, der eingeschüchtert nickt und sich nach hinten beugt, um die Alte anzuschnallen, weil sie es selber nicht auf die Kette kriegt.

»Jason!«, raunt er, als er sich umgedreht hat, und ich frage mich noch, was der Langweiler jetzt wieder hat, als ich im Rückspiegel die Blaulichter blitzen sehe. Mann, sind das viele! Richtig viele!

›Ich muss jetzt schleunigst an diesem Penner von einem Trucker vor mir vorbei‹, denke ich, ›sonst mache ich mich lächerlich.‹

Aber ich bin ein vernünftiger Typ und deswegen habe ich einen Plan. Ich setze wieder an, um das Arschloch zu überholen, der Idiot zieht erwartungsgemäß links rüber und mit einer verdammt lässigen Kombination von Bremse, Lenkrad und Gaspedal wechsele ich die Seite. Ich bin rechts schon um ein Haar an dem Arsch vorbei, als der Idiot seinen Lastwagen schlagartig rüber lenkt, um mich abzudrängen. Aber er ist viel zu schnell und sein Auflieger viel zu schwer für das plötzliche Manöver. Der Auflieger drückt unbeeindruckt weiter geradeaus und reißt so die Zugmaschine um. Das ganze Scheißding kippt um und versperrt die Fahrbahn vor uns. Ich steige in die Eisen und der Camaro blockiert und gerät auch ins Rutschen. Die sich langsam in der Luft drehenden Reifen des umgekippten Schweinelasters kommen immer näher. Neben uns rast die Leitplanke und dahinter der Abgrund zum Cale River vorbei, da schiebt sich das Mistding vor uns immer weiter nach rechts. Das Quietschen und metallische Schaben ist ohrenbetäubend. Ich denke, wir werden gleich zerquetscht, als die Leitplanke plötzlich endet und da nur noch der Abgrund ist.

Wir gehen über den Abhang. Für einen Moment sehen wir nur Luft. Dunkle, schwarze, beschissene Luft. Dann kippt der Camaro nach vorne und wir rollen den Abhang hinunter. Diesmal schreit nicht nur Martin, wir alle schreien, auch die bescheuerte Alte. Äste und Büsche fetzen gegen die Windschutzscheibe. Der Camaro walzt eine Schneise durch das Unterholz und der Wagen springt und holpert den Abhang hinunter, und unsere Köpfe schlagen gegen den Wagenhimmel. Da unten glitzert schwarz und bedrohlich der Cale River, und ich mache mich schon bereit auf den Aufprall im Wasser und darauf, dass ich mich in dem eiskalten Fluss abschnallen und schwimmen muss, damit ich nicht ersaufe. Nach dem nächsten Busch habe ich freie Sicht. Ein Baum steht da im Weg, groß und fett, und er kommt rasend schnell auf uns zu. Ich reiße am Lenkrad, aber der Wagen reagiert nicht. Keine drei Meter vom Ufer entfernt kracht der Camaro volle Möhre gegen den Scheißbaum. Die Gurte schneiden uns ins Fleisch, die Hinterräder des Camaro heben ab, und ich sehe schon die Rinde des Scheißbaums auf mich zukommen, als die

Zeit für einen Augenblick stillsteht, dann die Schwerkraft siegt und der Camaro wieder auf die Hinterräder kracht.

Stille. Ich höre, wie alle atmen und wie mein Herz wie eine Dampframme gegen mein Brustbein schlägt. Aus dem Motorraum kommen kleine Rauchwolken. Ich rieche Benzin, und der Geruch gefällt mir überhaupt nicht.

»Raus, los, raus! Wir müssen raus hier!«, schreie ich und haue Martin eine runter, weil der wie paralysiert aus dem Fenster glotzt. Er erwacht aus seiner Starre und schnallt sich ab. Ich springe aus dem Wagen und, ohne zu wissen, warum, klappe ich meinen Sitz vor und schnalle die bescheuerte Alte ab, die das natürlich nicht selber hinkriegt. Ich ziehe und zerre an ihr, schleppe sie halb an den Haaren aus dem Klumpen Blech, der mal mein Camaro war, ein paar Meter bis zum Ufer. Weit über uns sehe ich Blaulichter den Abendhimmel anfunkeln, und wenn ich mich nicht täusche, sehe ich da auch schon die Lichtkegel von Taschenlampen den Abhang runterkommen. Diese Penner sind echt hartnäckig.

Martin kommt angejapst und deutet am Ufer des Cale entlang nach Norden. Keine Viertelmeile entfernt brennen Lichter in der Dunkelheit.

»Die Fähre. Es gibt da ein Café und ›Ted's‹, die Tankstelle«, keucht er, als die Detonation uns alle von den Beinen reißt.

Eine Flammenwand schießt aus dem Camaro und züngelt an dem Baum empor. Die Hitzewelle versengt mir die Augenbrauen, und ich bin schlagartig so klar und unangenehm nüchtern, dass ich sofort nach dem Döschen in meiner Tasche greife. Aber dann fällt mir auf, dass der Abend doch schon recht fortgeschritten ist und ich jetzt definitiv einen anderen Kick brauche. Ich reiße den Plastikbeutel in meiner Jacke auf und greife in das weiße Pulver, verteile eine ordentliche Prise, für die ich unter anderen Umständen gut sechzig, siebzig Dollar bekommen würde, großzügig in meinen Backentaschen und auf dem Zahnfleisch, und dann ziehe ich Martin und die Alte hinter mir her.

›Wo 'ne Tankstelle ist, gibt's auch Autos‹, denke ich mir – und ein neues Auto kann ich jetzt dringend brauchen.

Wir schleppen uns am Ufer entlang, dann eine steile Böschung hinauf und stehen auf der Kaimauer. Da Martin und seine Alte für diese Art von Job definitiv nicht zu gebrauchen sind, mache ich ihnen klar, dass sie hinter einer Mulde für Bauschutt warten sollen, bis ich sie rufe. Ich schlendere gemütlich zur Tankstelle neben der Anlegestelle der Fähre rüber, und weil ich sehr vernünftig bin, warte ich natürlich, bis der alte Sack mit der roten Schirmmütze und dem Trenchcoat seinen hässlichen beigen Mitsubishi vollgetankt hat, bevor ich ihm die Glock unter die Nase halte. Der Alte wird kalkweiß, als ich ihm sage, dass er die Hände hinter dem Kopf verschränken und sich auf den kalten Asphalt legen muss – und ich schicke ein kurzes Stoßgebet zum Himmel, dass er keinen Herzinfarkt bekommt und ich auch noch wegen Todschlags gesucht werde.

Ich lasse den Motor aufheulen. Die Reifen drehen durch. Ich gebe Gas und ziehe gleich darauf an der Handbremse. Der Wagen macht eine 180-Grad-Drehung, und ich halte auf die Baumulde zu.

Martin und die Alte springen in den Wagen und ich kann im Rückspiegel schon die Lichtkegel der Taschenlampen der Cops sehen, als ich beschleunige und mit sechzig Sachen die Uferstraße an der Tankstelle vorbei entlangschieße. Was soll ich sagen? Ich hab die Schnauze langsam voll von dieser ganzen Scheiße.

»Was machen wir jetzt?«

Wieder dieser Langweiler mit seinen Langweilerfragen.

»Was machen wir jetzt? Was machen wir jetzt?«, äffe ich Martin nach. »Was wohl? Wir müssen auf den Highway One und dann nichts wie weg hier. Hast du das noch nicht begriffen?«

»Wir können hier nicht weg, Jason! Sie lassen uns nicht weg! Und die Straßen aus Porterville raus sind inzwischen komplett abgeriegelt und Dr. Barrett ...«

»Fuck, Martin, hör, verdammt noch mal, endlich mit diesem fucking Dr. Barrett auf! Ich kann diese Psycho-Scheiße nicht mehr hören!«

Er schluckt. Dann schweigt er. Ich sehe ihn an. Er ist nicht eingeschüchtert, weil ich geschrien habe. Er überlegt. Er ist ganz ruhig.

»Hör zu, Jason. Sie verfolgen uns, weil ich Sarah entführt habe. Ich weiß nicht, wie sie uns immer wieder finden, aber sie tun es. Und sie können Porterville so absperren, dass keiner raus- oder reinkommt. Wir müssen untertauchen, verstehst du? Wir müssen Sarah irgendwo ein, zwei Tage verstecken, bis sie nicht mehr so aufmerksam sind. Dann können wir es wieder versuchen. Aber erst dann, verstehst du?«

»Du bist bekloppt, Martin. Total bekloppt.«

»Glaubst du, die würden wegen einem kleinen Dealer so 'ne Nummer durchziehen? Straßensperren, Großalarm? Wegen der paar Pillen?«

Ich sage nichts. Martin ist nicht dumm. Er war nie dumm, war in der Highschool schon einer der hellsten. Und er hat auch nichts genommen. Das würde ich sofort sehen. Er glaubt den Scheiß, den er da erzählt.

»Dr. Barrett, hm?«

Er nickt.

»Ja. Dr. Barrett.«

Jetzt nicke ich.

»Okay, Martin, dann machen wir es eben auf deine Tour. Wir liefern die Alte in einer sicheren Wohnung ab, und dann knöpfen wir uns diesen Bastard Dr. Barrett vor, damit diese Scheiße aufhört, okay?«

»Und wo willst du eine sichere Wohnung herbekommen?«

»Big J. wird uns eine besorgen, Martin, dafür ist er genau der richtige Mann.«

Ich lächle überlegen, weil, sind wir mal ehrlich, ich auch überlegen bin. Ich bin ein Mann, der für Situationen wie diese wie geschaffen ist, und glauben Sie mir, das ist nicht das Koks, dass mich das denken lässt. Ich rufe also von meinem Handy aus Big J. an. Zuerst zickt er ein wenig rum, weil das eigentlich gegen unsere Abmachung ist, aber als ich ihm sage, dass ich Seidenhemden für ihn dabei habe, wenn er jetzt schön die Klappe hält und tut, was ich ihm sage, wird er mit einem Mal ganz zutraulich und hält die Klappe und tut was ich ihm sage.

Keine zehn Minuten später parke ich den hässlichen Mitsubishi an der Van Buren Street, Ecke Fillmore und sehe schon Big J.'s schwarzen Cadillac Escalade vor dem grauen Betonblock mit den Scheiß-Mietswohnungen stehen, die Big J. an den Mann zu bringen versucht. Die Straßen sind menschenleer, also schleppen Martin und ich die fertige Alte aus dem Auto und die Treppen hoch. Auf dem Klingelschild neben der Tür im zweiten Stock kann man noch ›Bikauski‹ lesen, die Tür steht offen, nackte Glühbirnen hängen von der Decke, die Bude ist bis auf eine Matratze am Boden des Wohnzimmers komplett leergeräumt. Die perfekte Junkie-Bude, wenn Sie mich fragen. Die Spülung geht und Big J. schiebt seinen Kugelbauch gerade aus dem Badezimmer, als Martin und ich die Alte auf die Matratze gleiten lassen. Martin beugt sich zu ihr runter und streicht ihr die blutverkrusteten Haare aus der Stirn. Inzwischen sieht die Alte wieder echt fertig aus.

Big J. trägt einen seiner affenscheußlichen mintgrünen Anzüge, er hat das Telefonbuch untergeklemmt, macht sich den Reißverschluss zu und ist stinksauer, als er Martin entdeckt.

»Wer ist das? Wer ist dieser Typ? Und wer ist diese Frau, Jason, kannst du mir das sagen?«

»Na klar kann ich das! Das ist Martin und seine fertige Alte, und der Typ hier ist Big J., Martin. Fertige Alte: Big J. Big J.: fertige Alte. So, Höflichkeiten wären ausgetauscht, zufrieden?«

Big J. schnaubt.

»Das meine ich nicht, Jason! Wieso bringst du jemanden mit? Das ist gegen die Abmachung!«

Big J. braucht seine Droge wie die Wüste den Regen, das sieht ein Blinder mit 'nem Krückstock. Er schwitzt, und sein krebsrotes Gesicht hebt sich krass von seinem mintgrünen Anzug und der kalkweißen Wand ab. Aber da ich selber einen ziemlichen Scheißtag hinter mir habe und Big J. immer noch wissen sollte, wie man sich gegenüber dem Dealer seines Vertrauens benimmt, haue ich ihm erst mal eine runter. Er zuckt zusammen und starrt mich fassungslos an.

»Jason, du …«

»Halt die Klappe, Big J. oder willst du hier einen auf großer Immobilienhai machen, Mr. Jacob Sullivan?«

»Sag meinen Namen nicht, Jason, verdammt, du sollst …«

»Und du sollst die Klappe halten, Big J.! Gib mir die Schlüssel zu der Bude und zwar schnell!«

»Aber ich …«

»Fresse halten«, zische ich. »Oder hast du etwa Kohle, um deine Schulden bei mir zu bezahlen?«

Big J. schweigt. Ich reiße ihm das Telefonbuch aus der Hand, immerhin daran hat der aufgeblasene Schwachkopf gedacht.

»Keine Kohle, hm? Und trotzdem willst du weiter Kredit bei mir haben, oder? Oder?«

Big J. schweigt weiter, weswegen ich ihm gleich noch mal eine klatsche. Martin steht auf und hebt die Hand.

»Lass ihn doch, Jason, er …«

Zack! Hat Martin auch eine geballert bekommen. Er glotzt mich an, wie ein Kälbchen, das gerade auf den Viehtransporter verladen wird.

»Ihr haltet jetzt alle die Klappe, ihr Arschlöcher! Kapiert?«

Die Langweiler halten die Klappe. Gut.

»Du«, dabei deute ich auf Big J., »gibst mir jetzt den Schlüssel zu dieser Bude. Dann verpisst du dich und sagst keinem Arsch, dass wir hier sind. Kapiert?«

Big J. nickt, also sehe ich davon ab, ihm noch eine zu klatschen.

»Und du«, dabei deute ich auf Martin, das Kälbchen, »du gehst runter und wartest mit laufendem Motor in der Dreckskarre auf mich, kapiert? Such Barretts Adresse raus!«

Ich drücke ihm das Telefonbuch in die Hand, und das Kälbchen nickt. Er dreht sich um und geht aus der Bude, doch dann kommt er noch mal zurück. Er kniet sich zu der fertigen Alten runter und gibt ihr einen Kuss auf die verkrusteten Lippen. Süß. Aber die Alte ist definitiv zu fertig und hat's bestimmt nicht mitbekommen. Auch nicht, dass Martin ihr noch irgendeinen Stuss ins Ohr flüstert.

Als er endlich geht, öffnet die Alte noch mal die Augen, und wieder denke ich: ›Jesus! Was für Pupillen!‹

Big J. sieht es auch, und er schluckt und macht einen Schritt zurück.

»Jason, diese Frau, sie …«

»Ich hab keine Zeit für diesen Scheiß, Big J.! Machen wir jetzt einen Deal oder nicht?«

Big J. nickt. Wir gehen in die Küche rüber, und ich wiege ihm zehn Gramm ab. Dann ziehen wir zusammen eine Line, das gehört sich schließlich. Das bin ich meiner Kundschaft einfach schuldig. Damit Big J. mich nicht vergisst, weil wir uns vermutlich eine Zeitlang nicht sehen, klatsche ich ihm zum Abschied noch eine. Aber nicht zu stark.

Bin ja schließlich vernünftig.

Martin sitzt mit zitternden Händen unten im Mitsubishi und hat die Seite mit Dr. Barretts Adresse aus dem Telefonbuch rausgerissen.

»Nashekee Drive 114«, haucht er, »das ist gleich um die Ecke vom ›Kennedy Medical Center‹.«

Martin hat Angst, das ist nicht zu übersehen. Er scheißt sich fast ein. Ich überlege kurz, ob ich ihm etwas Koks anbiete, denn wenn jemals jemand Koks gebraucht hat, dann ist das Martin Prey, hier in dieser Mistkarre von japanischem Auto.

»Was wollen wir machen, wenn wir bei ihm sind?«, fragt er mich, und ich kann seinen Angstschweiß förmlich riechen.

Ich grinse, weil ich mich wirklich schon darauf freue und sage: »Wir prügeln die gottverdammte Scheiße aus ihm raus, Martin.«

Lachend drücke ich das Gaspedal zu Boden.

Als wir wenig später vor der Haustür der respektablen Villa von Dr. Barrett stehen und ich auf die Türklingel drücke, glotzt Martin verständnislos auf den Wagenheber in meiner Hand. Es ist das einzig Nützliche, was ich im Kofferraum des Mitsubishi gefunden habe.

»Was willst du damit, Jason?«

»Fragen stellen, was sonst?«

Martin glotzt mich immer noch an, als wäre er ein Kälbchen auf dem Weg zur Schlachtbank, als die Tür sich öffnet und ein Mann um die 80 mit Halbglatze und eisgrauen Haaren erscheint. Er trägt einen Morgenmantel, und ein wenig verschlafen blickt er fragend von Martin zu mir.

»Kann ich ihnen helfen, Gentlemen? Martin ...? Sind Sie das?«

Ich grinse.

»Heute machen wir einen Krankenbesuch, Doktor! Einen ganz kranken Besuch, wenn Sie verstehen, was ich meine.«

Dr. Barrett versteht nicht, dann kneift er jedoch die Augen zusammen und mustert Martin nochmals eindringlich. Sein Mund öffnet sich, als wolle er gleich schreien. Aber er tut es nicht. Ich bin schneller. Das Letzte, was Dr. Barrett sieht, bevor er zu Boden geht, ist der Griff meiner Glock, den ich ihm mit Schmackes auf die Stirn geknallt habe. Martin zuckt zusammen und lässt einen kurzen, mädchenhaften Schrei ab, aber ich ziehe ihn nach drinnen, bevor er die halbe Nachbarschaft aufwecken kann. Dr. Barrett stöhnt und kommt auf alle Viere. Ich geb ihm einen ordentlichen Tritt in den Bauch, und der alte Mann sackt zusammen. Schön hat er's hier, der Doktor. Teure Möbel, cremefarbene Sofas, im offenen Kamin knistert ein kleines Feuer.

»Haaallooo?«, rufe ich laut, aber niemand antwortet, und man hört auch nirgends eine Diele knarren oder so etwas. Barrett scheint allein zu leben. Als ich mich wieder zu dem alten Sack umdrehe, traue ich meinen

Augen kaum. Martin kniet neben ihm und kümmert sich um den alten Wichser.

»Martin, Martin, Martin«, sage ich tadelnd und schüttele betrübt den Kopf, »du hast nicht die geringste Ahnung von einem professionellen Verhör, oder?«

Martin starrt mich an. Zu der Furcht in seinen Augen ist so etwas wie Abscheu hinzugekommen, wenn ich mich nicht irre. Das finde ich saukomisch. Ich lach mich halb kaputt, dann packe ich den alten Sack am Kragen und schleife ihn direkt auf die Kellertreppe zu. Das Blut aus seiner Stirn hinterlässt einen breiten, roten Streifen auf dem Teppich, aber das ist mir scheißegal. Ich muss hier schließlich nicht putzen. Und wenn Sie mich fragen: Ich glaub, es wird hier noch ein wenig schmutziger.

Fünf Minuten später bin ich es dann, der glotzt wie ein Kälbchen. Ich habe Barrett gerade auf einen Stuhl in seinem Weinkeller gehievt und Martin mit meiner Glock daneben postiert. Dann bin auf der Suche nach Klebeband durch die anderen Kellerräume gestreift, als ich plötzlich in einem Raum stehe, in dem etwa 20 Monitore über- und nebeneinander aufgebaut sind. Sie zeigen extrem realistische, 3D-artige Bilder von leeren Räumen. Leere weiße Räume. Sehen aus wie Krankenzimmer. Dieser Arsch von einem kranken Doktor hat hier seinen eigenen, kleinen Privat-Überwachungsraum!

In einer Schreibtischschublade finde ich tatsächlich etwas Klebeband und gehe beschwingt zurück in den Weinkeller. Der Doktor hat hier unten ein altes Fass stehen, und als hätte er auf mich gewartet, stehen auf dem Fass zwei Gläser, und ein Korkenzieher liegt daneben. Wein! Endlich bekommt dieser Abend ein wenig Kultur! Ich öffne die Flasche, die am teuersten aussieht und genehmige mir einen ordentlichen Schluck, während Barrett langsam zu sich kommt. Bevor der

Wichser ganz wach ist und glaubt, sich irgendwas rausnehmen zu können, fessele ich seine Füße mit dem Klebeband an den Stuhl und dann umwickele ich seine Hände. Martin sieht mir verständnislos zu, als ich um Barretts Oberschenkel eine weitere Schlinge mache und mit den gefesselten Händen verbinde. Dann klebe ich seine Hände ordentlich fest auf die Oberschenkel. Martin hat halt keine Ahnung von einem ordentlichen Verhör. Einem Verhör mit Wagenheber.

»Aufwachen! Los, mach die Augen auf!« Ich knalle Barrett ein paar, und langsam öffnet er die Augen. Er sieht ziemlich scheiße aus, mit all dem Blut, das ihm von der Stirn über das Gesicht gelaufen ist und sich nun auf seinem Pyjamaoberteil verteilt.

»Was …? Wer sind …?«

Zack! Hat er sich wieder eine gefangen, und sein Kopf fällt in den Nacken.

»Schnauze halten, ich stell hier die Fragen! Also, Doktorchen: Warum der ganze Aufriss, hm? Warum lassen Sie einen armen, kleinen Drogendealer wie mich nicht einfach in Ruhe?«

Barrett hebt mühsam die Lider. Seine Augen sind blutunterlaufen.

»Lecken Sie mich am Arsch«, presst er zwischen aufgesprungenen Lippen hervor. Der Scheißer traut sich vielleicht was!

»Mööök! Falsche Antwort, Doktorchen. Aber ich bin ja vernünftig: Sie bekommen eine zweite Chance. Also: Wozu der Aufriss, Doktor, können Sie mir das sagen?«

Der Alte blickt zu Martin hinüber. »Ihr beide habt ja keine Ahnung, mit wem ihr euch anlegt, Martin. Ihr solltet schleunigst verschwinden. Denn wenn wir euch kriegen, dann werden wir ein paar Instrumente an euch testen. Schöne Instrumente, für Körperöffnungen, die ihr noch gar nicht kennt. Ganz ohne Betäubung. Und am Ende werdet ihr euch wünschen, niemals mein Haus betreten zu haben.«

»Oho! Wirklich tapfer, das Doktorchen. Er droht uns! Aber das war leider schon wieder die falsche Antwort. Was meinst du, Martin?«

Martin glotzt mal wieder wie ein Kälbchen, und dann sieht er mir staunend zu, wie ich den Wagenheber zwischen Barretts Bauch und seinem Oberarm einspanne. Am Oberarm mach ich das Ding zusätzlich mit Klebeband fest, nur um ganz sicher zu gehen. Und dann fange ich an, am Wagenheber zu drehen. Martins Augen weiten sich, genauso wie die vom Doktor.

»Na, Doktorchen? Sowas schon mal gesehen?«, frage ich und kurble munter vor mich hin. »Das ist die berühmte Maschine für die richtigen Antworten. Funktioniert ganz einfach. Frage ich Sie etwas und sie antworten richtig, höre ich auf zu kurbeln. Frage ich etwas und sie antworten falsch, kurble ich weiter. Es klingt nämlich ziemlich hässlich, wenn der Oberarmknochen aus der Schulterkapsel springt, das können sie mir glauben. Aber so weit muss es ja nicht kommen, oder?«

Ich kurble, bis sein Arm schon ziemlich komisch von seinem Körper weg steht und der Wagenheber sich gleichzeitig tief in seinen Bauch bohrt. Barrett verzieht das Gesicht unter Schmerzen, aber er beißt die Zähne zusammen. Ich trinke noch einen Schluck Wein, und zur Feier des Tages greife ich in meine Jackentasche, die inzwischen randvoll mit Pulver ist, das aus dem Päckchen raussickert, und ich ziehe eine ordentliche Prise hervor. Ich reibe es mir ins Zahnfleisch, während ich weiterkurble und grinse.

»Also, Doktorchen? Werden wir jetzt die richtige Antwort bekommen? Ich warte?«

Der Doktor schreit auf.

Martin hebt die Hände an seine Ohren. »Nicht, Jason! Das ist Folter, das kannst du nicht machen!«

»Natürlich ist das Folter! Was glaubst du denn, Martin, das ist doch der Sinn der Übung!«

Ich lache lauthals, ein richtiger Flash, ich krieg mich fast nicht mehr ein, und die Schreie von Dr. Barrett klingen echt lustig dazu. Dann macht es plötzlich laut »Knacks« und mir fällt auf, dass ich ganz vergessen habe, mit dem Kurbeln aufzuhören. Barrett ist nur noch eine schreiende rote Grimasse, und Martin winselt irgendwas und heult, wenn ich mich nicht verguckt habe. Langsam gehen die beiden mir mit ihrem Geplärre auf die Nerven, und weil ich ja ein vernünftiger Typ bin, rede ich ganz ruhig mit Barrett, während ich den Wagenheber von seinem Arm entferne.

»Sehen Sie, Doktorchen? Das war doch dumm, oder? Das hätten Sie doch einfacher haben können, oder nicht?«

Doktorchen schreit immer noch, sein linker Arm baumelt schlaff an ihm herab, während ich den Wagenheber an seinem rechten Arm befestige und anfange zu kurbeln.

»Aber wer weiß? Vielleicht unterhalten wir uns ja noch länger. Sie haben ja schließlich noch einen anderen Arm und außerdem zwei gesunde Beine. Und ich kenne das Geräusch noch nicht, das ein Oberschenkel macht, wenn er aus der Hüfte springt. Das klingt bestimmt interessant. Was meinen Sie?«

Barretts Mund verzieht sich zu einem hässlichen Schlitz. Er spuckt Blut. Aber dann kommen tatsächlich auch Worte daraus hervor. Er lächelt mich an.

»Sie sind ein richtiger Killer, stimmt's? Wie im Kino. Knallhart, cool und gewissenlos. Aber wenn Sie meinen, dass Sie auf diese Art etwas von mir erfahren, dann sind Sie hoffnungslos naiv. Das sind doch Methoden aus dem Mittelalter. Das sind nur Schmerzen. Und die Verletzungen sind nicht der Rede wert. Aber was ich mit euch tun werde, Killer, da werdet ihr euch wünschen, dass wir auch nur einen Wagenheber benutzen ...! Und was Sie angeht, Mr. Martin Prey, … ich weiß, dass Sie Sarah entführt haben. Aber Sie werden nicht weit mit ihr kommen.«

Jetzt kommt auf einmal Leben in Martin. Wer hätte das gedacht! Er geht zu Barrett, packt ihn am Kragen und schreit ihn an.

»Was haben Sie mit ihr gemacht? Was haben Sie mit Sarah gemacht?«

Dr. Barrett lächelt ihn an.

»Was wir mit allen machen, die uns zu nahe kommen und zu viele Fragen stellen. Wir haben sie neutralisiert.«

»Neutralisiert? Was heißt das? Wie macht man das rückgängig?«

»Das geht nicht, Martin. Das kann man nicht rückgängig machen. Was weg ist, ist weg. Das ist wie bei einem … ahhhrgg!«

Man hört ein Knirschen, weil ich an der Kurbel drehe, und ich schätze, das ist der Oberarmknochen, der an der Schulterkapsel schabt.

»Möök! Falsche Antwort, Doktor!«

Dr. Barrett sackt in sich zusammen. Er ist, glaub ich, ohnmächtig geworden, aber so leicht kommt der Wichser hier nicht davon. Martin ist weiß angelaufen. Er atmet stoßweise, als er sieht, wie der rechte Arm des guten Dr. Barrett schlaff herabhängt, nachdem ich den Wagenheber rausgezogen habe.

»Du musst damit aufhören, Jason! Du bringst ihn um!«

»Oh nein, Martin.« Ich winke mit dem Zeigefinger vor seinem Gesicht, während ich mir noch einen Schluck ausgezeichneten Rotwein genehmige und den Rest des

Glases Barrett ins Gesicht schütte, damit der Arsch wieder aufwacht. »Nicht ich bringe ihn um. Das macht er ganz alleine, der Scheißkerl! Er muss einfach nur richtig antworten, und er weiß ganz genau, was passiert, wenn Onkel Jason mit den Antworten nicht zufrieden ist!«

Plötzlich verlässt Martin panisch den Raum. Ich rufe ihm hinterher, dass er bleiben soll, doch da ist dieses Weichei schon im Nebenzimmer verschwunden. Ich spanne den Wagenheber zwischen Barretts Oberschenkel, dann klatsche ich ihm wieder ein paar, damit er aufwacht.

»Hallo-ho! Doktorchen! Es ist noch nicht Zeit für ein Nickerchen! Der gute Onkel Jason hat noch eine Frage an dich!«

Barrett schlägt mühsam die Augen auf. Seine Lider flackern, und ich tätschle seine Wange, damit er bei uns bleibt. Ich spreche ganz sanft mit ihm. Ich bin ja vernünftig.

»So, alter Mann. Sag mir endlich, woher die wissen, wo wir sind! Was wollen die von uns? Warum sind die hinter uns her?«

Barrett stöhnt, seine Lider fallen für einen Moment runter, dann gehen sie wieder auf, und er befeuchtet seine Lippen, weil er etwas sagen will, aber es ihm schwerfällt. Ich beuge mich runter, bringe mein Ohr ganz nah an seinen Mund, um ihn zu verstehen.

»Sie wollen also wissen, warum wir hinter euch her sind, Killer? Ihr Freund Martin hat etwas, das uns gehört. Und er weiß zu viel. Und hier, in unserem schönen Städtchen Porterville, sollte niemand zu viel wissen. Ist besser so. Viel gesünder. Auch für Sie. Aber keine Sorge, meine Kollegen werden gleich hier sein, dann geht alles seinen Gang. Und zum Abschluss gebe ich Ihnen sogar noch einen gut gemeinten Rat mit auf den Weg: Fick dich ins Knie, Jason Hincks!«

Ich bin cool. Ich bin ein vernünftiger Typ. Wirklich, da können Sie jeden fragen. Jason Hincks ist vernünftig, wird es heißen. Aber man darf es nicht zu weit mit mir treiben. Irgendwo hab auch ich meine Grenze. Und die sollte man, zum Henker nochmal, nicht überschreiten. Sonst wird's böse. Ganz böse. Fragen sie Nicky.

Und jetzt grinst dieser Bastard auch noch, weil er gehört hat, was auch ich jetzt höre: Eine Polizeisirene, die ganz langsam lauter wird.

Martin kommt aufgeregt zu uns ins Zimmer gerannt.

»Jason! Sie kommen! Wir müssen abhauen!«

Martin zieht an meiner Jacke, aber ich bewege mich nicht.

»Wie hast du das gemacht, Doktorchen, hm? Wie hast du sie hergerufen?«

Der Wichser fixiert mich mit festem Blick. Dann öffnet er seinen Mund.

»Kennst du den ... Darkside Park, Jason?«, haucht er, und dann ist es wieder da, sein dreckiges, höhnisches Grinsen, und jetzt gluckst sogar sein Bauch, weil er lacht. Weil er mich auslacht. Und das, genau das ist die Grenze. Die Grenze, die er lieber nicht hätte überschreiten sollen. Ich ziehe den Wagenheber zwischen Barretts Beinen hervor und ignoriere Martin, der an mir zerrt und schiebt und irgendwas schreit. Ich kurble das Ding ruckzuck zusammen, und dann stopfe ich Barrett das Ding in sein freches, vorlautes Maul hinein, und es stört mich nicht im Geringsten, dass ich ihm dabei mehr als einen Zahn ausschlagen muss. Wie gesagt – ich muss hier ja nicht putzen. Martin starrt mich an wie einen Geist, und mir wird klar, dass das langsam für den Jungen zu viel wird.

»Warte im Auto auf mich, Martin«, sage ich. Meine Stimme ist ganz sanft und ich tätschle Martin die Backe, damit er sich beruhigt. »Ich komme gleich nach. Ich hab hier noch was zu erledigen.«

Martin schluckt, und weil ich ein sensibler Typ bin, merke ich, dass ihm schlecht wird und er mit dem Inhalt seines Magens kämpft. Er zittert, dann nickt er und rennt nach oben.

Und ich? Ich bin schließlich vernünftig.

Da können Sie jeden fragen.

Außer vielleicht Nicky.

Und den guten Dr. Barrett.

Stimmt's, Dr. Barrett?

»Dr. Baarreeeeett?«

Die Stille des St. Helena Parks

von John Beckmann

ALS ICH DIE BRETTER aus dem Bauzaun hebele und durch die schmale Öffnung schlüpfe, kündigt sich hinter den Flachdächern der Marley Avenue bereits die Morgendämmerung an. Noch ist die Luft kühl, aber der Himmel ist wolkenlos. Es wird ein warmer Tag werden.

Der Rohbau liegt in einer Senke, im Schatten des Nachbarhauses. Vorsichtig klettere ich den kurzen Abhang hinunter und steige über die kniehohe Außenwand. Die Bauarbeiten haben erst vor wenigen Tagen begonnen, doch die niedrigen Backsteinmauern zeichnen jetzt bereits einen klaren Grundriss des Hauses. Ich betrete die Küche und gehe durch den Flur weiter ins nächste Zimmer, vermutlich das Esszimmer. Dahinter liegt der tote Raum; ein etwa einen Yard breiter, L-förmiger Gang. Er verläuft zwischen den Wänden des Esszimmers und des weiter nördlich gelegenen Raums, vermutlich das Wohnzimmer. An der Ecke knickt er nach Norden ab, verläuft zwischen dem Wohnzimmer und einem weiteren Flur. Ich schätze seine Länge auf insgesamt gut fünfzehn Yards. Ein fünfzehn Yards langer Gang, der nicht betreten werden kann, zu dem es keine Türen gibt. Ein toter Raum.

Ich hole mein Notizbuch hervor und fertige eine grobe Skizze an. Plötzlich eine Stimme: »He, was machen Sie da?«

Ich drehe mich um. Oberhalb der Grube steht ein kleiner, dicker Mann mit Schiebermütze.

»Gar nichts«, sage ich und steige über die Außenwand. »Ich sehe mich nur etwas um.«

»Das Betreten der Baustelle ist verboten!«

Ich gehe zum Rand der Grube, und der dicke Mann beobachtet mich misstrauisch. Als ich stehen bleibe, löst sich sein Blick von mir und wandert über die Baustelle. Anscheinend sucht er nach weiteren Eindringlingen. Er kneift die Augen zusammen. »Ich könnte den Schutzmann rufen.«

»Das ist nicht nötig«, entgegne ich. »Mein Name ist Samuel Wilcomb. Ich bin Reporter.«

»Aha«, macht der dicke Mann.

»Ich schreibe für die ›Porterville Times‹«, sage ich und setze mein sympathischstes Lächeln auf, »der ersten Tageszeitung für ganz Porterville.«

»Noch nie davon gehört.«

»Sie erscheint auch erst ab Montag«, sage ich.

»Aha«, macht er noch einmal.

Einige Männer in Arbeitshosen gehen an uns vorbei zum anderen Ende der Grube. Sie schenken uns keine Beachtung, aber der dicke Mann entspannt sich etwas.

»Kommen Sie erst mal da raus!«, sagt er.

Ich steige die kurze Anhöhe hinauf. Der Abstieg war bedeutend leichter, ich komme ins Rutschen. Der dicke Mann grunzt.

»Und setzt sehen Sie zu, dass Sie Land gewinnen!«, sagt er. »Bevor ich es mir anders überlege!«

Er reicht mir gerade einmal bis zur Schulter.

»Wer leitet diese Baustelle?«, frage ich und klopfe den Staub von meiner Hose.

»Was interessiert Sie das?«, fragt er zurück und hakt die Daumen unter seine Hosenträger.

Ich unternehme einen weiteren Versuch. »Ich hätte lediglich einige Fragen zu der … zu der Bauweise. Ich würde gerne einen Artikel darüber schreiben.«

»Der Boss mag es nicht, wenn sich hier jemand rumtreibt«, sagt der dicke Mann. »Vor allem nicht, wenn es neugierige Presse-Fritzen sind!«

Er grinst mich an. Seine Wangen sind unrasiert, unter der Mütze sprießt blondes Haar wie Heu hervor. Mein Lächeln verschwindet.

»Ich würde gern mit Ihrem Vorarbeiter sprechen«, sage ich.

»Ich bin der Vorarbeiter«, sagt er und drückt den Bauch heraus. Sein Grinsen wird breiter. »Und ich sage Ihnen, dass Sie verschwinden sollen!«

Einen Augenblick lang starre ich ihn an. Mein Kopf wird schwer, und ich will den ungehobelten Kerl einfach stehen lassen, als ein älterer Mann auf uns zukommt. Er ist hochgewachsen und trägt Jackett und Weste.

»Gibt es ein Problem, Eddie?«, fragt er.

Eddie, der Vorarbeiter, nimmt die Mütze ab, sein Grinsen verschwindet schlagartig. »Nein, Mr. Haywood, keine Probleme.«

»Dürfte ich erfahren, wer dieser Gentleman ist?«

»Ich habe ihn erwischt, wie er sich auf der Baustelle herumgetrieben hat«, sagt Eddie.

Und ich nutze die Gelegenheit, mich vorzustellen.

Mr. Haywoods Züge erhellen sich.

»Dann arbeiten Sie also für meinen alten Freund Alistair Mac Kingsley«, sagt er.

»Das ist korrekt, Sir.«

»Sehr schön, sehr schön. Da sind Sie in guten Händen«, sagt er. Dann legt er die Stirn in Falten. »Allerdings verstehe ich nicht, was es an diesem Bauvorhaben Interessantes zu berichten gäbe.«

»Es geht um die toten Räume«, sage ich. »Die Gänge in den Wänden. Ich habe sie bereits auf mehreren Baustellen gesehen.«

»Sie meinen die Zirkulationsschächte«, sagt Mr. Haywood. Er lächelt. »Sie haben eine gute Beobachtungsgabe, junger Mann! Nur den Wenigsten fällt diese architektonische Besonderheit überhaupt auf.«

»Bislang konnte mir niemand sagen, welchem Zweck sie dienen«, sage ich.

»Sie erfüllen mehrere Aufgaben«, sagt Mr. Haywood. »Sie dienen der Be- und Entlüftung der Wohnräume. Und zudem ermöglichen sie eine äußerst effiziente Wärmeverteilung im gesamten Gebäude.« Er macht eine Pause. »Ja … ja, das könnte Ihre Leser durchaus interessieren. Kommen Sie doch einfach morgen in meinem Büro vorbei, dann habe ich sicherlich etwas mehr Zeit. Passt es Ihnen so gegen eins?«

»Ja, durchaus. Vielen Dank, Sir.«

Er gibt mir seine Karte. »Schön. Dann also bis morgen, Mr. Wilcomb.«

Ich stehe am Rand der Grube und betrachte die Visitenkarte: Robert Haywood – Architekt. Ich spüre etwas in mir aufsteigen. Als ich die Straße erreiche, ist die Enttäuschung da. Es war zu einfach, um eine Story zu sein.

Mr. Mac Kingsley blättert durch die Seiten. Ab und an verweilt er für einige Sekunden, legt den Kopf schief, verzieht den Mund. Schließlich ordnet er den Stapel und legt ihn vor sich auf den Schreibtisch.

»Ich habe morgen einen Termin bei dem Architekten«, sage ich. »Wegen der genauen Funktionsweise.«

Mr. Mac Kingsley schüttelt den Kopf. »Nicht noch mehr technische Details!« Er zeigt auf die Blätter. »Der einfache Mann auf der Straße muss so etwas dreimal lesen, bevor er es versteht. Wir machen eine Zeitung für ganz Porterville – und keine Fachzeitschrift für Bauherren!«

Ich sage: »Das ist ein völlig neuartiges Belüftungssystem, Sir. Eine Weltneuheit sozusagen.«

»Aber interessiert das unsere Leser?«, fragt er. »Berührt sie das?«

Und ich weiß, dass es vorbei ist, dass ich auf verlorenem Posten stehe. Trotzdem sage ich: »Wie es aussieht, gibt es diese Zirkulationsschächte überall in der Stadt. Es gibt kaum ein Gebäude in Porterville, das nicht von Mr. Haywood entworfen wurde.«

»Ja … das schrieben Sie bereits.« Er streicht sich über den Bart, schaut mich an. »Samuel, ich sage es ganz offen heraus: Das ist zu dünn, da fehlt das Fleisch. Verstehen Sie?«

Ich nicke.

»Möglicherweise können wir das später einmal bringen, aber für die Erstausgabe ist es gänzlich ungeeignet. Außerdem sollten Sie etwas auf Ihren Stil achten.« Er schiebt die Blätter auseinander, liest. »Toter Raum …? Ich bitte Sie, Samuel, das ist doch keine Schauergeschichte!«

»Entschuldigen Sie, Sir. Ich werde in Zukunft drauf achten.«

Er nickt und streicht sich über den Bart. »Schreiben Sie doch etwas über den St. Helena Park!«

Für einen Moment ist es still in dem großen Büro.

Mr. Mac Kingsley schaut mich an, er wartet auf eine Reaktion, also frage ich: »Dachten Sie da an … etwas Spezielles, Sir?«

»Der Park ist ein Prunkstück dieser Stadt!« Er steht auf und umrundet den Tisch. »Schreiben Sie etwas, das die Leute mit Stolz erfüllt, in Porterville zu leben. So etwas gehört in eine Erstausgabe!« Er lehnt sich neben mich an die Tischkante und zieht die Augenbrauen hoch. »Ich weiß, das ist nicht die Art von Artikel, die Sie begeistert. Aber als Reporter kann man es sich nicht immer aussuchen.«

»Das … das ist mir bewusst, Sir«, sage ich.

Er klopft mir auf die Schulter. »Das bekommen Sie schon hin, Samuel.« Er geht zum Fenster. »Und nehmen

Sie Terry mit! Er soll ein paar Fotos machen. Aber achten Sie darauf, dass er anständige macht! Nicht so wie beim letzten Mal.« Er schaut hinaus, hinunter auf die Brackett Street, und ich stehe auf. Als ich zur Tür gehe, fügt er hinzu: »Und wegen Ihres Gesprächs mit Mr. Haywood … ich werde Robert Bescheid sagen, dass Sie den Termin leider nicht wahrnehmen können. Vielleicht zu einem späteren Zeitpunkt.« Er dreht sich um. »Einverstanden?«

Es ist Nachmittag, und wir gehen die Neal Street hinunter. Ein leichter Wind sorgt für Abkühlung, doch Terry schnauft und schwitzt; wahrscheinlich wegen der schweren Plattenkamera und der Umhängetasche mit den Holzkassetten. Trotzdem ist Terry bester Laune.

»Beeindruckend«, murmelt er. »Wirklich beeindruckend!«

Nördlich der Carroll Street verändert sich das Straßenbild zusehends. Die Bürgersteige werden breiter, die Gärten größer, die Häuser weichen zurück. Familien flanieren im Schatten der hohen Ahornbäume. Die Neal Street wird zur Allee.

»Wirklich beeindruckend«, sagt er noch einmal.

Ich antworte nicht. Mir ist nicht nach Reden zumute, aber das stört Terry für gewöhnlich nicht. Mit großen Augen tappt er neben mir her. Als sähe er das alles zum ersten Mal.

»Allein diese klassizistischen Eingänge …«, sagt er. »Man könnte fast meinen, man wäre in Boston. Es ist unglaublich, was in der kurzen Zeit geschaffen wurde. Einfach unglaublich. Sehen Sie nur!« Er zeigt auf die andere Straßenseite. »Meinen Sie, dass wir vielleicht …?«

»Gehen Sie ruhig«, sage ich, und Terry trottet über die Straße, ohne sich umzusehen. Es grenzt an ein Wunder, dass er nicht längst von einer Kutsche angefahren wurde.

Als er wieder zurück ist, sage ich: »Ich hoffe, Sie haben genügend Platten dabei.«

»Aber natürlich.« Er lächelt und klopft auf die Umhängetasche. »Jede Menge.«

Zwei Querstraßen später fragt er: »Stimmt es, was man sich in der Redaktion erzählt? Sie haben ein Interview mit Mr. Haywood?«

»Ja«, sage ich. »Aber ich werde nicht hingehen.«

»Warum nicht?«

»Es steckt keine Story darin.«

»Mr. Haywood ist ein bedeutender Mann! Er ist der Erbauer Portervilles!«

Ich antworte nicht.

Terry schüttelt den Kopf.

»Ich verstehe das nicht«, murmelt er. »Beim besten Willen, Samuel, … ich verstehe das einfach nicht.«

Und weil er immer weiter murmelt, bleibe ich schließlich stehen und sage: »Was Ihnen die Leute von sich aus erzählen, ist nichts wert! Das erzählen sie auch jedem anderen, das ist keine Story! Und je mehr Ihnen die Leute freiwillig erzählen, desto weniger Platz bleibt für das Verborgene, für das, worum es eigentlich geht, das, was niemand erfahren soll. So einfach ist das. Und deshalb gehe ich nicht zu Mr. Haywood.«

Dann gehen wir weiter.

Nach einer Weile sagt Terry: »Vielleicht erzählen manche Menschen auch gerade deshalb so viel. Weil sie den Anschein erwecken wollen, es gäbe nichts Verborgenes. Könnte das nicht auch sein?«

»Als Reporter entwickelt man ein Gefühl dafür. Aber das braucht seine Zeit.«

Die Neal Street mündet in einem kleinen Platz. Ein hoher Palisadenzaun begrenzt die Nordseite. Die dichte

Hecke dahinter verwehrt sich neugieriger Blicke, doch die Lettern über dem schmiedeeisernen Tor verkünden: St. Helena Park.

Die Hitze empfängt uns mit klebrigen Fingern. Kein Windzug dringt durch die verwachsenen Dornensträucher. Die Luft scheint stillzustehen. Schweiß sammelt sich in meinem Haaransatz. Terry zerfließt regelrecht.

»Wie im Dampfbad«, japst er und wischt sich mit dem Taschentuch übers Gesicht.

Vor uns schlängeln sich Kieswege träge über gestutzte Wiesen. Ab und an entlang eines Weges Blumenbeete und kleine Baumgruppen, in deren Schatten Bänke stehen. Etwas entfernt eine leichte Steigung und weiter oben ein Teich mit einem Springbrunnen. Hinter dem Teich erneut eine dichte Hecke, nur unterbrochen durch einen schmalen Durchlass: dem Eingang zum Labyrinth. Und darüber, alles überragend, die Statue der St. Helena – tanzend im Hitzeflirren der Wasserfontäne.

Terry stellt das Stativ auf, beginnt zu fotografieren. Ich weise ihn mit knappen Worten auf einige geeignete Motive hin. Dann lasse ich ihn allein.

Familien kommen mir entgegen, Kinder in Matrosenanzügen laufen an mir vorbei. Die Damen tragen Sonnenschirme und weiße Kleider, die Männer helle Anzüge und Hüte, wie Plantagenbesitzer. Sie schauen mich an, ich nicke ihnen freundlich zu, doch sie reagieren nicht. Sie schauen nur. Und plötzlich fühle ich mich sehr unwohl. Wahrscheinlich liegt es an der Hitze.

Eine Bank steht etwas abseits am Fuße einer breiten Eiche. Ich flüchte in das kühle Zwielicht des Blattwerks und schließe die Augen, wische den Schweiß aus meinem Gesicht. Eine Zeit lang glaube ich, die Blicke noch zu spüren, dann scheinen sie mich vergessen zu haben.

Schritte knirschen auf Kies, Gesprächsfetzen ziehen vorbei, der Springbrunnen plätschert. Über mir zwitschert ein Vogel. Mein Verstand dämmert dahin. Gedanken tauchen auf, versinken im Nass des Teiches, flüchtig wie Seifenblasen.

»Ist Ihnen nicht wohl, Sir?« Die Stimme ist weit weg. »Sir? Können Sie mich verstehen?«

Ich öffne die Augen. Ein alter Mann steht vor mir, berührt meine Schultern.

»Ich bin … ich bin wohl eingeschlafen«, sage ich.

Der Alte nickt und entblößt einen fast zahnlosen Mund. »Das liegt an der Hitze«, sagt er und setzt sich schwerfällig neben mich. »Diese verfluchte Hitze …! Jedes Jahr wird es schlimmer.« Er sieht mich an. »Sie sind nicht aus der Gegend.«

Es ist eine Feststellung, keine Frage, trotzdem nicke ich. Und der Alte nickt ebenfalls.

»Habe ich mir gleich gedacht«, sagt er. »Mein Name ist Amos Gardener. Ich wohne unten an der Ash Tree Lane, knapp eine halbe Meile von hier.« Die knochige Hand zeigt über seine Schulter. »Seit 73 Jahren wohne ich dort. Schon lange bevor es die Ash Tree Lane überhaupt gab, lange vor dieser Stadt.« Wieder sieht er mich an. »Gibt es einen Grund, warum Sie in den Park gekommen sind?«

»Ich bin Reporter«, sage ich. »Ich schreibe für die ›Porterville Times‹.«

Er beugt sich zu mir herüber. »Und worüber schreiben Sie?«

»Das weiß ich noch nicht genau«, sage ich und wische mit dem Taschentuch über mein Gesicht. »Manchmal braucht es etwas, bis man eine Story erkennt.«

Der Alte lehnt sich wieder zurück und schaut auf den Park hinaus.

»Wir haben Getreide angebaut«, sagt er nach einer Weile. »Meine Söhne und ich. Und meine Frau natürlich. Kühe hatten wir auch. Damals, bevor Porterville gegründet wurde. Eines Morgens im Frühjahr kamen drei Männer in feinen Anzügen zu uns. Sie wollten mir das Land abkaufen. Sie boten mir einen guten Preis, aber ich wollte nicht verkaufen. Also boten mir die Männer einen noch besseren Preis. Schließlich drohten sie mir sogar. Ich solle daran denken, was für meine Familie am besten sei. Ich habe trotzdem nicht verkauft.« Er faltet die Hände, atmet aus. »Dann kam die Stadt. Auf einmal war sie da, von einem Tag auf den anderen. Und sie wuchs mit einer schier unglaublichen Geschwindigkeit. Die Stadt wuchs, und die Pflanzen verdorrten – obwohl es genug regnete. Die Kühe fraßen nicht mehr richtig, sie schliefen auch kaum noch. Sie waren irgendwie … ruhelos. Wir konnten nichts dagegen tun. Tiere spüren so etwas. Als die erste Kuh starb, verkauften wir die anderen. Aber wir bekamen nicht mehr viel für sie, sie waren zu dürr. Die Ernte brachte kaum genug ein, um den Winter zu überstehen. Dann erkrankte meine Frau. Sie aß kaum noch, wurde immer schwächer. Und sie konnte nicht mehr schlafen. Es war genauso wie bei den Kühen. Der Arzt sagte, sie habe eine Lungenentzündung, und es läge an dem hohen Fieber. Aber ich weiß es besser. Es lag an dem Boden. Der Boden ist vergiftet. Die Stadt breitete sich aus, und mit ihr das Gift im Boden.« Er macht eine Pause. »Meine Frau starb im Frühjahr. Meine Söhne gingen nach Cleveland. Sie führen jetzt ihr eigenes Leben. Ich blieb, und die Stadt, sie verschluckte mich. Ich bin jetzt ein Teil von ihr.« Er steht auf, wischt die Hände an seiner Hose ab. »Bitte verzeihen Sie einem alten Mann, dass er Ihre Zeit gestohlen hat.«

»Das haben Sie nicht, Mr. Gardener«, sage ich.

Er nickt. »Sie sollten wiederkommen, wenn es dunkel ist. Wenn der Park geschlossen ist. Nachts kommen Pärchen hierher, manchmal auch verheiratete Männer. Stadtbekannte Persönlichkeiten, erzählt man sich. Vielleicht finden Sie dann Ihre Story.« Er schaut zur Statue hinauf. »Passen Sie auf sich auf.«

Als ich in der Ferne das vertraute Klappern der Holzkassetten vernehme, sammelt sich das Licht der Welt bereits im Westen. Terry kommt näher getrottet. Er sagt, er habe mich die ganze Zeit über gesucht. Dann sei dies ein geeigneter Platz zum Warten, entgegne ich. Außerdem habe man von hier einen guten Blick auf den Park und das Tor. Terry versteht nicht. Ich sage ihm, dass er nach Hause gehen könne, seine Arbeit sei erledigt, die Fotos seien geschossen. Er will wissen, worauf ich warte. Also erzähle ich ihm von dem seltsamen Alten. Ich schmücke die Geschichte sogar noch aus, in der Hoffnung, dass Terry dann endlich gehen würde – aber nachdem ich zu Ende erzählt habe, sagt er nur, dass er selbstverständlich hier bleibe. Schließlich seien wir ein Team. Er grinst mich glücklich an. Ich gebe es auf und finde mich damit ab.

Die Schatten fließen über die Rasenflächen wie Tinte, bedecken das satte Grün. Die hellen Kleider und Anzüge streben Richtung Ausgang, die kleinen Sonnenschirme verschwinden, der Park leert sich. Die Schatten erreichen den Teich, bedecken auch ihn, dann sind sie auch schon an uns vorbeigezogen. Die Farben verblassen, Konturen lösen sich auf, verschwinden in schwarzer Tinte. In der Ferne kurz ein metallisches Knarren, das Tor wird geschlossen. Die Fontäne des Springbrunnens versiegt. Dann gesellt sich die Stille zur Dunkelheit.

Terry beginnt, seine Pfeife zu stopfen.

»Das ist nicht der geeignete Zeitpunkt zum Rauchen«, sage ich.

»Wieso nicht?«

»Man könnte uns sehen«, sage ich.

»Ja«, sagt Terry. »Ja, Sie haben recht. Die treulosen Ehemänner.«

Nach einer Weile beginnt er, unruhig hin und her zu rutschen. Schließlich steht er auf. »Hören Sie mal!«, flüstert er.

Ich horche. »Was meinen Sie?«

»Wie ruhig es ist«, sagt Terry. »Keine Vögel, kein Hufgetrampel, keine Stimmen, nichts. Still wie ein Grab …«

Ich schließe die Augen und horche in die Stille hinein. Ich lausche meinem Atem, links von mir höre ich Terrys, sonst höre ich nichts. Hinter Terry endet die Welt. Ich öffne die Augen.

»Die Straße dürfte doch nicht weit entfernt sein, oder?«, fragt Terry.

»Vielleicht 50 Yards«, sage ich. »Aber es sind Bäume dazwischen. Und die Hecke.«

»Trotzdem«, sagt Terry. »Irgendetwas müsste doch zu hören sein!«

»Ist es aber offenkundig nicht«, sage ich. »Und deshalb sollten auch wir möglichst leise sein.«

Terry setzt sich wieder.

Wir schweigen, und die Stille rückt näher. Ab und an räuspere ich mich, um Platz zu schaffen. Irgendwann in der Ferne das Knarren des Tores. Ein kleiner Lichtpunkt, eine Laterne!

»Wer ist das?«, flüstert Terry.

»Wahrscheinlich der Nachtwächter«, sage ich.

»Wir sollten uns verstecken.«

»Er wird schon nicht direkt hierher kommen«, sage ich.

Die Laterne schwebt über den Kiesweg heran, hinter ihr bewegt sich etwas, eine schwarze Traube. Menschen. Eine Gruppe von Menschen. Jetzt höre ich sie auch. Gedämpfte Stimmen, kurze Sätze, jemand hustet. Die Gruppe kommt den Hügel hinauf. Umrisse schälen sich aus der Dunkelheit, werden zu Gestalten. Der Laternenträger führt die Prozession an. Er ist klein und bucklig und trägt einen schwarzen Umhang mit Kapuze. Hinter ihm etwa zehn Personen, Männer und Frauen, in grobe Leinen gekleidet. Sie wirken müde, erschöpft. Sie kommen näher und passieren den Teich. Ich halte die Luft an. Die Laterne verschwindet hinter der dichten Hecke und die Gestalten erlöschen. Die Gruppe betritt das Labyrinth. Die Schritte entfernen sich, die Gesprächsfetzen verebben, die Stille kehrt zurück.

»Das sah mir nicht nach treulosen Ehemännern aus«, flüstert Terry.

»Es könnten Arbeiter gewesen sein«, sage ich.

»Arbeiter?«

»Ja«, sage ich. »Sie sahen zumindest wie welche aus.«

»Und was wollten die hier mitten in der Nacht?«

Ich antworte nicht. Ich weiß es nicht.

»Ich glaube, dieser alte Mann hat sich das nur ausgedacht«, sagt Terry. »Vielleicht wollte er sich interessant machen, wer weiß? Ich kann mir jedenfalls kaum vorstellen, dass sich hier irgendwelche Pärchen treffen. Es ist stockdunkel und unheimlich! Und von Romantik kann …«

Er verstummt abrupt.

»Was ist?«, frage ich.

Dann höre ich es auch. Die Stimmen, sie kommen zurück. Doch etwas ist anders. Die Stimmen sind anders, ausgelassener. Jemand ruft etwas, ein anderer ruft zurück, Frauen kichern. Der Eingang zum Labyrinth erstrahlt, dann tritt der Bucklige mit der Laterne ins Freie. Hinter ihm die Gruppe. Die Männer tragen jetzt Frack und Zylinder, die Damen pompöse Abendkleider. Halsketten funkeln im Laternenschein. Jemand entkorkt eine Flasche. Lachend zieht die Festgesellschaft an uns vorbei – und dieses Mal vergesse ich zu atmen.

Als die Laterne nur noch ein kleiner Punkt ist und das Tor knarrend ins Schloss fällt, fragt Terry: »Waren das … waren das dieselben Menschen?« Es ist kaum mehr als ein Keuchen.

»Wer sonst?«, frage ich zurück. »Sie müssen es gewesen sein.«

»Aber … aber sie …«

»Ich weiß«, sage ich. »Ich kann es mir auch nicht erklären. Noch nicht.«

Wir reden nur wenig auf dem Nachhauseweg. Schweigend folgen wir dem Pfad der Gaslaternen. Wir reden nicht darüber, aber ich bin mir sicher, dass Terry dieselbe Frage wie mich beschäftigt: Wie kann sich eine Gruppe von Landarbeitern innerhalb von wenigen Minuten in eine ausgelassene Abendgesellschaft verwandeln?

Es ist fast zehn Uhr, als Terry in die Redaktion kommt. Er kommt selten später als ich.

Schon an der Tür ruft er: »Ich weiß jetzt, was das war!« Er geht zwischen den Tischreihen hindurch. »Kostüme! Es ist ganz simpel: Das waren Kostüme!«

Ich lege meinen Finger an die Lippen. Terry runzelt die Stirn. Er sieht nicht so aus, als hätte er letzte Nacht noch viel Schlaf gefunden.

»Über eine Story redet man nicht, solange sie noch nicht geschrieben ist«, sage ich leise. »Sonst ist sie nämlich ganz schnell weg.«

Terry errötet.

»Entschuldigung«, sagt er. »Ich wusste nicht, dass … Entschuldigung …«

»Schon gut.«

Ich wende mir zur Seite, schaue zu Brockman hinüber. Er hämmert stoisch auf seine Schreibmaschine ein. Unser Gespräch scheint ihn nicht zu interessieren.

Ich lehne mich nach vorne und frage: »Was waren Kostüme? Die Leinenhemden oder die Abendgarderobe?«

Terry stützt sich auf den Schreibtisch. »Die Leinenhemden, nehme ich an. Es war eine feine Gesellschaft, die sich als Landarbeiter verkleidet hatte. Andersherum ergäbe es doch keinen Sinn. Oder?« Er sieht mich fragend an.

»Und was ist mit den Damen?«, frage ich. »Die hatten sich ebenfalls als Arbeiter verkleidet?«

»Emanzipation«, sagt Terry und hebt die Schultern.

Ich lehne mich zurück, lege die Hände auf meinen Kopf.

»Es gibt keine andere Erklärung«, sagt Terry. »Ich habe die ganze Nacht darüber nachgedacht. Das Labyrinth hat nur diesen einen Eingang. Und die Hecke ist mindestens sieben Fuß hoch. Außerdem hat auch der Park lediglich einen Eingang. Es muss dieselbe Gruppe gewesen sein! Und deshalb müssen sie sich im Labyrinth umgezogen haben«, schließt er seine Beweisführung.

»Wir sollten auf jeden Fall eine Laterne mitnehmen«, sage ich.

Terry schaut mich an. »Sie möchten, dass ich … ich meine, soll ich Sie begleiten?«

Mein Kopf deutet ein Nicken an. Und noch bevor es mir bewusst wird, sage ich: »Wenn Sie heute Abend keine anderweitigen Verpflichtungen haben ...«

Terry schüttelt den Kopf. »Nein. Nein, habe ich nicht. Ich bin dabei!« Er strahlt.

Und ich frage mich, warum ich das getan habe, warum ich nicht alleine gehe. Wie ich es sonst getan hätte. Wahrscheinlich liegt es an der Stille. An dieser dunklen Stille, die immer näher kommt, wenn man zu lange schweigt.

Ein Sturm zieht auf, der Himmel bedeckt sich. Innerhalb weniger Minuten ist die Sonne hinter dunkelgrauen Wolken verschwunden. Dann bricht der Regen herein. Tropfen wie Vogeleier zerschlagen auf den Wiesen, auf dem Kies.

Wir sitzen auf derselben Bank wie am Vorabend, Terry und ich. Am Fuß der alten Eiche, im Schutz ihrer Blätter und Zweige. Kleine Rinnsale tropfen auf uns herab.

Wir sitzen auf der Bank und betrachten das Spektakel. Röcke werden gerafft, Hände halten Hüte fest, Sonnenschirme reißen sich los. Leichte Sandalen und Halbschuhe hetzen über die Wege.

»Es ist doch nur Regen«, sagt Terry und schüttelt den Kopf.

Doch das stimmt nicht. Anscheinend ist es mehr als das. Denn niemand sucht Schutz unter den Bäumen, auch nicht unter den Pavillons. Alle flüchten aus dem Park. Fast so, als flüchteten sie nicht vor dem Regen, sondern vor der Dunkelheit.

Der Sturm legt sich genauso schnell, wie er aufgezogen ist. Die letzten Tropfen zerplatzen. Die Luft ist klar, die drückende Schwüle des Tages verschwunden. Die Wolken brechen auf und nehmen die Sonne mit Richtung Horizont.

Die Schatten wandern. Sie hinterlassen Finsternis. Die Stille schleicht heran. Wenn sie zu nahe kommt, reden wir; über die Arbeit in der Redaktion, die Hitze der letzten Tage, über irgendetwas. Wir müssen lange warten, bis in der Ferne das Knarren ertönt und der leuchtende Punkt erscheint.

»Sie zählen die Frauen, ich die Männer«, sage ich.

»Wozu?«, fragt Terry.

»Um festzustellen, ob die Gruppe, die das Labyrinth betritt, auch tatsächlich dieselbe ist, die das Labyrinth später wieder verlässt.«

»Sie muss es sein!«, sagt Terry.

Ich antworte nicht.

Unverständliche Laute hallen zu uns herüber. Jenseits der Wiesen mischt sich knirschender Kies darunter, schließlich leises Gemurmel. Wie am Vortag: kurze, erschöpfte Sätze. Einen glaube ich zu verstehen: »Hab's mir nicht so anstrengend vorgestellt.« Die Worte kleben aneinander, als habe ihr Sprecher einen Schlaganfall erlitten.

Das Licht wandert den Hügel hinauf. Der bucklige Laternenträger wieder in Umhang und Kapuze. Hinter ihm die Gestalten in groben Kleidern. Sie passieren den Teich mit dem Springbrunnen.

Ich beginne zu zählen.

Die Laterne verschwindet im Labyrinth, die Gestalten folgen ihr.

»Neun Frauen«, sagt Terry.

»Und sieben Männer«, sage ich. »Den Laternenträger nicht mitgezählt.«

»Es waren mehr als gestern«, sagt Terry.

Ich nicke. »Ja.«

Das Gemurmel ist noch nicht ganz verstummt, als plötzlich der Jubel einsetzt. Schnell kommt er näher, laut und überschwänglich. Noch ausgelassener als am Vorabend. Das Licht kehrt zurück auf den Vorplatz, und ich beginne die Fracks zu zählen. Danach zähle ich die Zylinder. Das Ergebnis bleibt dasselbe. Ich zähle die Abendkleider. Dann lösen sich die Gestalten in der

Dunkelheit auf. Das Lachen und das Johlen verklingen nur langsam.

»Es waren nur noch sechs!«, platzt es aus Terry heraus.

»Ja«, sage ich. »Sechs Frauen und sechs Männer. Ein Mann und drei Frauen weniger als auf dem Hinweg.«

»Wie kann das sein?«, fragt Terry. Er zeigt auf den schmalen Durchgang in der Hecke. »Sie müssen noch dort drinnen sein.«

»Nehmen Sie die Laterne«, sage ich.

Und wir stehen auf und betreten das Labyrinth.

Der Gang ist gerade so breit, dass Terry und ich nebeneinander stehen können. Die dicht verwachsenen Dornensträucher sind hoch genug, um die Welt dahinter verschwinden zu lassen. Der Nachthimmel ist alles, was bleibt.

»Da vorne!« Terry leuchtet auf den Boden.

Mein Blick folgt dem Laternenschein.

»Da sind frische Spuren«, sagt Terry. »Sehen Sie?«

Matsch und Pfützen. Mehr kann ich nicht erkennen. Ich nicke. Terry schaut mich an.

»Wir sollten ihnen folgen«, sage ich.

Terry betrachtet den regendurchtränkten Boden. Er wirkt nachdenklich, fast bedrückt.

»Am besten gehen Sie vor«, sage ich.

Wir biegen nach links, dann nach rechts. Nach der dritten Abzweigung habe ich die Orientierung verloren. Terry senkt den Kopf, sucht im Matsch nach Schuhabdrücken. Wie ein Spürhund.

Etwas verändert sich. Ich erkenne nicht sofort, was es ist. Ein kurzes Platschen. Immer wieder, in kurzen Abständen. Schritte.

Ich bleibe stehen. Terry dreht sich um. »Was ist?«

Ich horche. Nichts. Nichts als die Stille.

Wir gehen weiter. Das Gefühl, verfolgt zu werden, begleitet mich. Kleine, schnelle Schritte. Nicht weit entfernt. Ich weiß nicht, ob ich sie tatsächlich höre. Vielleicht bilde ich sie mir nur ein.

»Wir sind da«, sagt Terry.

Ich schaue auf. Wir haben das Zentrum des Labyrinths erreicht. Direkt vor uns ein mannshoher Sockel und darauf – riesenhaft und steinern – die Statue der St. Helena.

»Die Spuren enden hier«, sagt Terry.

»Ich fürchte, wir sind der falschen Fährte gefolgt«, sage ich. »Vielleicht sind die Abdrücke doch schon älter.«

»Es hat wie aus Kübeln gegossen«, sagt Terry. »Das können keine alten Abdrücke sein. Die Spuren stammen von der Gruppe.« Er leuchtet den Boden ab. »Und sie enden genau hier an der Statue. Sehen Sie?«

»Sie müssen sich irren«, sage ich. »Die Gruppe kann unmöglich bis hierher gelaufen sein, sich umgezogen haben und dann wieder zurückgelaufen sein. Tut mir leid, Terry. Dafür reichte die Zeit einfach nicht.«

Terry betrachtet die Spuren. Er runzelt die Stirn.

»Die Gruppe war keine zwei Minuten im Labyrinth«, sage ich. »Es muss eine andere Erklärung geben.«

»Vielleicht gibt es so was wie eine … eine Abkürzung«, sagt er abwesend.

»Und wo waren die Kostüme?«, frage ich. »Die Kleider waren knochentrocken. Sie können nicht hier draußen gelegen haben.«

Ich beginne, den Platz abzusuchen. Es muss eine Erklärung geben.

»Die Statue…«, murmelt Terry. »Wenn ich es nicht besser wüsste ...« Er kniet sich neben den Sockel.

»Was ist damit?«, frage ich.

»Die Spuren sehen aus, als wäre die Gruppe direkt aus der Statue gekommen.«

In diesem Augenblick sehe ich den Körper. Er liegt auf dem Rücken, Arme und Beine von sich gestreckt.

»Terry …« Mehr bringe ich nicht heraus.

Der Laternenschein zieht an mir vorbei, taucht den Körper in grelles Licht, und Terry stößt einen kurzen Schrei aus.

Das Gesicht des Mannes, der vor uns liegt, ist aschfahl. Der Rest von ihm ist rot. In Blut getränkt. Unterhalb des Kinns klafft der Hals auseinander. Wie ein zweiter Mund.

Terry würgt, und der Laternenschein verschwindet.

»Mein Gott! Jemand hat … jemand hat ihm die Kehle durchgeschnitten. Wir müssen die Polizei holen!«, sagt Terry.

»Ja«, sage ich. Meine Stimme ist nicht mehr als ein Flüstern. Ich versuche, den Toten anzusehen. Es gelingt mir nicht. Ich knie mich hin.

»Was haben Sie vor?«

Der Laternenschein kehrt zurück. Der rote Mund grinst mich an. Ich schließe die Augen und strecke meine Hand aus.

»Was soll das? Samuel, fassen Sie ihn lieber nicht an!«

Meine Hand berührt tote Haut.

»Er ist noch warm«, sage ich und öffne die Augen.

»Was …?«

»Er ist noch warm«, sage ich. »Es ist gerade eben erst passiert.«

Auf der Brust des Toten liegt etwas. Eine Spielkarte. Ich nehme sie an mich. Dieses Mal gelingt es mir, das eingefallene Gesicht zu betrachten.

Ich falle nach hinten, strampele panisch mit den Beinen, schiebe mich durch den Matsch, weg von der

Leiche, ich keuche: »Das ist … das ist Mr. Gardener … der alte Mann aus dem Park.«

Die Laterne blendet mich.

»Er wusste davon«, sagt Terry. »Er hat gesehen, was wir gesehen haben und wollte, dass jemand der Sache auf den Grund geht. Ein Reporter.«

»Dann hätte er mir doch einfach davon erzählen können!«

»Hätten Sie ihm geglaubt?«, fragt Terry. Seine Stimme ist leise, fast ein Flüstern. »Er wusste davon. Und deshalb haben die Kostümierten ihn umgebracht.«

Das seltsame Platschen drängt sich in meine Erinnerung, und Terry fragt: »Was ist, wenn sie zurückkommen?«

Die Laterne schwingt hin und her. Panik sprudelt in mir empor.

»Wir müssen hier weg!«, sagt Terry. »Sofort!«

Und dann laufen wir auch schon. Wir hetzen durch die Gänge. Mit jeder Abzweigung scheinen sie schmaler zu werden. Ich höre Schritte hinter mir. Sie holen auf. Plötzlich Dunkelheit, der Laternenschein ist verschwunden. Ich drehe mich um, Terry ist verschwunden.

Ich bleibe stehen, rufe seinen Namen: »Terry? Terry!«

Keine Antwort, nur das Platschen. Das Platschen, die Schritte. Sie kommen näher. Hinter der Abzweigung plötzlich ein Gesicht, es scheint zu leuchten. Ein matt leuchtendes Gesicht mit Augen aus Feuer. Ich blinzele, und es ist verschwunden. Ich laufe weiter, biege nach links, biege nach rechts, hetze durch die Gänge. Dornen zerschneiden meine Hände, meine Unterarme, zerfetzen mein Hemd. Auf einmal der Vorplatz mit dem Teich. Ich stolpere, falle zu Boden, rappele mich wieder auf, stütze mich auf die Knie, versuche, zu Luft zu kommen.

Es ist still, nur mein rasselnder Atem. Die Schritte sind verschwunden. Ich schaue zum Tor. In der Ferne tanzt ein gelber Punkt. Er kommt näher. Ich laufe nach rechts, den Hang hinunter. Hinter dem nächsten Baum werfe ich mich flach auf den Boden. Die Welt vor meinen Augen schrumpft zusammen. Dunkelheit breitet sich aus. Ich rolle mich auf den Rücken, mein Blickfeld weitet sich wieder. Ich höre, wie sie näher kommen. Es sind wenige, vielleicht zwei oder drei. Ich drehe mich auf den Bauch und robbe zur Baumwurzel. Auf dem Vorplatz stehen zwei Männer in Uniform. Polizisten. Sie stehen dort, als würden sie auf etwas warten.

»Wo liegt er?«, fragt der eine und zündet sich eine Pfeife an.

»In der Mitte«, sagt der andere und leuchtet mit der Laterne zum Labyrinth. »Bei der Statue.«

Der Erste nickt und raucht. »Hol schon mal die Kutsche«, sagt er schließlich. »Und dann kommst du nach, hörst du? Ich trag den nicht schon wieder alleine.«

»Ja, ja, mach ich«, sagt der andere.

»Das sagst du jedes Mal.«

»Keine Sorge, ich fass mit an.«

Er gibt dem Ersten die Laterne. Dann gehen sie: der eine ins Labyrinth, der andere Richtung Tor. Sie gehen ohne Eile, ohne Aufregung. Als wäre nichts geschehen.

Ich laufe über das Kopfsteinpflaster. Die Straßen sind leer. Ich laufe in der Mitte, im grellen Schein der Gaslaternen. Ich denke an Terry. Ich sage mir, es wird ihm schon gut gehen. Wahrscheinlich ist er längst zu Hause. Ich denke daran, dass ich ihn zurückgelassen habe. Ich müsste umkehren, nachsehen. Mit aller Macht verdränge ich den Gedanken. Ich kann nicht zurück. Ich laufe. Und der Schweiß brennt in meinen Augen, tropft von meinem Gesicht.

Ich lege mich angezogen aufs Bett. Irgendwann versuche ich, die Augen zu schließen. Im Schutze der Finsternis kehren die Bilder zurück. Der blutgetränkte Leichnam, das blasse Gesicht von Mr. Gardener. Und das andere Gesicht, das leuchtende mit den Augen aus Feuer. Ich reiße die Augen auf und schnappe nach Luft. Es dauert lange, bis mein Herz aufhört, gegen meinen Brustkorb zu hämmern.

Ich liege da und starre an die Zimmerdecke. Ich warte auf den Morgen. Irgendwann erinnere ich mich an die Spielkarte, die auf Mr. Gardeners Brust lag, und hole sie aus meiner Westentasche. Ihre Rückseite ist klebrig. Ich lege sie auf den Tisch und wasche das geronnene Blut von meinen Fingern. Ihre Vorderseite zeigt eine Art Scheibe, in deren Rand vier Buchstaben sind: T, E, M, I. Um die Scheibe herum versammeln sich absonderliche Wesen; eine Sphinx, eine Schlange, mehrere Chimären. Es ist eine Tarotkarte.

Der Himmel färbt sich blau, und ich wickele die Karte in ein Taschentuch. Die Sonne erklimmt die Dächer, und die Petroleumlampen verblassen. Ich lösche die Lichter und mache mich auf den Weg.

Als ich in die Redaktion komme, ist Brockman bereits da. Die Polizeimeldungen liegen in der Ablage.

»Sind die von heute?«, frage ich.

Brockman nickt. »Hab ich gerade eben abgeholt.«

»Irgendwas Besonderes dabei?«

»Zwei Schlägereien unten in Carget, ein Einbruch und die Vermisstenmeldungen«, sagt Brockman. »Das Übliche halt.«

»Sonst nichts?« Mein Kopf wird plötzlich sehr schwer.

»Schauen Sie doch selbst nach. Liegt doch alles da.«

Ich blättere durch die Meldungen. Zweimal. Keine betrifft den St. Helena Park, nirgendwo ist von einer aufgeschlitzten Kehle die Rede, von einem Toten mit einem rot grinsenden Mund. Die Polizei sucht keine Zeugen, sie leitet keine Fahndung ein, sie bittet die Bevölkerung nicht um ihre Mithilfe. Die Polizisten wussten, wo die Leiche lag. Und wahrscheinlich wissen sie auch, wer der Mörder ist. Aber sie berichteten von keinen Verhaftungen. Ich lege die Hände auf meinen Kopf. Er drückt von innen. Wie ein prall gefüllter Wasserschlauch.

Nach und nach füllt sich die Redaktion. Begrüßungen, Kopfnicken, Pfeifenrauch. Die ersten Schreibmaschinen nehmen ihre Arbeit auf. Immer wieder schaue ich zu Terrys Platz hinüber. Er bleibt unbesetzt.

Eine Beklemmung presst sich durch meine Gedärme. Als sie meinen Hals erreicht hat, gehe ich zu Mr. Mac Kingsley und lasse mir Terrys Adresse geben.

Er wohnt außerhalb des Stadtzentrums, in Carget, unten am Hafen. Die Häuser stehen hier näher beisammen, die Fassaden neigen sich in absurden Winkeln Richtung Mittagssonne. Ab und an berühren sich die Giebel zweier gegenüberstehender Häuser, formen ein Dach über den engen, verwinkelten Gassen. Ein ständiger Wechsel aus Licht und Schatten. Ich brauche einige Zeit, um mich zurechtzufinden.

Terrys Vermieterin, eine stämmige Frau mit lauter Stimme, erzählt mir, dass sie ihn seit gestern Morgen nicht gesehen habe.

»Aber gehört habe ich ihn«, fügt sie hinzu. »Anscheinend hatte er letzte Nacht Besuch – obwohl das nach zehn Uhr strengstens untersagt ist! Ich wollte ihm sowieso noch die Leviten lesen. Hat mir den ganzen Boden mit seinen schlammigen Stiefeln eingesaut! Aber der Kerl macht die Tür nicht auf. Der weiß schon, warum.« Sie schüttelt den Kopf. »War immer so ein anständiger Mieter … na ja, man steckt halt nicht drin in den Leuten.«

Ich gehe durch den Flur, vorbei an Küche und Esszimmer, eine schmale Treppe hinauf. Sie endet an einer Tür. Ich klopfe.

Stille. Nichts rührt sich.

Ich klopfe ein zweites Mal und lege mein Ohr an das raue Holz.

Schnelle leise Schritte.

»Terry?«, rufe ich. »Ich bin's. Samuel.«

Keine Antwort.

Ich drehe den Türknauf. Es ist abgeschlossen.

»Ich muss mit Ihnen reden«, sage ich. Immer noch Stille.

Dann ein Flüstern – so leise, dass es kaum seinen Weg nach draußen findet: »Gehen Sie!«

»Terry?«, frage ich. »Terry, sind Sie das?«

»Gehen Sie!« Dieses Mal schon etwas lauter.

»Es ist wichtig«, sage ich. »Machen Sie doch bitte die Tür auf.«

Wieder Stille.

»Terry? Sind Sie noch da?«

Der Schlüssel dreht sich im Schloss, die Tür öffnet sich einen Spalt. Das Gesicht eines Greises. Augen, tot wie Glasperlen. Umringt von schwarzen Gräben. Er ist über Nacht gealtert.

»Was … was ist Ihnen zugestoßen?«, frage ich.

»Gehen Sie«, sagt Terry. »Verlassen Sie diese Stadt, solange Sie noch können!«

Der Spalt schließt sich, und ich stelle meinen Fuß zwischen Tür und Rahmen. Ich stoße die Tür auf und dränge mich an Terry vorbei in das Zimmer. Er weicht zurück. Dann senkt er den Kopf.

»Bitte gehen Sie«, sagt er wieder. Zu mehr scheint er nicht im Stande zu sein.

»Haben die Polizisten Sie gefunden?«, frage ich.

Er antwortet nicht.

Einen Moment lang stehen wir schweigend in dem niedrigen Mansardenzimmer. Plötzlich hebt Terry den Kopf und starrt an mir vorbei. Das Bett, ein Sekretär, eine Kommode, ein niedriges Bücherregal, ein Sessel – sie alle stehen im Halbdunkel der gegenüberliegenden Zimmerecke, aneinander geschoben, übereinander gestapelt. Der Rest des Zimmers ist leer.

»Was soll das?«, frage ich, ohne eine Antwort zu erwarten, und betrachte den grotesken Möbelberg.

»Ich glaube, die Polizei weiß, wer der Mörder ist«, sage ich nach einer Weile. »Und anscheinend hat man kein Interesse daran, ihn seiner gerechten Strafe zuzuführen. Verstehen Sie, was das bedeutet?« Ich hole das Taschentuch mit der Tarotkarte hervor. »Das hier hat der Mörder zurückgelassen. Vielleicht ist es der einzige Hinweis …«

Ich verstumme.

Terry starrt mich an. Sein Mund öffnet sich, sein Körper beginnt zu zittern. Dann stürmt er auch schon auf mich zu. Bevor ich reagieren kann, schnappt er nach der Karte und zerreißt sie, zerreißt sie immer wieder, in immer kleinere Stücke. Er hastet zum Fenster und wirft die Fetzen hinaus. Hektisch sucht er den Boden ab, sammelt jedes noch so kleine Stück auf und wirft es den anderen hinterher. Erst als er sicher ist, keines übersehen zu haben, beruhigt er sich langsam wieder.

»Das sind seine Karten«, sagt er atemlos. »Er hat … er hat sie mir gezeigt.«

»Wer?«, frage ich.

»Ich dachte, ich wäre ihm entkommen«, sagt Terry. »Aber er wird mich finden. Egal, wo ich mich verstecke.

Wir hätten niemals in den Park gehen dürfen. Nicht nach Einbruch der Dunkelheit.« Die toten Augen sehen mich an, dann starren sie wieder in die Zimmerecke, auf den Möbelberg. »Aber es ist nicht die Dunkelheit. Die Dunkelheit ist nicht das Schlimme, auch nicht die Stille. Es ist das, was sich darin verbirgt.«

Terry verstummt.

Und ich frage: »Wovon sprechen Sie?«

»Der Leibhaftige. Er war hier. Er saß auf meiner Bettkante. Und er hat mir Dinge gezeigt. Schreckliche Dinge. Und dabei strichen seine langen, weißen Finger über mein Gesicht. Wissen Sie, warum kein Blut in dem Gesicht des Toten war? Er hat ihn aufrecht gehalten. Hat gewartet, bis er ausgeblutet war. Er hat ihm beim Sterben zugesehen. Das tut er immer.« Terry zuckt zusammen. »Er kommt zurück!«

Ein Klappern aus der Zimmerecke, dann ein Schlagen. Erst jetzt entdecke ich hinter dem Möbelberg eine schmale Tür. Eine Besenkammer, nehme ich an.

Terry schreit. »Da ist er! Er kommt zurück!«

Ich bilde mir ein, dass sich die Tür einen Spalt weit öffnet und gegen den Bettrahmen schlägt. Und ich erkenne den Zweck des Möbelbergs: Es ist eine Barrikade.

»Laufen Sie, Samuel! Retten Sie Ihre Seele!«

Ein weiterer Schlag. Das Bücherregal stürzt um, und jetzt öffnet sich die schmale Tür tatsächlich. Ein weißer, dünner Wurm schiebt sich durch den Spalt. Er tappt auf der Kommode hin und her, ertastet seinen Weg ins Zimmer. Drei weitere Würmer folgen, bilden eine Hand. Terry verfällt in ein Wimmern. Die Würmer umfassen den Rand der Kommode, drücken dagegen, der Möbelberg gerät in Bewegung. Die Tür öffnet sich weiter. Ich denke an tote Räume und an leuchtende Gesichter mit Augen aus Feuer. Und ich stürze die

Treppe hinab, vorbei an der Vermieterin, hinaus ins Freie. Irgendwo über mir schreit Terry, ein zweiter Schrei übertönt ihn. Dann verstummen beide schlagartig. Und ich laufe. Ich fliehe, ohne mich umzudrehen. Zu groß ist die Angst davor, was ich in dem kleinen Dachfenster erblicken könnte.

Ich weiß nicht, wie lange ich durch Carget irre. Wie lange ich durch immergleiche Gassen und verdreckte Hinterhöfe hetze, vorbei an denselben verschlagenen Gestalten.

Hinter einem schmalen Durchgang plötzlich eine Straße. Keuchend komme ich zum Stehen und sehe mich um. Kutschen ziehen an mir vorbei, Spaziergänger. Zu meiner Rechten glitzert in der Ferne die Bucht. Ich wende mich nach links. Die Fassaden werden vertrauter und nach kurzer Zeit erreiche ich die Brackett Street. Ich muss mit Mr. Mac Kingsley sprechen. Über den Park, die Kostümierten, die Polizisten. Und über die Leiche von Mr. Gardener und den Vorfall bei Terry. Die Sonne versinkt groß und rot in den tiefen Wäldern. Der Horizont geht in Flammen auf. Und ich beschleunige meinen Gang.

Die Tür des Verlagsgebäudes ist nicht abgeschlossen. Vorraum und Treppenhaus liegen still und verlassen im Halbdunkeln. Ich gehe hinauf. Im Redaktionsraum ebenfalls Stille und der Geruch von Pfeifentabak. Ich gehe den Flur entlang, klopfe gegen Türen und drehe an Knäufen. Auch die Büros sind verlassen. Ich taste mich erneut durchs Treppenhaus. Kurz vor dem Erdgeschoss ein Geräusch. Ich bleibe stehen, lausche. Ein entferntes Stampfen. Einige Stufen später kommt ein Pfeifen dazu und schließlich ein gleichmäßiges Surren. Die Druckmaschinen.

Die Tür zum Keller steht einen Spalt weit offen, dahinter ein schwacher Lichtschein. Ich gehe hinunter. Das Stampfen verstummt. Als ich den Treppenabsatz erreiche, sind auch das Surren und das Pfeifen verklungen. Die Walzen und Zylinder der Druckmaschinen stehen still. Die Luft unter der niedrigen Decke ist heiß und stickig vom Dampf.

»Fast hätte ich mir Sorgen gemacht.«

Mr. Mac Kingsley steht an einer der Walter-Pressen. In der Hand hält er eine lilafarbene Geschenkschachtel.

»Verraten Sie mir, wo Sie den ganzen Tag waren?«, fragt er.

»Bitte entschuldigen Sie, Sir«, sage ich. »Es … es ist etwas dazwischen gekommen.«

Er schließt den Deckel der Schachtel. »Ich warte immer noch auf Ihren Artikel über den St. Helena Park. Ich muss Sie doch hoffentlich nicht daran erinnern, dass morgen Redaktionsschluss für die Erstausgabe ist.«

»Nein, Sir.«

»Dann bin ich ja beruhigt.« Er geht zur Garderobe und nimmt ein Jackett vom Haken. »Konnten Sie in Erfahrung bringen, was mit Terry ist?«

Er sieht mich fragend an, zieht die Augenbrauen hoch. Ich weiß nicht, woran es liegt. Vielleicht an der Art, wie er dasteht zwischen den großen Druckmaschinen; hemdsärmelig, in der einen Hand eine schillernde Geschenkbox, in der anderen ein Jackett. Vielleicht ist es die Überraschung, ihn hier unten anzutreffen, die mich sagen lässt: »Terry geht es gut.« Mr. Mac Kingsley legt die Stirn in Falten, und ich füge hinzu: »Nur eine leichte Erkältung. Er ist etwas fiebrig, aber schon auf dem Weg der Genesung.«

»Das freut mich zu hören«, sagt er. Sein Blick ruht immer noch auf mir. »Gibt es sonst noch etwas, das Sie mir mitteilen wollten?«

Ich schüttele den Kopf. »Nein. Nichts, was nicht bis Morgen warten könnte.«

»Gut.« Er zieht sein Jackett an. »Wenn Ihr Artikel morgen Mittag nicht auf meinem Schreibtisch liegt, ist die Titelseite weg. Ich hoffe, das ist Ihnen bewusst.«

Ich nicke.

»Ich verlasse mich auf Sie, Samuel.«

Ich nicke noch einmal.

Er geht an mir vorbei. »Schließen Sie ab, wenn Sie gehen«, sagt er.

Und ich schaue ihm nach, bis er in der Dunkelheit verschwunden ist. Die Kellertür fällt ins Schloss, und ich gehe zu der Druckmaschine, an der Mr. Mac Kingsley stand. Ich betrachte die Druckzylinder. Die Auflagen glänzen nass vor Farbe; eine in schwarz, eine in blau, eine in rot, die vierte in gelb. Es sind keine Stereotypien, keine Schriftsätze; es sind Muster. Ich nehme einen Bogen Papier und schiebe ihn unter den Zylindern hindurch. Die Drucke überlappen sich, die Farben verschmieren. Trotzdem erkenne ich augenblicklich das Motiv; die Scheibe, die Sphinx, die absonderlichen Wesen. Es sind die Tarotkarten. Zwei nebeneinander, vier in der Höhe. Ich betrachte den Papierbogen und frage mich, warum ein Zeitungsverleger Tarotkarten druckt. Und dann denke ich an Mr. Gardener. Und einen endlosen Augenblick lang horche ich in mich hinein und frage mich, ob ich wahnsinnig werde, ob ich allmählich den Verstand verliere. Als ich eine Entscheidung getroffen habe, falte ich den Bogen zusammen und stürze die Treppe hinauf. Zehn Sekunden später bin ich auf der Brackett Street und folge der Geschenkbox mit den Tarotkarten und dem hoch gewachsenen Schatten, der sie trägt.

Mit dem Licht versiegt auch die Hitze, die Stadt erwacht aus ihren Fieberträumen. In den Baumkronen verabschieden Vögel den Tag, auf den Bürgersteigen begrüßt man die kühle Abendluft.

Mac Kingsley wirkt zwischen den Spaziergängern wie ein Fremdkörper, ein Überbleibsel des überhitzen Tages. Sein Gang ist schnell, seine Haltung angespannt. Ein-, zweimal erwidert er einen Gruß, ein flüchtiges Kopfnicken im Schein der Gaslaternen – aber er bleibt nicht stehen. Er geht weiter, und ich folge ihm auf der anderen Straßenseite, meide die Lichtkegel der Laternen. Doch meine Vorsicht ist unbegründet. Mac Kingsley schaut sich nicht um. Er fürchtet nicht, verfolgt zu werden. Seine einzige Sorge scheint darin zu bestehen, zu spät zu kommen.

Er biegt in eine Seitenstraße und gleich darauf nach Norden, in die Neal Street. Einige Minuten später bleibt er vor einem großen Gartentor stehen. Er drückt die Klinke hinunter und verschwindet hinter einer Steinmauer. Ich laufe einige Schritte, um ihn wieder in den Blick zu bekommen. Jenseits des Gartentors ein Kiesweg, dahinter hell erleuchtet drei Stufen, die zu einem von Marmorsäulen umrahmten Eingang führen. Die breite Doppeltür öffnet sich, noch bevor Mac Kingsley eine Klingel betätigt. Er wurde erwartet. Er tritt ein, die Tür schließt sich wieder, und ich überquere die Straße. Oberhalb des Tores sind drei Zahlen in Metall eingefasst: 126. Dahinter eine einstöckige Villa, umgeben von großzügigen Rasenflächen, behütet von hohen Mauern. Links und rechts des Eingangs leuchten Gaslaternen, der Rest des Anwesens liegt im Dunkeln.

Einen Augenblick lang stehe ich einfach nur da und warte darauf, dass etwas passiert. Etwas, dass alles erklären würde. Aber es passiert nichts, und so beginne ich, die Neal Street auf- und abzugehen. Mal auf der einen, mal auf der anderen Seite. Ich muss mich zwingen, nicht ständig zum Tor hinüberzustarren. Als ich es zum fünften oder sechsten Mal passiere, kommen zwei Männer durch den Garten näher. Ich beschleunige meinen Gang und wechsele die Straßenseite. Im Schatten eines Ahornbaums bleibe ich stehen. Der eine Mann ist Mac Kingsley, den anderen erkenne ich erst, als er auf den Bürgersteig hinaustritt: Es ist Robert Haywood, der Architekt. Er sagt etwas, und Mac Kingsley nickt. Dann legt er Mac Kingsley seine Hand auf die Schulter. Als versuche er, ihn aufzumuntern. Die beiden wechseln einige Worte, die ich nicht verstehe. Dann reichen sie sich die Hände. Jeder geht seiner Wege.

Keiner von beiden trägt die Geschenkbox bei sich. Sie ist noch im Haus.

Eine plötzliche Erkenntnis schiebt sich in mein Bewusstsein: Mac Kingsley hat sie abgeliefert. Wer ist mächtig genug, um Alistair Mac Kingsley zu einem Botenjungen zu degradieren?

›Der Mörder von Mr. Gardener‹, denke ich, ›der Mann mit den Tarotkarten.‹

In der Neal Street 126 erlöschen die Gaslaternen. Heute Abend werden keine Besucher mehr erwartet.

Als ich mich aus dem Schatten löse, ist meine Entscheidung längst gefallen. Ich habe zu viel gesehen, um noch umzukehren. Und es gibt niemanden, an den ich mich wenden könnte: nicht die Polizei und erst recht nicht die Presse. Man würde mir ohnehin nicht glauben. Wieder denke ich an Mr. Gardener, und einen absurden Moment lang wünsche ich mir, Terry wäre hier. Dann drücke ich die Klinke des Tors hinunter und schlüpfe in den Garten.

Ich wende mich nach rechts, laufe gebückt entlang der Steinmauer. Das Haus liegt groß und still in der Dunkelheit. Wie ein schlafender Riese. Das Erdgeschoss auf der Rückseite, eine schwarze Wand am Ende des Rasens, davor eine niedrige Hecke, im Obergeschoss hier und da Licht, das hinter dicken Vorhängen glimmt.

Geduckt schleiche ich näher heran, knie mich hinter die Hecke. Die Fenster scheinen allesamt geschlossen zu sein. Plötzlich ein Knarren, eine Tür öffnet sich, irgendwo vor mir in der Dunkelheit.

Eine leise Stimme: »Na los!«

Dann schnelle Schritte, ein Hecheln, ein Hund, groß und schwarz gefleckt, eine dänische Dogge. Ich kauere mich auf den Boden. Die Dogge kommt näher. Ich sehe die Pfoten durch das Blattwerk. Ein kaltes Kribbeln wandert meine Waden hinauf, meine Beine verkrampfen. Die riesige Schnauze schwenkt hin und her, dann ist sie direkt vor mir, nur ein paar dünne Äste und Blätter trennen uns. Schwarze Augen. Die Dogge zieht ihre Lefzen nach oben, knurrt. Sie hat mich entdeckt. Wenn ich jetzt weglaufe, reißt sie mich in Stücke. Meine Hände krallen sich in den Rasen.

Wieder die Stimme von der Tür: »Morris! Los jetzt!«

Doch Morris rührt sich nicht.

»Noch mal lass ich dich heute Nacht nicht raus. Dann hast du Pech gehabt, alter Junge.«

Morris starrt mich an und knurrt ein tiefes Grollen. Die Schnauze drückt sich durch das Blattwerk. Die Pfoten scharren in der Erde. Ich gerate in Panik, will aufspringen, mich bemerkbar machen, dann ist es auf einmal vorbei. Ein Rascheln vom Rand des Anwesens, die Schnauze verschwindet aus der Hecke, reckt sich in die Höhe. Noch mal das Rascheln, und Morris jagt davon. Ich atme aus, meine Hände zittern.

Von der Tür ein Murmeln: »Immer dasselbe …«

Dann wieder das Knarren, die Tür schließt sich.

Ich stehe auf. Die Dogge ist verschwunden. Schnell umrunde ich die Hecke, suche die Hauswand ab, finde die Tür. Sie ist nur angelehnt. Ich drücke sie auf, eine kleine dunkle Kammer. Sie ist leer. Eine weitere Tür, halboffen, ein schwacher Lichtschein. Einige flache Atemzüge lang lausche ich in die Stille, spähe durch den Spalt, lauere auf eine Bewegung in der Finsternis dahinter, doch sie bleibt aus. Das hohle Klopfen meines Herzens ist das einzige, was ich höre. Also gehe ich weiter. Drei Stufen unter mir entfaltet sich das Haus zu einer riesigen schwarzen Halle. Auf kleinen Tischen stehen mit Steinen gefüllte Schalen. Die Steine leuchten türkis-warm, kleine Lichtinseln im schwarzen Meer.

Ich steige die Stufen hinab und versinke im tiefen Teppich. Ich stehe in der Mitte der Halle und sehe mich um. Zu drei Seiten gehen weitere Räume ab. Ich wende mich nach rechts. Ein breiter Korridor, die Wände gesäumt von Rahmen. Auch von ihnen geht ein schwacher Lichtschein aus. Urkunden, Dokumente, viele in einer fast unleserlichen Handschrift. Akademische Auszeichnungen, ein Doktortitel in Ökonomie, ein weiterer in Jura. Ich lese den Namen: Thomas Adamius Field.

Es dauert einige Sekunden, bis ich erkenne, in wessen Haus ich eingebrochen bin. Thomas Field, der bekannte Bankier, der wahrscheinlich reichste Mann Portervilles. Ich gehe weiter, ohne zu wissen, wonach ich eigentlich suche. Einer der Rahmen ist größer als die anderen. Eine Zeitung, eine Titelseite. Ich überfliege die Überschriften und stocke. Eine von ihnen lautet: St. Helena Park gesperrt, von David Dunford. Mein Blick wandert nach oben, zum Namen der Zeitung. Ich versuche, die geschwungenen Lettern zu entziffern, mein Gehirn weigert sich. Immer wieder lese ich den Namen. Meine Knie geben nach, ich stütze mich gegen die Wand, atme tief durch. Es ist die ›Porterville Times‹. Ich lese das Kleingedruckte am oberen Rand. Erstausgabe, 23.

Januar 1881. Ich stehe keuchend da und starre auf die 23 Lettern. Sie verändern sich nicht. Es ist die Erstausgabe der ›Porterville Times‹. Die Erstausgabe, an der wir seit zwei Wochen arbeiten. Doch diese Zeitung ist beinahe sechs Monate alt.

Meine Hände zittern, als ich den Rahmen von der Wand nehme. Vorsichtig löse ich die Glasplatte, nehme die Titelseite heraus. Das Papier fühlt sich alt und brüchig an. Plötzlich eine Stimme, ein Rufen, gedämpft, wahrscheinlich aus dem Obergeschoss.

Dann eine zweite Stimme, wesentlich näher: »Sehr wohl, Sir.«

In der Halle ein Lichtschein, von rechts laute Schritte, ich ducke mich, presse mich flach gegen die Korridorwand. Ein Mann betritt die Halle, seine Schritte verstummen im Teppich, und ich erstarre. Ein alter Mann in Butleruniform, in der Hand hält er eine Lampe. Ganz still steht er da, nur die Lampe in seiner Hand bewegt sich, Schatten rucken durch die Halle. Der alte Mann dreht sich zur Seite, ganz langsam, und sieht in den Korridor. Er sieht mich an. Eine Ewigkeit, vielleicht länger. Sein Mund öffnet sich und erlöst mich aus meiner Erstarrung. Ich renne zurück in die Halle, der Alte rührt sich nicht, glotzt mich nur an. Ich renne an ihm vorbei, die Stufen hinauf, durch die beiden Türen. Draußen höre ich den Schrei, alt und schwach. Auf der Vorderseite höre ich eine zweite Stimme, kurz vor dem Gartentor eine dritte. Als ich den Bürgersteig erreiche, wird die Haustür aufgerissen. Ich drehe mich nicht um. Ich biege in die nächste Seitenstraße und laufe um mein Leben.

Ich laufe, noch lange nachdem die Rufe verstummt sind, die Schritte verklungen. Als ich nicht mehr laufen kann, gehe ich. Runter bis zum Hafen, von da nach

Osten, bis zum Stadtrand. Meine Beine fühlen sich an, als wären sie mit Wasser gefüllt, dick und schwer. Die Straßen leeren sich. Porterville kommt zur Ruhe, schläft schließlich ein.

Ich bin alleine. Meine Schritte hallen über das Kopfsteinpflaster, die Zeitung raschelt unter meinem Jackett. Ich frage mich, ob mich jemand erkannt hat. Wahrscheinlich wurde bereits eine Fahndung ausgegeben, mit einer Personenbeschreibung, einem Bild. Es ist nur eine Frage der Zeit, bis sie meinen Namen kennen. Irgendwann bin ich zu müde, um noch weiter wegzulaufen, und mache mich auf den Heimweg.

Ich schließe die Tür auf, niemand packt mich. Der Hausflur ist still und verlassen, mein Zimmer genauso. Niemand wartet auf mich.

Ich entzünde alle Lampen. Dann setze ich mich an den Sekretär und fasse einen Plan. Ich schlage mein Notizbuch auf und beginne zu schreiben. Ich schreibe auf, was passiert ist, in dem Park, in Terrys Mansardenzimmer, in der Neal Street 126. Ich schreibe von den Kostümierten, von den Polizisten, von dem toten Mr. Gardener. Und von Mac Kingsley und den Tarotkarten. Ich schreibe alles auf. Als ich fertig bin, sind nur noch wenige Seiten frei.

Ich hole den Koffer unter dem Bett hervor und packe meine Sachen. Es ist nicht viel: etwas Kleidung, einige Bücher, eine Reiseschreibmaschine. Die Schreibmaschine stelle ich auf den Sekretär und spanne einen Bogen Papier ein. Heute ist der Abgabetermin. Ich muss etwas einreichen, man könnte sonst Verdacht schöpfen. Ich brauche mehrere Anläufe. Eine Stunde später ist der Artikel fertig. Es ist nicht das, was ich geplant hatte, doch meine Möglichkeiten sind beschränkt und mir bleibt keine Zeit mehr. Ich werfe den Artikel in den Briefkasten der ›Porterville Times‹ und begebe mich auf direktem Weg zum Bahnhof. Ein Schraubstock drückt gegen meine Schläfen, die Welt schrumpft zu einem schmalen Tunnel. Bei jedem Schritt rechne ich damit, verhaftet zu werden. Doch die Hand auf meiner Schulter bleibt aus.

Ich frage den Mann am Schalter, welcher Zug als nächstes fährt. Er nennt mir einen Ort und einen Preis. Beides verstehe ich nicht. Ich lege Scheine auf den Tresen, bis der Mann das Geld zusammenschiebt und in die Kasse legt. Er gibt mir ein Ticket und einige Münzen Wechselgeld, und ich gehe zu den Bahnsteigen. Der Zug steht schon bereit, ich steige ein und suche mir ein leeres Abteil.

Ich presse meine Wange gegen die Fensterscheibe, sie ist angenehm kühl, der Schraubstock lockert sich etwas. Die Dampfpfeife ertönt. Der Schaffner schaut den Bahnsteig hinunter und hebt seine Kelle. Ich starre an ihm vorbei zum Ende des Bahnsteigs, zur Empfangshalle. Zu den grünen Schwingtüren. Gleich werden sie sich öffnen. Mit einem Knall. Ich weiß es. Sie werden aufgestoßen, und jemand wird rufen: »Haltet den Zug an!«

Und der Zug wird stehen bleiben. Sie kommen, um mich zu holen. Sie zerren mich aus dem Abteil. Ich schlage um mich, schreie, auch wenn es vergebens ist.

Doch nichts davon passiert. Die grünen Schwingtüren bleiben geschlossen. Das Signal der Dampfpfeife ertönt ein zweites Mal, ein Rucken durchfährt meinen Körper, dann setzt sich der Zug in Bewegung. Ein letztes Mal hastet mein Blick durch die Empfangshalle, sie ist leer. Der Bahnhof zieht an meinem Fenster vorbei, und ich atme aus und sinke in das weiche Polster.

Die dreistöckigen Gebäude stehen dicht gedrängt im Gegenlicht der Morgendämmerung. Über ihnen in der Ferne stößt ein schwarzer Splitter in den Himmel, das

Stahlgerüst des Hudson Towers. Zu meiner Linken, jenseits der Abteiltür und des schmalen Gangs, noch kurz die verfallenen Fischerhütten an der Mündung des Cale River. Dann nur noch tiefer Wald. Die Sonne schiebt sich über die Baumkronen, vertreibt die Dunkelheit.

Es ist geschafft. Ich bin entkommen.

Die Abteiltür öffnet sich.

»Guten Morgen, Mr. Wilcomb.«

Er setzt sich mir gegenüber, schlägt die Beine übereinander.

»Ich nehme an, Sie wissen, wer ich bin?« Seine Stimme lächelt.

Draußen verwischt der Wald zu grünen und braunen Schlieren.

»Mr. Field«, sage ich.

Er nickt und holt etwas aus seinem Mantel, Papier knistert, es ist mein Artikel, er liest die Überschrift: »Schlägerei im Brewers Pub – mehrere Festnahmen. Gestatten Sie mir eine Frage, Mr. Wilcomb: Was ist aus Ihrem Loblied auf den St. Helena Park geworden?«

»Ich …«

»Ja?«

»Er ist noch nicht fertig«, sage ich. »Ich brauche noch einige Tage dafür. Und Mr. Mac Kingsley liebt Schlägereien.«

Mein Spiegelbild verzieht den Mund.

»Das ist etwas, was die Leute berührt«, sage ich.

Wieder knistert das Papier.

»Ich möchte, dass Sie etwas verstehen, Mr. Wilcomb. Ich möchte, dass Sie mich ansehen.«

Ich rühre mich nicht.

»Sehen Sie mich an!«

Mein Kopf ruckt herum. Große, graue Augen. Sie sehen in mich hinein, und ich verliere mich in ihnen. Aus meiner Tiefe steigt etwas herauf, zerplatzt an der

Oberfläche: der St. Helena Park bei Nacht, das Labyrinth, das leuchtende Gesicht.

»Gut«, sagt er. »Jetzt verstehen Sie.« Er zieht seine Handschuhe aus und legt sie zusammen. »Sie besitzen etwas, dass mir gehört.«

»Nein«, sage ich. »Nein. Nicht mehr.«

»Das wird sich noch herausstellen.«

Er beugt sich zu mir herüber, eine kleine Spritze verborgen in der Handfläche. Sie streift meinen Hals, ein kurzes Stechen. Ich betaste die Stelle, etwas Blut an meinen Fingerkuppen. Mein Kopf sackt auf die Brust. Die Welt verschwimmt.

»Wenn Sie zu lange in den Abgrund starren, starrt der Abgrund irgendwann auch in Sie.«

Das Stampfen des Zuges verstummt, dann nur noch Stille. Dann nur noch Dunkelheit.

Fast hätte ich es geschafft.

Die geheimen Kinder

von Raimon Weber

»TOT.« ES WAR SO, als würde das Wort einfach in der Luft stehen bleiben. Als wäre da eine unsichtbare Barriere, die es unmöglich machte, Ohren und Verstand meines Gegenübers zu erreichen.

»Mr. Petrescu ... das Mädchen ist vor 20 Minuten auf dem Operationstisch gestorben.«

Der junge Mann blies sich eine schwarze Haarsträhne aus dem Gesicht und grinste schief. »War ja keine Absicht, Mrs. Faden.«

»McFaden«, verbesserte ich ihn.

Colin Petrescu zuckte mit den Schultern. »Wie auch immer. Sie kriegen das schon hin. Schicken Sie die Rechnung an meinen Dad.« Er deutete spöttisch eine Verbeugung an und wollte mein Büro verlassen.

»Den Autoschlüssel!«, forderte ich.

Petrescu erstarrte. »Dazu haben Sie kein Recht!«

Er stürmte mit geballten Fäusten auf mich zu.

»Sie werden den Wagen nicht mehr anrühren.« Ich betätigte den winzigen Sender in meiner Jackentasche. Zwei Männer betraten den Raum. Die goldenen Schilder an ihren Jacketts wiesen sie als Mitarbeiter des ›Olympic Regent Hotels‹ aus. »Bringen Sie unseren Gast nach draußen und nehmen Sie die Schlüssel von seinem Leihwagen an sich. Wenn Mr. Petrescu Schwierigkeiten macht, ist sein Aufenthalt in Porterville umgehend zu beenden«, wies ich die Männer an.

»Mein Vater ...«, begann Petrescu.

»Ich weiß, wer Ihr Vater ist«, fiel ich ihm ins Wort und nickte meinen Mitarbeitern zu. »Raus mit ihm.«

Als sich die Tür schloss, ließ ich mich kraftlos in den Sessel hinter meinem Schreibtisch sinken.

Ein Kind, ein gerade erst sechsjähriges Mädchen, war gestorben. Colin Petrescu hatte es vor dem Haus der Eltern überfahren und war einfach weitergerast.

Vor zwei Tagen hatte er im ›Olympic Regent Hotel‹ eingecheckt, die 150 m² große Denver-Suite verlangt und mir das Foto eines Sportwagens unter die Nase gehalten.

»Besorgen Sie mir einen Mercedes 300 SL, Baujahr 1959.«

Ich war darüber informiert, dass sein Vater ein Mitglied der Regierung war, aber es gehörte als Vize-Präsidentin des Hotels ohnehin zu meinen Aufgaben, den zahlenden Gästen nahezu jeden Wünsch zu erfüllen.

Petrescu junior war schon am ersten Abend in der Bar durch übermäßiges Trinken und Pöbeleien aufgefallen, sodass ich mich fragte, ob der Watson-Test ein solches Verhalten nicht hätte ausschließen sollen. Aber für einen Mann wie Petrescus Vater war eine Beeinflussung dieser Pflichtuntersuchung vermutlich eine Kleinigkeit.

20 Meter, hatten sie gesagt ... 20 Meter sei das Mädchen von dem Aufprall mit Petrescus Wagen durch die Luft geschleudert worden. Schwere innere Blutungen, nahezu jeder Knochen im Leib zerschmettert. Die Kanzlei ›Macintosh & Partner‹ würde sich um die Sache kümmern. Es wäre nicht das erste Mal.

Ich öffnete die oberste Schublade im Schreibtisch und starrte auf das transparente Kästchen. Es enthielt noch ein halbes Dutzend türkisfarbener Kugeln. Jede von der Größe einer reifen Kirsche. Die Außenhülle bestand aus einer gallertartigen Substanz, das Türkis darin – eine Flüssigkeit mit dem fantasievollen Namen Chandra – verschaffte eine, sagen wir mal, angenehmere Einstellung zum tristen Alltag. Wenn man sie allerdings im Übermaß einnahm, führte das zu verwirrenden Halluzinationen. In meiner Jugend hatte mir Chandra den

Besuch dreiköpfiger Riesenschlangen vorgegaukelt. Im Hotel diente die Droge zur Destabilisierung unbequemer Gäste. Da die Substanz absolut geschmacksneutral war, konnte sie Getränken und Nahrung problemlos beigemischt werden. Der letzte Gast, der aufgrund seiner Neugierde Chandras dunkle Seite kennengelernt hatte, war Douglas Benchley gewesen. Der New Yorker war mit seinem kleinen Sohn in der Stadt aufgetaucht, um zwei verschollene Freunde – Sarah Freeman und Tom Lennox – ausfindig zu machen. Man hatte seinen Sohn Jerry benutzt, um ihm das Herumschnüffeln in Porterville auszutreiben. Es war ein widerwärtiges Spiel gewesen, für das ich mich schämte.

Und nun noch das tote Mädchen ...

Ich hob meine rechte Hand auf Augenhöhe. Sie zitterte. Ich vernahm ein Geräusch. Direkt hinter mir. Ein emsiges Schaben und Kratzen. Es kam aus der Wand.

Er war wieder da.

Und er wollte, dass ich es wusste. Nur deshalb konnte ich ihn überhaupt hören.

Es hieß, dass ihn schlechte Gedanken ... Zweifel ... anzogen. Wie Aasfresser das tote Fleisch wittern.

Mit einem Mal war er ganz still.

Unwillkürlich hielt ich den Atem an. Stellte mir vor, wie er dort im Innern der Wand hockte und jede meiner Bewegungen belauschte. Begierig auf irgendetwas, das sich als Verrat deuten ließ.

Ich weiß nicht warum, aber ich tat etwas, das ich mich niemals zuvor getraut hatte. Ich streckte meine Hand aus und presste sie gegen die Tapete. Genau dort, wo ich ihn vermutete.

Für einen Moment lang schien es, als würde die Kreatur in der Wand lachen. Es klang wie ein bösartiger Hund, der versuchte, die menschliche Stimme zu imitieren. Ich wandte mich erschrocken ab und gab vor, mich mit den Unterlagen auf meinem Schreibtisch zu beschäftigen.

Er verhöhnte mich nicht länger und verschwand.

Lautlos.

Ich konnte es spüren, dass er nicht mehr da war.

Christine, meine kleine Schwester, hatte vor einer Woche einen Jungen geboren. Das war ein wunderbares Ereignis, auf das ich mich zu konzentrieren versuchte.

Ich benötigte dringend gute Gedanken.

Christine war zwölf Jahre jünger als ich. Ein hübsches und zartes Wesen, das bei jedermann sofort einen Beschützerinstinkt auslöste. Meine Arbeit ließ es nicht zu, dass ich sie besuchen konnte, aber ich wollte ihr ein paar Geschenke zur Geburt ihres Sohnes zukommen lassen. In der Stadt hatte ich herrlich altmodische Babywäsche gekauft. Jetzt fehlte mir nur noch eine kleine Überraschung. Vielleicht fand ich etwas an dem kleinen Souvenirstand im Hotelfoyer. Das Sortiment war zwar auf die Touristen ausgerichtet, bestand aber, dem erstklassigen Niveau unseres Hauses angemessen, aus hochwertigem Spielzeug und zeitgenössischen Kunstgegenständen.

Ich betrachtete gerade die geschnitzte Handpuppe einer historischen Persönlichkeit – sie stellte den ehemaligen US-Präsidenten Richard Nixon dar – als sich jemand hinter mir vernehmlich räusperte.

»Mrs. Melinda McFaden?«

Ein alter Mann. Ein dünnes Lächeln teilte die untere Hälfte seines faltigen Gesichts.

»Ja, ... was kann ich für Sie tun?«

Der Mann knipste sein Lächeln aus. »Seien Sie morgen gegen zwölf Uhr mittags am ›Abidias Asylum‹.«

»Warum?«, fragte ich erstaunt.

Der Fremde senkte die Stimme. »Es geht um Ihre Familie, Mrs. McFaden.«

»Was ... ist geschehen? Wer sind Sie?«

»Bitte!« Der Mann hob beschwörend die Hände und sah sich nach allen Seiten um. »Mehr kann ich Ihnen nicht sagen. Ich riskiere auch so schon Kopf und Kragen.« Er seufzte und ging schnellen Schrittes in Richtung Aufzug.

Ich eilte zur Rezeption. »Lisa! Der Mann dort. Wer ist das?«

Meine Mitarbeiterin konnte gerade noch einen Blick auf den Fremden erhaschen, ehe sich die Aufzugtür hinter ihm schloss. Lisa bediente die Computertastatur, und auf dem Monitor erschien ein Foto des Mannes. Es war bei seiner Ankunft von einer versteckten Kamera aufgenommen worden.

»Victor von Zerneck«, las Lisa die Angaben neben dem Foto vor. »Er kam gestern mit der Touristengruppe an. Ist mit ihm etwas nicht in Ordnung?«

Ich schüttelte den Kopf und stieß einen kurzen Lacher aus, von dem ich hoffte, dass er echt klang. »Ach, ... er erinnerte mich an einen Verwandten. Die Ähnlichkeit ist wirklich verblüffend.«

»Oh!«, machte Lisa nichts sagend und wurde durch einen Hotelgast abgelenkt, der sich mit einer Frage an sie wandte.

Von Zerneck – der Name brachte in meiner Erinnerung etwas zum Klingen. Irgendwo ... irgendwann hatte ich von dem Mann gehört.

Zehn Minuten später erhielt ich einen Anruf von Howards Sekretärin. Es täte ihm sehr leid, aber wegen beruflicher Verpflichtungen müsste er unser heutiges Treffen absagen.

Das war nichts Neues. Howard K. Brenner gehörte zu den führenden Köpfen der Anwaltskanzlei ›Macintosh & Partner‹. Vor elf Monaten war er zu mir gekommen, um das alljährlich im ›Olympic Regent‹ stattfindende Bankett der Kanzlei zu besprechen. Es hatte mich erstaunt, dass er sich als Mitglied der Führungsspitze mit solch profanen Dingen abgab. Als ich ihn darauf ansprach, gestand er mir mit einem verschmitzten Lächeln, dass es ihm in Wirklichkeit nur darum ging, mich kennenzulernen.

Was von uns beiden zunächst nur als Affäre, als Flucht aus dem Alltag gedacht war, entwickelte sich zu einer innigen Beziehung. Zwei Seelenverwandte hatten zueinander gefunden.

Ich versuchte, Howard im Laufe des Tages mehrmals zu erreichen, um ihm von Von Zernecks merkwürdiger Botschaft zu berichten. Ohne Erfolg.

Am Computerterminal der Rezeption konnte ich mit den unsichtbaren Überwachungskameras nahezu das gesamte Hotel kontrollieren. Ich entdeckte Viktor von Zerneck im großen Speisesaal. Als ich mich seinem Tisch näherte, tat er so, als würde er mich nicht bemerken. Mit Hingabe konzentrierte er sich auf seine Auswahl leicht gegarter Gemüsesorten.

»Mr. von Zerneck, darf ich mich einen Moment zu Ihnen setzen?«

Er zerteilte eine Zucchini und sah nicht auf.

»Warum tun Sie das?«, fragte er mit leiser Stimme.

»Was?«

»Mich einem solchen Risiko auszusetzen.«

»Aber es ist doch völlig unverdächtig, wenn sich die Vize-Managerin nach dem Wohlergehen eines Hotelgasts erkundigt.«

»Unverdächtig!«, knurrte von Zerneck. »Sie haben ja keine Ahnung!«

»Was erwartet mich morgen am ›Abidias Asylum‹? Ist es gefährlich?«

Der alte Mann legte das Besteck beiseite und sah mich aus trüben Augen an. »Haben Sie mir denn nicht zugehört? Es geht um Ihre Familie! Dann spielt es doch wohl keine Rolle, ob es für Sie irgendwie gefährlich sein könnte!«

Ein junger Kellner näherte sich. »Ist alles in Ordnung, Mrs. McFaden?«

»Ja, danke.«

Er nickte und wandte sich anderen Gästen zu.

»Sehen Sie, man wird aufmerksam.« Von Zerneck schüttelte verärgert den Kopf.

»Er arbeitet für mich«, versuchte ich, ihn zu beruhigen.

»Wie naiv sind Sie eigentlich!« Victor von Zerneck folgte dem Kellner mit seinen Blicken. »Tun Sie einfach, was ich Ihnen gesagt habe. Und reden Sie mit niemandem darüber. Mit niemandem! Gehen Sie jetzt!«

Ich hatte fast die ganze Nacht wach gelegen und über die Worte des alten Mannes nachgedacht.

Ich tauchte in die Tiefen meiner Erinnerungen ein.

Von Zerneck ... Victor von Zerneck. Wieso kam mir dieser Name bekannt vor?

Da es mir nicht möglich war, mit meiner Familie Kontakt aufzunehmen, entschloss ich mich, von Zernecks Anweisung Folge zu leisten. Was sollte mir schon am helllichten Tage geschehen? Hier, in unserer Stadt.

Unmittelbar nach dem Aufstehen versuchte ich erneut, Howard zu erreichen. Es meldete sich nur seine Mailbox. Ich hinterließ ihm eine kurze Nachricht: »Liebster Howard. Etwas Merkwürdiges ist geschehen. Ein Tourist sagte mir, dass ich mich heute Mittag um zwölf zum Ankunftsort begeben muss. Es geht um meine Familie. Ruf mich bitte an!«

In der Rezeption ließ ich mir von Lisa die Protokolle der nächtlichen Überwachung geben. Es hatte nur einen Zwischenfall gegeben. Colin Petrescu. Er hatte in seiner Suite randaliert und musste von den Sicherheitsleuten ruhiggestellt werden. Ich würde dafür sorgen, dass der Mistkerl Porterville umgehend zu verlassen hatte.

Während ich die Protokolle überflog, blätterte Lisa in der aktuellen Ausgabe der ›Porterville Times‹.

»Wie schrecklich!«, hauchte sie.

Ich blickte über ihre Schulter.

›Traumatisierte Eltern folgen Tochter in den Tod‹ lautete die Überschrift auf Seite drei.

Ich las den Artikel der Reporterin Peggy Waters zweimal. Ein namentlich nicht genannter Autofahrer aus New Jersey hatte demzufolge die sechsjährige Denise Furnier vor dem Haus ihrer Eltern überfahren. Die Polizei stellte ihn nach einer wilden Verfolgungsjagd. Der Mann holte eine Waffe hervor und wurde beim anschließenden Schusswechsel getötet. Die Tragödie nahm ihren Verlauf, als sich die völlig verzweifelten Eltern der kleinen Denise nur wenige Stunden nach dem Tod ihres einzigen Kindes mit einer Überdosis Tabletten das Leben nahmen.

Es gab zwei Fotos.

Auf dem ersten sah man die Familie Furnier. Der Vater grillte im Garten sichtlich gut gelaunt Würstchen, während seine Frau und Denise versuchten, zwei überdimensionale Hot Dogs zu verspeisen.

Das zweite Foto unter dem Presseartikel zeigte einen sehr betroffen dreinblickenden Sheriff Parker. Er stand vor dem Bungalow der Familie Furnier zwischen zwei Blumenkübeln und präsentierte das halbautomatische Sturmgewehr des Amokfahrers.

Ich seufzte unwillkürlich. Colin Petrescu hatte nun zwei weitere Menschen auf dem Gewissen.

Sheriff Parker wurde zitiert mit: »Hundertprozentige Sicherheit ist nur durch eine allgegenwärtige Präsenz der Polizeikräfte zu erreichen. Jeder anständige Bürger von Porterville wird einer erhöhten Kontrolle in allen Lebensbereichen aus tiefster Überzeugung zustimmen.«

Hinter dem Sheriff standen mehrere uniformierte Beamte. Ihre Mienen zeugten von grimmiger Entschlossenheit. Der einzige Zivilist befand sich am rechten Bildrand. Er hatte sich vom Fotografen abgewandt und war nur im Profil zu erkennen. Ich sah genauer hin.

Kein Zweifel. Es war mein Freund Howard. Seine sonst so ordentlich gescheitelte Frisur schien ein wenig in Unordnung geraten sein.

Das ›Abidias Asylum‹ in der Neal Street, eine seit Jahrzehnten leer stehende Nervenheilanstalt, war ein gewaltiger und unheimlicher Ort.

Obwohl es sich nur wenige hundert Meter vom Zentrum der Stadt entfernt befand, wähnte man sich in einer anderen Welt.

Ich spürte, wie die Atmosphäre des Ortes von mir Besitz ergriff.

Die Anstalt, ein Monolith aus längst vergangenen Zeiten, schien das Licht des Tages in sich aufzusaugen und tauchte die Umgebung in ein diffuses Grau. In den Bäumen der verwilderten Parkanlage sang kein Vogel. Die Stämme reckten ihre skelettartigen Äste wie verkohlte Knochen gen Himmel.

Die Häuser der Umgebung mit ihren vernagelten Fenstern und Türen vermittelten ein Gefühl der Verlorenheit. Und doch kehrte in regelmäßigen Abständen das Leben hierher zurück. Wenn auch nur für wenige Augenblicke.

Ich schaute auf die Uhr. Zwei Minuten vor zwölf. Ich spürte eine kaum wahrnehmbare Erschütterung unter meinen Füßen. Das Beben ließ die kahlen Äste erzittern. Nach ein paar Sekunden war die Umgebung wieder so still und leblos, als würde man eine verblichene Fotografie betrachten.

In einiger Entfernung schoss ein Polizeiwagen um die Kurve, stellte sich mit blinkenden Warnleuchten quer zur Fahrbahn und ließ gerade noch so viel Platz, dass zwei Busse passieren konnten. Die Busse, zwei silberne Ungetüme mit getönten Scheiben, hielten vor dem ›Abidias Asylum‹. Eine Gruppe adrett gekleideter Männer und Frauen stieg aus den Fahrzeugen und betrat mit federnden Schritten das verwahrloste Grundstück. Einige von ihnen winkten mir zu. Meine Anwesenheit schien sie nicht weiter zu erstaunen. Schon in der Vergangenheit hatte ich mich einige Male davon überzeugen wollen, dass unsere Gäste angemessen begrüßt wurden.

Das fröhliche Empfangskomitee verschwand im Dunkel des Gebäudes.

Die hüfthohen Gräser jenseits des Zaunes bewegten sich raschelnd, obwohl es absolut windstill war. Zwei ... drei ... schließlich ein halbes Dutzend Gestalten richtete sich auf. Sie mussten dort auf dem Boden herumgekrochen sein und verharrten jetzt wie eine Phalanx makabrer Vogelscheuchen auf dem Gelände des ›Abidias Asylum‹. Die Obdachlosen hatten ihre Posten bezogen. Sie wandten mir den Rücken zu und beobachteten regungslos den Eingang der Ruine.

Nach wenigen Minuten tauchte die Gruppe wieder auf. Die eleganten Männer und Frauen flankierten jetzt etwa 50 Personen. Die meisten von ihnen waren sehr aufgeregt, rissen erstaunt die Münder auf und deuteten auf jedes Detail der Umgebung. Aus der Distanz klangen ihre hektischen Stimmen wie das Gezwitscher eines Vogelschwarms. Die Menge stieg in die Busse ein.

Kaum hatten sich die Busse in Bewegung gesetzt, nahm ein schwarzer Cadillac ihren Platz ein. Drei Männer – Colin Petrescu in Begleitung von zwei Sicherheitsleuten – stiegen aus. Die Limousine raste wieder davon. Man hatte Petrescu junior die Hände auf dem Rücken fixiert. Er entdeckte mich und brüllte los. Sein Fluchen brach erst ab, als sich die Tür des ›Abidias Asylum‹ hinter ihm schloss.

Ich vernahm einen kurzen zischenden Laut von einem der Obdachlosen, und die Bewacher zogen sich zurück.

Ich war allein. Ich beschloss, noch ein paar Minuten zu warten, obwohl ich mittlerweile vermutete, dass ich möglicherweise das Opfer von Victor von Zernecks ganz speziellem Altmännerhumor geworden war.

Plötzlich öffnete sich die Tür der verlassenen Nervenheilanstalt, und eine Gestalt in einem grauen Mantel trat ins Freie. Zögerlich und nach allen Seiten Ausschau haltend wie ein verängstigtes Tier.

Ich trat in den Schatten eines Gebäudes und wartete ab. Die fremde Person lief zum Zaun und rüttelte am verschlossenen Tor. Ich hörte sie schluchzen. Und dann formte sich aus den verzweifelten Lauten ein einziges Wort: »Melinda!«

Noch einmal. Beinahe hysterisch. »Melindaaa!!!«

Ich erkannte die Stimme und rannte los. Zerrte im Laufen den Schlüssel zum Tor aus meiner Jackentasche und rief: »Ich bin hier!«

Das schmale Gesicht auf der anderen Seite des Gittertores, ... ich hatte es in ganz anderer Erinnerung. Dunkle Ringe zeichneten sich unter den verweinten Augen ab.

Die langen Haare von der Farbe reifer Weizenähren waren schwarz gefärbten Stoppeln gewichen.

Ich öffnete das Tor.

»Melinda! Sie haben mir mein Baby genommen!«

Meine Schwester fiel mir in die Arme und weinte hemmungslos.

Während ich versuchte zu verstehen, Christine sich bebend an mich drückte, tauchte in einer finsteren Fensterhöhle des ›Abidias Asylum‹ ein Schädel auf. Selbst aus der Entfernung erkannte ich die verwüsteten Gesichtszüge eines Obdachlosen.

»Wir müssen hier verschwinden«, sagte ich leise.

Ich hatte meinen Wagen hinter der nächsten Kurve geparkt.

Christine erstarrte plötzlich. »Was wollen die?«

Zwei Obdachlose standen auf dem Bürgersteig und starrten zu uns herüber.

»Da sind noch mehr.« Christines Stimme flatterte.

Drei weitere zerlumpte Gestalten näherten sich jetzt aus der anderen Richtung. Sie alle schwankten, als würden sie sich auf unebenem Grund bewegen. Ich glaubte, den Gestank ihrer schmutzigen Kleidung wahrzunehmen.

Ich hatte von diesen Leuten, nichts zu befürchten. Ihr Interesse galt meiner Schwester. Sie mussten bemerkt haben, dass sich Christine von der Reisegruppe entfernt hatte und einen völlig aufgelösten Eindruck machte.

Sie wollten Christine ... überprüfen. Das gehörte zu ihren Aufgaben.

»Was ist geschehen?«, bedrängte ich meine Schwester. »Was ist mit deinem Baby?«

»Es ist hier!« Christine klammerte sich an mir fest und sah mit schreckgeweiteten Augen zu den Obdachlosen hinüber. Sie waren nur noch etwa 20 Meter von uns entfernt.

»Dein Kind soll in Porterville sein? Das ist unmöglich!«, erwiderte ich völlig verwirrt.

Einer der Obdachlosen, ein riesiger schlaksiger Kerl mit einer zertrümmerten Nase, streckte seinen rechten Arm aus und deutete auf uns. Er öffnete den zahnlosen Mund und stieß einen grellen Schrei aus. Die Stimme schraubte sich in eine Tonlage, von der ich niemals geglaubt hätte, dass ein erwachsener Mann sie überhaupt erreichen konnte.

Es war dieser unmenschliche Laut, der meinen Zustand von Verwirrung in Panik abstürzen ließ. Und gleichzeitig wurde mir auch die Bedeutung des Schreis klar: »Gib sie uns!«

Ich sollte ihnen Christine ausliefern. Von mir wollten sie nichts. Sehr wahrscheinlich wussten sie sogar, wer ich war: Melinda McFaden, Vize-Managerin des ›Olympic Regent Hotels‹. Eine der Eingeweihten.

Wie gering mein Wissensstand in Wirklichkeit war, sollte ich erst später erfahren.

»Gib sie uns! Gib sie her!«

»Nein!«, brüllte ich dem Kerl entgegen.

»Hierher, Schätzchen!«, vernahm ich eine heisere Stimme neben mir.

Aus einer halb geöffneten Tür winkte mir eine alte Frau zu. Sie trug eine riesige Brille, und ihr Gesicht verschwand beinahe vollständig unter einem Vorhang aus grauen fettigen Haarsträhnen.

»Ich beiße nicht.« Sie deutete mit einer von Altersflecken bedeckten Hand in die Richtung der Obdachlosen. »Bei denen kann man hingegen nie wissen.«

Ich hatte keine Wahl. Ich legte einen Arm um Christine und zerrte sie einfach mit. Sie war federleicht.

Erschreckend leicht, fiel mir auf. Sie musste viel Gewicht verloren haben.

Die alte Frau verriegelte die Tür hinter uns. Christine und ich fuhren zusammen, als nur einen Augenblick später etwas Schweres gegen die Haustür schlug.

»Ihr Bastarde!«, keifte die Alte und hämmerte mit ihrer knochigen Faust gegen die Innenseite der Pforte. Sie drehte sich grinsend nach uns um. »Ahorn!«, gab sie kund. »Uralt und aus den Wäldern New Hampshires. Praktisch unzerstörbar.«

Ich brauchte einen Moment, um zu verstehen, dass sie von der hölzernen Eingangstür sprach.

Sie spuckte geräuschvoll auf den Boden. »Ich bin Madame Rose.«

»Melinda McFaden«, stellte ich mich vor. »Und das ist meine Schwester Christine.«

Madame Rose legte den Kopf schief und lauschte.

»Die sind noch da draußen. Die haben alle Zeit der Welt.« Sie reichte Christine einen verschmutzten Lappen, den man kaum als Taschentuch bezeichnen konnte. »Putz dir die Nase, Kleines.«

Christine ignorierte die ausgestreckte Hand und räusperte sich. »Danke, dass Sie uns geholfen haben.«

Madame Rose winkte ab. »Ach, halb so wild! Ich habe keine Angst vor diesen stinkenden Bastarden.« Sie verengte ihre Augen hinter der Brille zu schmalen Schlitzen. »Normalerweise sind sie harmlos. Aber hinter euch waren sie her. Warum nur? ... Häh?«

Wir antworteten nicht.

Ich fühlte die Wand in meinem Rücken. Jetzt in der Stille knarrte und quietschte das Haus in seinen Eingeweiden. Die Mauern waren mit riesigen Schimmelflecken überzogen, die ihnen aus einiger Entfernung das Aussehen verwitterter Landkarten gaben.

»Wohnen Sie allein hier?«, brach ich das Schweigen.

»Nein. Elvis Presley ist mein Untermieter«, erwiderte die Alte, und ich konnte nicht einschätzen, ob sie einen Scherz gemacht hatte oder verwirrt war.

»Kommt mit in meine Wohnung. Es dauert eine Weile, bis die da draußen abziehen.«

In der Wohnung der alten Frau roch es stark nach Moder. Fußboden und Wände waren in einem anstaltsmäßigen Grün gestrichen. Sie führte uns in ihr Wohnzimmer. Es war spärlich möbliert: ein wackliger Tisch, ein verblichenes Sofa und ein Schrank mit einem klobigen Fernseher, dessen Mattscheibe durch einen Sprung in zwei Hälften geteilt war. Neben dem einzigen, durch einen Schmutzfilm nahezu undurchsichtigen Fenster hing ein riesiges Ölgemälde von Elvis Presley am Ende seiner Bühnenkarriere. Sein Gesicht mit den mächtigen Koteletten war aufgedunsen, und er hatte sich in einen weißen Lederanzug mit einer überdimensionalen Gürtelschnalle gezwängt.

Auf dem Tisch stand eine zur Hälfte geleerte Konservendose mit Erbsen.

»Ich mache uns mal einen Tee«, verkündete Madame Rose und verschwand in der Küche. Wir hörten sie nebenan mit Töpfen und Geschirr klappern.

Christine setzte sich neben mich auf das Sofa. Ich legte meinen Arm um sie.

»Was genau ist geschehen?«, fragte ich mit gedämpfter Stimme.

Christine schluckte und kämpfte erneut mit den Tränen. »Sie haben mir meinen Jungen weggenommen. ... Sie sagen, er ... Stanley ... hätte den Watson-Test nicht bestanden.«

Der Watson-Test wurde bei jedem Kind wenige Tage nach der Geburt vorgenommen. Es handelte sich dabei unter anderem um eine komplizierte Vermessung von

Hirnströmungen, der DNA und RNA. Sie sollten Aufschluss über die zukünftige soziale Entwicklung des Kindes geben. Bei Unregelmäßigkeiten, die auf eine nicht korrekte Eingliederung in die Gesellschaft schließen ließen, wurde das Kind von staatlichen Institutionen betreut. Die meisten, so hieß es, würden zu gegebener Zeit zu ihren Eltern zurückkehren.

»Du bekommst ihn doch zurück«, versuchte ich zu trösten.

»Das stimmt nicht!« Christine schüttelte energisch ihren Kopf. »Ich habe es herausgefunden. Die Watson-Kinder werden hierher nach Porterville gebracht.«

»Das ist doch absurd.«

Christine sah mich flehentlich an. »Du musst mir glauben. Ich darf selbst dir nicht verraten, von wem ich das weiß.«

»Was ist mit diesem Victor von Zerneck?«

»Er war mein Lehrer. Der beste, den ich je hatte. Er unterrichtete Ethik und alte Sprachen. Ich habe den Kontakt zu ihm nie abgebrochen.«

Ich erinnerte mich wieder. Christine hatte damals von ihm geschwärmt. Nur sein Name war mir entfallen. Es war eben schon lange her.

»Ich wusste, dass er wegen einer wissenschaftlichen Arbeit nach Porterville wollte«, fuhr meine Schwester fort. »Und so bat ich ihn, dich zu benachrichtigen. Es war der sicherste Weg. Niemand sonst weiß, dass ich hier bin, und ich reise unter einer falschen Identität.«

Christine griff nach meiner Hand. »Bitte! Du musst mir helfen! Wenn ich Stanley nicht wiederfinde, bringe ich mich um.«

Während ich verzweifelt darüber nachdachte, ob meine Schwester – vielleicht als Folge einer schwierigen Schwangerschaft – an Wahnvorstellungen litt, kehrte Madame Rose mit einem Tablett zurück.

»Aus selbst gepflückten Kräutern«, verkündete die alte Frau.

Aus Höflichkeit nippte ich an der Tasse. Das Gebräu schmeckte abscheulich.

Christine saß einfach nur da und starrte ins Leere. Das Zucken ihrer Augenlider und das ständige Kneten ihrer Hände zeigte ihre enorme innere Anspannung.

»Sie ist krank«, flüsterte eine Stimme in meinem Kopf.

Madame Rose wischte mit ihrem Ärmel eine kreisrunde Fläche in den Schmutz auf der Fensterscheibe und spähte hinaus. »Schätze, die Stinker haben sich verdrückt. Wartet aber lieber noch ein Weilchen.« Sie wandte sich um und musterte Christine eindringlich.

»Ich nahm an, die Häuser hier wären alle unbewohnt«, bemerkte ich, um ihre Aufmerksamkeit auf mich zu lenken.

»Sind sie auch.« Sie schlürfte lautstark an ihrer Tasse. »Erst hieß es, alle müssten ausziehen, weil die Gegend saniert wird und die Klapsmühle zu einem Hotel umgebaut werden sollte. Aber daraus wird wohl nichts. Und jetzt hat man mich wohl einfach vergessen.«

Ich wusste, dass das ›Abidias Asylum‹ nie zu einem Hotel umgebaut würde. Es diente schließlich einem ganz besonderen Zweck.

»Heute machen sie Führungen durch die Irrenanstalt«, fuhr Madame Rose fort. »Ständig kommen Busse mit reichen Schnöseln an. Als ob es da etwas Besonderes zu sehen gäbe.«

Sie sah mich an, als würde sie einen Kommentar von mir erwarten.

Christine stand so abrupt auf, dass ich zusammenzuckte. »Wir dürfen keine Zeit verlieren«, sagte sie.

Ich folgte ihr.

»Vielen Dank für Ihre Hilfe«, verabschiedete ich mich von Madame Rose.

Doch die alte Frau reagierte nicht. Sie schaute nur Christine hinterher und murmelte: »Armes Ding.«

Vom Flur konnte ich einen Blick in die Küche erhaschen. Sie war viel sauberer, als ich es vermutet hätte. Aber an der Wand stand kein monströser Kühlschrank der Marke ›Frozen King A plus‹.

Madame Rose hatte man in der Tat vergessen.

Sie war offensichtlich eine Lücke im System.

Ich öffnete vorsichtig die Haustür zu einem schmalen Spalt. Soweit ich erkennen konnte, war die Straße leer. Aus dem Stadtzentrum drang das stete Rauschen des Straßenverkehrs. Ein Signalhorn, vermutlich von einem mächtigen Truck, dröhnte in der Ferne.

»Warte noch«, raunte ich meiner Schwester zu. Vorsichtig wagte ich den ersten Schritt ins Freie.

Ein Geruch, unangenehm stechend, beinahe wie Ammoniak, lag in der Luft. Ehe ich ihn zu deuten wusste, wurde ich gepackt, auf die Straße gezerrt und gegen die Hauswand gewirbelt.

Mein Hinterkopf prallte gegen Stein. Ein einziger Moment der Qual und der Hilflosigkeit – dann breitete sich Taubheit aus. Ich rutschte ganz langsam mit dem Rücken zur Wand zu Boden. Wie durch eine Milchglasscheibe sah ich einen der Obdachlosen – den Riesen mit der zerstörten Nase – wie er die schreiende und wild um sich schlagende Christine aus dem Hauseingang zerrte.

»Steh auf!«, schrie meine innere Stimme. »Hilf ihr!«

Ein Seufzer entrang sich meiner Kehle, der im Kopf als Echo widerhallte.

Ein Wagen raste heran. Reifen quietschten, eine Autotür wurde geöffnet. Dann folgte ein bösartiges Geräusch: ein Zischen und Knistern. Der Geruch von verbranntem Fleisch verdrängte den Ammoniak-Gestank des Obdachlosen.

»Melinda?«, sagte eine besorgte Stimme.

Mein Blick klärte sich.

Es war Howard. In der rechten Hand einen der extrem wirkungsvollen Nervenschocker, den die Sicherheitskräfte benutzten. Er ließ den Metallstab unter seinem Jackett verschwinden. Der Obdachlose fiel leblos zu Boden.

»Ich habe deine Nachricht abgehört«, sagte Howard und half mir auf. »Beinahe wäre ich zu spät gekommen.«

Christine war unverletzt. Zitternd und bleich starrte sie uns an.

Howard fuhr uns zum Hotel. Wir benutzten den Lieferanteneingang, um neugierigen Blicken zu entgehen. Mein Freund hatte auf der Fahrt keine Fragen gestellt, erst als wir in einem unbenutzten Hotelzimmer untergekommen waren, verlangte er eine Erklärung. Ich versicherte meiner Schwester, dass wir Howard vertrauen konnten, und erzählte ihm die ganze Geschichte. Howard reagierte verärgert. Meine Schwester habe sich da in ungeheure Schwierigkeiten gebracht. Allein durch die Verwendung einer falschen Identität.

Christine verlor endgültig die Nerven und schrie ihn an: »Ich will mein Kind zurück! Kann das denn keiner verstehen?«

Howards Gesicht war wie versteinert, dann entspannte er sich. »Ich verstehe deine Verzweiflung. Obwohl ich es für unwahrscheinlich halte, dass man die Kinder nach Porterville bringt, werde ich sehen, ob ich darüber etwas in Erfahrung bringen kann.«

Er legte symbolisch einen Finger auf seine Lippen. »Bis dahin verhaltet ihr euch still. Bekommst du das hin, Christine?«

Meine Schwester nickte zögernd, stieß aber dann trotzig hervor: »Wenn ich Stanley nicht zurückbekomme, werde ich allen sagen, was mit den Watson-Kindern geschieht.«

Howard seufzte. »Das würde ich mir sehr gut überlegen.«

Mein Handy klingelte. Ich erkannte auf dem Display die Nummer der Hotel-Rezeption. Meine Mitarbeiterin Lisa war am anderen Ende der Leitung. »Mrs. McFaden ... hier ist ein junger Mann.«

Ich glaubte zu hören, wie sie mit ihrer Hand den Telefonhörer abschirmte.

»Er besteht darauf, sofort mit Ihnen zu sprechen. Er kommt mir ziemlich seltsam vor.«

»Bin unterwegs«, sagte ich und drückte die Aus-Taste.

»Fuck!«, fluchte ich so vehement, dass mich Howard verblüfft ansah.

»Ich melde mich«, flüsterte er und verließ das Zimmer.

Eine Lawine an Schwierigkeiten rollte auf mich zu, und ich fühlte mich gerade, gelinde gesagt, gar nicht gut.

Der junge Mann lehnte an der Rezeption. Ich war mir sicher, dass er ohne diesen Halt einfach zusammengebrochen wäre. Er sah aus, als wäre er aus längerer Kriegsgefangenschaft zurückgekehrt. T-Shirt und Hose hingen schlaff an seinem abgezehrten Körper. Der Mann starrte in meine Richtung, schien mich aber gar nicht wahrzunehmen. Irgendwie kam er mir bekannt vor. Er beugte sich vor und blinzelte. Es war offensichtlich, dass er schlecht sehen konnte.

»Ah ... da sind Sie endlich, Mrs. McFaden.«

»Was kann ich für Sie tun?«

Er schaute sich absichernd um, dabei endete seine klare Sicht garantiert jenseits des ausgestreckten Arms, mit dem er auf mich deutete.

»Wo finde ich Douglas Benchley? Ihre Angestellte ... die ... die hat gesagt, der Name wäre niemals registriert worden.«

Douglas Benchley, der Mann aus New York, der mit seinem kleinen Sohn Jerry hier aufgetaucht war, um nach den Verschollenen Sarah Freeman und Tom Lennox zu suchen. Er dürfte nach dem, was ihm und seinem Jungen in Porterville widerfahren war, kein Interesse mehr an einer erneuten Kontaktaufnahme haben.

Aber das teilte ich meinem Gegenüber nicht mit.

Stattdessen sagte ich: »Ich muss Sie enttäuschen, Sir. Ein Douglas Benchley ist mir nicht bekannt.«

Jetzt blinzelte der Mann nicht mehr, er hatte die Augen weit aufgerissen, und die Pupillen tanzten. Es war ein irritierender Anblick. Er wischte sich mit der Hand über das Gesicht, wie, um seinen Kopf klar zu bekommen.

»Das wissen Sie einfach so aus dem Gedächtnis?« Er schluckte und fuhr wispernd fort: »Ich muss ihn dringend sprechen. Kennen Sie eventuell seine Adresse in New York?«

»Ich kann Ihnen leider nicht helfen. Vielleicht wenden Sie sich an die Polizei, Mr. ... wie war Ihr Name?«

Der Mann murmelte etwas, starrte mich mit seinen irrlichternden Pupillen noch ein paar Sekunden an und entfernte sich dann in Richtung Ausgang.

Als ich ihm nachsah, fiel mir plötzlich ein, wo ich ihm begegnet war. Wie hieß er doch gleich ...? Ich nahm einen Notizblock von der Rezeption und schrieb seinen Namen auf.

»Lisa!« Ich reichte den Block an meine Angestellte weiter. »Teilen Sie Sheriff Parker mit, dass dieser Bursche hier im Hotel war.«

Es war meine Pflicht, den Sheriff über dieses Gespräch zu informieren. Ich konnte mir jetzt kein Fehlverhalten leisten. Außerdem zeigte der Zustand des jungen Mannes, dass er den Pfad der Selbstzerstörung betreten hatte. Porterville vernichtete die Neugierigen, Unvorsichtigen und ... Schwachen.

Wozu gehörte ich?

»Zu den Starken«, sagte ich mir.

»Mrs. McFaden ...«

Die Stimme riss mich abrupt aus meinen Gedanken.

Der junge Kellner stand freundlich lächelnd neben mir. »Es gibt ein Problem mit der heutigen Lebensmittellieferung. Sie sollten sich das besser mal ansehen. Es ist dringend.«

Ich war kurz versucht, die Sache an jemand anderen zu delegieren, aber im Haus war bekannt, welchen außerordentlichen Wert ich auf die Qualität der Waren legte. Normalität musste gewahrt bleiben.

Ich ging mit dem Kellner eine Treppe hinab, die ausschließlich dem Personal vorbehalten war. Unter dem ›Olympic Regent‹ befand sich ein umfangreiches Kellergewölbe mit zahllosen Vorratsräumen und Kühlhäusern.

Während wir in die in die Tiefe stiegen, sagte der Kellner: »Es sind die Meeresfrüchte.«

Er lächelte noch immer, aber plötzlich war mir seine Nähe unangenehm.

Victor von Zernecks Kommentar fiel mir ein: »Sie haben ja keine Ahnung!«

Der Kellner öffnete eine schwere Metalltür und gab so den Blick auf einen weiß beleuchteten Gang frei. Bis auf das leise Summen der Beleuchtung war es absolut still. Weiter hinten, wo der Gang eine scharfe Kurve vollzog, pulsierten die Neonröhren in düsteren Farbtönen. Giftiges Grün vermischte sich mit violetten Schlieren und bildete ein diffuses Zwielicht.

Ich stockte.

»Offensichtlich ein Defekt«, gab der Kellner tonlos von sich.

Als er mir eine Hand auf die Schulter legte und versuchte, mich mit sanftem Druck zum Weitergehen zu bewegen – etwas, das er normalerweise niemals gewagt hätte – wurde mir klar, dass hier etwas nicht stimmte.

»Finger weg!«, fuhr ich den jungen Kellner an.

»Kommen Sie bitte mit«, forderte er.

Ich schüttelte seine Hand ab. »Ich werde Sie wegen Belästigung entlassen, Freundchen!«

Ich sprach bewusst laut und aggressiv, um ihn einzuschüchtern.

Er trat einen Schritt zurück. »Sie verstehen das völlig falsch, Mrs. McFaden ...«

Dort hinten schabte etwas über den Boden. Verborgen ... hinter der Kurve. Das Geräusch war so deutlich zu hören gewesen, als hätte der Verursacher es absichtlich erzeugt und lauerte nun auf eine Reaktion.

»Wer ist da?«, rief ich.

Keine Antwort. Nur dieses hektische Klicken der defekten Neonröhren.

»Ich gehe jetzt wieder nach oben«, teilte ich dem Kellner mit. »Allein!«

»Das können Sie nicht!« Die Miene des Kellners spiegelte nun echtes Entsetzen.

»Doch!« Ich zog den metallenen Schocker aus meiner Jackentasche. Ich hatte ihn mir aus einer gut gesicherten Schublade an der Rezeption besorgt. Sie lagen dort für gewisse Notfälle parat.

Der junge Mann starrte den silbernen Stab an und schwieg.

Ich bewegte mich rückwärts in Richtung Ausgang.

»Man wird mich bestrafen«, hauchte er.

Ich verriegelte die Tür von außen.

Wenige Minuten später verließ ich mit Christine das Hotel. Um sie nicht noch mehr zu ängstigen, hatte ich ihr nur mitgeteilt, dass ich das ›Olympic Regent‹ für einen zu unsicheren Aufenthaltsort hielt.

Passanten schlenderten vorbei, ohne uns eines Blickes zu würdigen. Ich sah mich verstohlen um, ob uns jemand folgte.

»Wo sollen wir jetzt hin?«, fragte Christine verzweifelt.

Da mein Wagen noch immer in der Nähe des ›Abidias Asylum‹ parkte, blieb uns nichts anderes übrig, als zu Fuß zu gehen. Ich nahm Christine einfach an die Hand. Ich war wieder die große Schwester und deutete auf den schmucklosen Wolkenkratzer, der ganz Porterville überragte. »Wir müssen zu Howard.«

»Hallo, Mrs. McFaden.« Die junge Frau im Foyer des Hudson-Towers sah lächelnd von den Monitoren auf ihrem Schreibtisch auf, als wir durch die Eingangspforte traten. »Mr. Brenner ist erst vor wenigen Minuten eingetroffen.«

Christine hatte die kurze Zeit im Hotel genutzt, um sich ein wenig herzurichten. Außerdem trug sie jetzt anstelle des unpassenden grauen Mantels eine meiner teuren halblangen Jacken.

Die Sekretärin nickte ihr freundlich zu.

Ich hatte Howard schon des Öfteren in seinem Büro besucht, und so erregte mein Erscheinen trotz Christines Begleitung keinerlei Verwunderung.

Die junge Frau wies zur Aufzugtür. Dort wurden wir bereits von einem uniformierten Wachmann erwartet, der respektvoll zur Seite trat.

»Sie kennen ja den Weg«, sagte er und tippte sich zum Gruß mit dem Zeigefinger gegen den Schirm seiner Mütze.

Der Aufzug benötigte nur Sekunden, um bis in die Spitze des Hudson Towers zu gelangen. In den Räumen der Anwaltskanzlei ›Macintosh‹ war nie viel von reger Betriebsamkeit zu spüren, aber heute schien die Kanzlei völlig verwaist zu sein.

»Warte hier«, sagte ich zu Christine und wies sie an, sich in einen der ledernen Sessel im Eingangsbereich zu setzen.

Howards Büro befand sich am Ende des Flurs. Ich konnte sehen, dass die Tür halb geöffnet war und wollte gerade nach ihm rufen, als ich eine fremde Männerstimme vernahm: »Mrs. McFaden und ihre Schwester befinden sich also noch im Hotel?«

»Wohin sollten sie sonst gehen?« Das war Howard! Er räusperte sich und sprach weiter: »Erster Stock. Das Zimmer ist nach der Stadt Wichita benannt.«

»Rufen Sie Ihre Freundin trotzdem an, Brenner.« Eine dritte Männerstimme. Dominant ... das Aussprechen von Befehlen gewohnt. »Sagen Sie ihr, sie soll unbedingt im Hotel bleiben. Sie hätten gute Neuigkeiten bezüglich des Kindes.«

Howard brummte zustimmend.

Er ... er hatte Christine und mich verraten! Diese Kerle wollten meine Schwester holen.

Es blieb keine Zeit. Ich schlich mich eilig davon, sah Christines fragendes Gesicht mit dem halb geöffneten Mund vor mir und bedeutete ihr mit hektischen Gesten, bloß keinen Laut von sich zu geben.

»Schnell«, flüsterte ich ihr zu. »Wir müssen hier weg.«

Wir standen direkt vor der Tür des Fahrstuhls, als in meiner Jackentasche die ersten Töne der Melodie von Gershwins ›The man I love‹ erklangen.

Ich Idiotin! Howard rief mich auf meinem Handy an! Die Melodie hallte durch die leere Kanzlei. Howards Bürotür wurde aufgerissen. Ein Mann – groß, breite Schultern – trat in den Flur. Selbst aus der Entfernung sah sein Gesicht Furcht einflößend aus. Als er zum

Spurt ansetzte, flatterte sein langer Mantel hinter ihm wie eine Fahne im Wind.

Christine stieß einen hellen Kiekser aus. Die Fahrstuhltür des Lastenaufzugs öffnete sich lautlos. Ich schubste sie in die Kabine. Die Tür schloss sich, und noch ehe wir in die Tiefe sausten, schlug eine Faust von außen gegen das Metall.

»Was ...?«, schrie Christine.

»Nicht jetzt!«, brachte ich sie barsch zum Schweigen. »Du tust genau, was ich dir sage. Bleib direkt hinter mir!«

Der Wachmann im Foyer konnte bei unserer Ankunft noch nicht informiert gewesen sein, sonst hätte er uns aufgehalten oder zumindest in der Kanzlei über unser Kommen Bescheid gegeben.

Jetzt aber war er mit Sicherheit auf dem Laufenden! Dazu genügte ein Knopfdruck.

Der Aufzug stoppte, die Tür teilte sich und gab den Blick auf den wartenden Wachmann frei. Er hatte sich leicht nach vorn geneigt und die Hände ausgebreitet, als wollte er einen gut gezielten Ball fangen.

Der Schocker steckte noch in seinem Gürtel. Schließlich waren wir für ihn nur zwei Frauen ... leichte Beute.

»Helfen Sie mir ...«, ächzte ich, wankte aus der Kabine und tat so, als würde ich das Gleichgewicht verlieren. Die Haltung des Wachmanns veränderte sich, er streckte mir die Arme entgegen, um mich aufzufangen.

Ich hatte meine linke Faust hinter dem Rücken verborgen gehalten. Jetzt schoss sie mit dem silbernen Stab, der nicht größer war als ein Kugelschreiber, nach vorn und berührte seine Brust. Der Schlag – ich hatte auf volle Wirkung gestellt – ließ ihn nach hinten schnellen, als sei er von einer großkalibrigen Pistolenkugel getroffen worden. Er prallte mit dem Rücken auf dem Boden auf und zuckte wie eine außer Kontrolle geratene Gliederpuppe.

Es gab noch weitere Fahrstühle, die garantiert in diesem Moment auf dem Weg zu uns waren. Es blieben nur Augenblicke. Wir waren im Foyer angekommen.

»Wenn du den Ausgang verriegelt hast, rate ich dir, ihn sofort zu öffnen«, brüllte ich die junge Frau am Empfang an, die jetzt aufrecht und mit zusammengepressten Lippen hinter ihrem Schreibtisch stand. »Oder ich ziehe dir mit dem Ding deinen verdammten Lidschatten nach!«

Ein solches Vokabular hatte ich seit meiner wilden Jugend nicht mehr benutzt.

Alle Farbe wich aus ihrem dezent geschminkten Gesicht, aber sie gehorchte und drückte eine Taste auf ihrer Computertastatur.

Ohne mich umzusehen, hetzte ich mit meiner kleinen Schwester im Schlepp auf die Straße und verlangsamte meine Schritte erst, als wir im Strom der Passanten untergetaucht waren. Ich konnte keine Verfolger entdecken, aber das hatte nichts zu bedeuten. Porterville steckte voller Überwachungstechnik und menschlicher Spitzel. Und Howard K. Brenner gehörte zu ihnen. Hatte er wirklich umgehend die Behörden informiert? Bedeutete ich ihm gar nichts?

Christine klammerte sich verzweifelt an mich und schien überhaupt kein Gewicht mehr zu besitzen.

›Denk nach! Verdammt noch mal! Denk nach!‹ Ich zwang mich zur Ruhe. Wir mussten irgendwo unterkommen, Atem holen und überlegen, wie es weitergeht.

Warum hatte mich der Kellner in den Keller geführt? Wer hatte dort im Dunkeln auf mich gelauert? Und konnte das etwas mit Christines verschwundenem Kind zu tun haben?

Ich sah, wie ein gelber Bus der Verkehrsbetriebe von Porterville eine nahe Haltestelle ansteuerte. Es war mir völlig egal, wohin der Bus fuhr. Wir mussten nur weg von der Straße und in Bewegung bleiben.

Als ich beim Fahrer zwei Tickets lösen wollte, stellte ich fest, dass meine Geldbörse verschwunden war.

»Ich habe Geld«, sagte Christine und nestelte einen 20-Dollar-Schein aus ihrer Hosentasche. »Wir haben es vor der Ankunft in Porterville bekommen.«

Als der Bus anfuhr, waren fast alle Fahrgäste ausgestiegen. Bis auf eine junge Schwarze mit einem höchstens vierjährigen Mädchen auf dem Schoß. Die Kleine hatte eine violette Schleife im Haar. Als wir uns setzten, winkte uns das Mädchen zu, und ich sah Christine zum ersten Mal seit ihrer Ankunft in Porterville lächeln.

»Wie geht es jetzt weiter?«, fragte sie und wurde sofort wieder ernst. »Wohin fährt der Bus?«

»Kein Bus verlässt die Stadt«, erwiderte ich. »Lass mich einen Moment nachdenken.«

Wäre es nicht besser, wenn wir uns bei den Sicherheitsbehörden melden? Christine hatte unter einer falschen Identität eingecheckt. Das war ein schwerwiegendes Vergehen, aber unsere Flucht verschlimmerte die Lage nur noch.

Es war dieser Kerl mit dem brutalen Gesicht, der uns in der Kanzlei verfolgt hatte. Er machte mir deutlich, dass es um mehr ging, als um einen Verstoß gegen die Reisevorschriften. Dieser Mann hatte keine Skrupel, auf Befehl zu töten. Da war ich mir sicher.

»Ich glaube dir«, sagte ich zu Christine und strich ihr sanft über die Wange.

An der nächsten Haltestelle verließ die Mutter mit ihrer Tochter den Bus. Niemand stieg hinzu.

Auf der weiteren Fahrt waren wir so intensiv ins Gespräch vertieft, dass ich erst aufmerksam wurde, als der Bus von der Straße abbog und über eine Bodenwelle rumpelte. Der Fahrer lenkte den Bus über einen holperigen Schotterweg geradewegs auf den Cale River zu. Ich sprang auf und lief nach vorn. Der Fahrer hockte in seiner gläsernen Kabine und stierte über sein Lenkrad hinweg.

»Hey! Was soll das?« Ich hämmerte gegen die Scheiben. Er ignorierte mich und steuerte das Fahrzeug wieter auf den Fluss zu.

Eine Falle! In Porterville konnte man nicht flüchten ... sich nirgendwo verkriechen.

Der Weg verwandelte sich in eine steile Rampe. Jetzt wusste ich, wo wir waren. Vor uns befand sich die Einfahrt zur Cale-Röhre! Jemand musste die Absperrungen beseitigt haben.

Vor etwa fünf Jahren war ein Bautrupp aufmarschiert. Im Auftrag des US-Verteidigungsministeriums. Es hieß, die Brücken über den Fluss seien nicht sicher genug, um im Falle eines Terrorangriffs Nachschubwege für das Militär zu gewährleisten. Also wollte man den Cale River untertunneln.

Die Herren von Porterville ließen die Arbeiter einige Zeit gewähren, dann kam es plötzlich zu so schwerwiegenden Unfällen, dass man das Vorhaben abblies und die Röhre 20 Meilen weiter nach Norden verlegte. In Porterville blieb ein Tunnel von gerade mal 50 Meter Länge. Und genau dort fuhren wir hinein.

Der Bus stoppte. Die Dunkelheit war nicht so allumfassend, wie es zunächst den Anschein gemacht hatte. Das Tageslicht, das durch die Tunnelöffnung drang, reichte aus, um den Fahrer als Silhouette in seiner Kabine auszumachen. Schweigend ... wie erstarrt.

Vergeblich versuchte ich, die Türen zu öffnen.

Ich wartete auf unsere Jäger. Den Kerl mit der Schlägervisage. Wir hatten verloren. Christine schrie auf. Sie deutete mit zitternder Hand in das trübe graue Licht, das sich gegen die Scheiben drängte.

»Da ... war etwas!« Sie verbarg ihr Gesicht an meiner Schulter. »Kein Mensch«, schluchzte sie. »Niemals!«

Ich hörte eine Bewegung hinter der Bustür.

Bei Christine übernahm der Instinkt das Ruder. Meine Schwester warf sich auf eine Sitzbank, das Gesicht zur Wand gekehrt und krümmte sich zu einer Kugel zusammen. Sie legte die Hände über den Kopf und drückte die Augen so fest zu wie ein Kind in namenloser Angst.

Ich spähte nach draußen. Etwas bewegte sich dort. In seiner kränklich blassen Farbe hob es sich schemenhaft von der dunklen Umgebung ab.

Die Tür öffnete sich. Luft wehte in einem jähen Schwall hinein. Sie roch nach Flusswasser. Feucht und faulig. Jemand schwang sich ins Innere des Fahrzeugs. Wie auf ein geheimes Kommando schaltete sich im Bus die Notbeleuchtung ein. Sie reichte gerade aus, um der Gestalt vor mir ein Gesicht zu geben.

»Ich habe eine zweite Chance bekommen«, sagte der Kellner und lächelte gezwungen. Er blickte kurz durch die geöffnete Tür, als würde er von dort beobachtet. »Nehmen Sie bitte das Ding runter.« Der junge Kellner zeigte auf den Metallstab in meiner Hand.

»Was wollen Sie? Für wen arbeiten Sie?«, fuhr ich ihn an.

Hinter meinem Rücken richtete sich Christine auf und atmete in kurzen nervösen Atemzügen.

Der junge Mann reichte mir einen Briefumschlag. »Ich bin nur der Überbringer einer Botschaft, Mrs. McFaden.« Er wandte sich um und ging.

»Warten Sie!«, rief ich ihm nach. »Was geschieht jetzt mit uns?«

Er zuckte nur mit den Schultern und stieg aus. Ich hörte ihn draußen etwas sagen, konnte aber die Worte nicht verstehen.

Hatte der Fahrer vergessen, die Tür hinter ihm zu schließen, oder war es Absicht?

Ich zögerte nicht länger, riss Christine von ihrem Sitz und flüchtete aus dem Fahrzeug. Im Inneren der Cale-Röhre war es eiskalt. Irgendwo tropfte Wasser in einem monotonen Rhythmus.

Christine klammerte sich an mich.

»Was ... was ist ... wenn dieses Ding noch hier ist?«, stammelte sie.

»Du wirst es dir nur eingebildet haben«, versuchte ich, meine kleine Schwester zu beruhigen.

Ich atmete erleichtert auf, als wir aus der Tunnelöffnung ins Sonnenlicht traten. Gerade als wir das sanft ansteigende Flussufer hinaufgeklettert waren, rollte der Bus im Rückwärtsgang an uns vorbei. Der Fahrer wich unseren Blicken aus, wendete auf der Straße und brauste in Richtung Stadtzentrum davon.

Wir befanden uns in einem verlassenen Industriegebiet. Verfallene Lagerhallen ... überragt von rostbraunen Schornsteinen, aus denen schon seit Jahren kein Rauch mehr aufgestiegen war.

Ich öffnete den Briefumschlag. Christine sah mir über die Schulter. Der Umschlag enthielt ... eine Tarotkarte! Ich erkannte sie schon an dem filigranen Muster der Rückseite ... wagte nicht, sie umzudrehen.

Mit einem Mal wurde mir ganz leicht. Karte und Umschlag entglitten meinen Fingern. Ich taumelte, und hätte mich Christine nicht aufgefangen, wäre ich gestürzt. Sie ließ mich sanft zu Boden sinken.

»Es geht schon wieder«, ächzte ich. »War nur ein Schwächeanfall.«

Ich verschwieg ihr, dass mich die Tarot-Karte so entsetzt hatte. Sie wusste nicht, dass die Karte mit dem Motiv des Gehängten eine Warnung für Fehlverhalten war. Zumeist folgte wenig später die ultimative Bestrafung ... Wahnsinn oder sogar der Tod.

Ich wusste, wer dafür verantwortlich war. ***Er***, den sie hinter vorgehaltener Hand den bleichen Mann nannten.

Erst gestern hatte ich seine unmittelbare Nähe gespürt. War in meinem Büro nur durch wenige Zentimeter Wand von ihm getrennt gewesen.

Christine hob die Tarot-Karte auf und betrachtete sie. »Es ist die Herrscherin.«

»Die Herrscherin?«, fragte ich erstaunt.

»Ja, ich kenne mich mit Tarot aus.« Sie reichte mir die Karte, und ich betrachtete irritiert das Bild einer amazonenhaften Frau mit wallenden Haaren und Krone.

»Christine, ... was bedeutet dieses Symbol?«

»Die zentralen Elemente der Herrscherin sind Schönheit und Sinnlichkeit. Sie geht sehr verantwortungsbewusst an ihre Aufgaben und erfüllt sie vorbildlich, aber immer mit dem Ziel, für etwas Schönes, Schöpferisches zu sorgen. Der Herrscherin gelingen auch im grauen Alltag helle Momente.« Christine runzelte die Stirn, und für einen Augenblick sah sie für mich wieder wie das kleine Mädchen aus, das ich schon immer vor allen Schlechtigkeiten der Welt beschützen wollte.

»Wer immer die Karte geschickt hat, er muss dich sehr gut kennen. Die Karte passt zu dir«, stellte Christine fest.

Ich schüttelte ungläubig den Kopf. In meiner Jacke erklang Gershwins Melodie von ›The man I love‹. Das Handy-Display zeigte eine unbekannte Nummer an.

»Geh nicht dran«, flehte Christine. »Wenn es unsere Verfolger sind ...«

»Das spielt schon keine Rolle mehr«, erwiderte ich.

Ich erkannte die Frau am anderen Ende der Leitung sofort, obwohl ich ihr erst einmal begegnet war.

»Hör zu, Kleines! Was deiner Schwester widerfahren ist, tut mir leid«, hörte ich Madame Rose sagen.

»Woher haben Sie meine Nummer?«

Die alte Frau zögerte kurz. »Ich habe dir dein Portemonnaie geklaut. Nimm's nicht persönlich! Reine Routine. Aber es geht um etwas viel Wichtigeres: Ich habe nachgedacht, ... ich möchte euch helfen.«

»Ich glaube nicht, dass Sie dazu in der Lage sind.«

»Oh doch!« Die alte Frau senkte verschwörerisch die Stimme. »Die Babys ... ich weiß, wo sie hingebracht werden.«

Mir stockte der Atem. Sie musste uns in ihrer Wohnung belauscht haben.

Ehe ich etwas erwidern konnte, sagte Madame Rose: »Ich habe einiges gut zu machen. Wenn du mir verrätst, wo ihr steckt, hole ich euch ab. Bei mir kann euch nichts geschehen, Melinda.«

Ich war mir nicht sicher, ob ich richtig handelte. Aber welche Wahl hatten wir schon noch?

Christine war sofort einverstanden gewesen. Sie teilte mir mit, dass sie sich auch mit dem Teufel einlassen würde, wenn es nur die geringste Chance auf ein Wiedersehen mit ihrem Sohn gab.

20 Minuten später tauchte Madame Rose in ihrem Auto auf. Einem uralten amerikanischen Kombi, in dessen verblichene Karosserie der Rost handtellergroße Löcher gefressen hatte.

»Steigt ein!«, rief sie durch die geöffnete Seitenscheibe.

Christine schwang sich auf den Beifahrersitz.

Madame Rose warf mir meine Brieftasche zu. »Tut mir leid, aber du machtest auf mich den Eindruck, als würde dir der Verlust nicht besonders wehtun.«

»Wo ist mein Baby?«, drängte Christine.

Die alte Frau antwortete nicht und legte den ersten Gang ein. Mahlende Geräusche drangen aus dem Motorraum, als sich der Wagen in Bewegung setzte.

Ich musste meine Stimme erheben, um gegen den Lärm anzukommen. »Woher wissen Sie von den Kindern?«

»Ich bin nicht so blöd, wie ich aussehe«, erwiderte Madame Rose. Sie musste das heftig vibrierende Lenkrad so fest umklammern, dass ihre Fingerknöchel deutlich hervortraten. »Wenn man am ›Abidias Asylum‹ wohnt, bekommt man eine Menge mit. Horden von Leuten kommen heraus, ohne dass sie zuvor reingegangen sind. Andere verschwinden in der Ruine auf Nimmerwiedersehen. Ich habe mich aber immer aus allem rausgehalten. Hab versucht, sogar die Lastwagen zu ignorieren.« Madame Rose tätschelte kurz Christines Wange. »Aber als ich heute das Leid von der Kleinen hier sah, musste ich was tun.«

»Was hat es mit den Lastwagen auf sich?«, fragte ich nach.

Madame Rose bremste vor einer roten Ampel und wandte sich zu mir um. »Sie holen die Babys ab. Es sind diese riesigen Trucks mit dem dämlich grinsenden Comic-Schwein am Heck. Ich bin ihnen mal gefolgt.«

Mir waren die Trucks bekannt. Sie gehörten der ›Porterville Steak Company‹, und die transportierte offiziell Frischfleisch.

Madame Rose konnte das Entsetzen in meinem Gesicht ablesen. »Kindchen, keine Sorge! Die bringen die Babys nicht zum Schlachthof! Wirst schon sehen. Wir sind gleich da.«

Als ich aus dem Fenster sah, stellte ich fest, dass wir uns in der Nähe der Neal Street befanden und damit auch nicht weit entfernt vom ›Abidias Asylum‹.

Die alte Frau bog einen Häuserblock vor der Neal Street in die Raglan Avenue ab. Dort folgte ein nüchternes Bürogebäude dem anderen. Der Baustil war so grauenhaft eintönig, dass kein Tourist die Straße freiwillig betreten würde.

Madame Rose fuhr in eine Parkbox vor einem vierstöckigen Haus aus grauem Waschbeton.

»Hier ist es«, verkündete sie.

›Snyder Publishing‹ stand auf einem Schild über dem Eingang. Mehr nicht. Die Fenster im Parterre waren vergittert. In den Räumen dahinter konnte ich Wandregale mit völlig identisch aussehenden Büchern erkennen. Menschen waren nicht zu sehen.

»Die Trucks fuhren auf den Hof hinter dem Gebäude«, erklärte Madame Rose.

»Wir können da doch nicht einfach reinspazieren«, erwiderte ich skeptisch.

»Doch!« Christine öffnete die Beifahrertür. »Ich hole jetzt mein Baby.«

Ich beugte mich vor und versuchte, sie aufzuhalten.

Madame Rose legte mir beruhigend die Hand auf die Schulter. »Sie muss es versuchen.«

»Das ist verrückt!«, keuchte ich und folgte meiner Schwester.

»Kommt anschließend zu mir! Dort seid ihr sicher!«, rief mir Madame Rose zu und startete den Motor ihres betagten Kombis.

Christine stand bereits vor der Eingangstür des Verlagshauses.

»Verschlossen«, sagte sie. Ihr bleiches Gesicht war vor Aufregung rot gefleckt. »Und es gibt keine Klingel. Nichts!«

Wütend trat sie mit dem Fuß vor die Tür.

»Lass das!« Ich schob sie mit sanfter Gewalt aus dem Eingangsbereich. »Madame Rose sprach davon, dass die

Trucks hinter das Gebäude fahren. Dort gibt es sicher noch einen Zugang.«

Klick!

Das Geräusch ließ mich erstarren. Das Schloss ... es musste sich entriegelt haben, denn jetzt öffnete sich die Tür mit einem leisen surrenden Geräusch. Christine entwand sich meinem Griff und eilte über die Schwelle.

›Eine Falle!‹, wurde mir sofort klar. Aber ich durfte meine Schwester nicht allein lassen. Ich versuchte, mich vor dem, was jetzt kam, zu wappnen.

Das strahlende Porterville verbarg Orte, die selbst den Mutigsten in ein wimmerndes Etwas verwandeln konnten. Der Raum besaß eine seltsame Ausstrahlung. Er schien irgendwie nicht real zu sein. Wie eine Lüge.

Es gab zwei Schreibtische mit Computermonitoren. Auf jedem Tisch war ein halbes Dutzend Bücher – graue Einbände mit ›Snyder‹ in weißen Lettern auf den Buchrücken – akkurat gestapelt.

»Hallo? Ist hier jemand?«, hörte ich meine Schwester halblaut rufen. In ihrer Stimme vermischten sich Zorn und Furcht.

Ich griff nach einem der Bücher und schlug es auf. Leere, weiße Seiten. Dieses Büro war nur eine Kulisse.

Meine Schwester folgte dem Flur, der aus dem falschen Büro hinausführte.

Ich blieb dicht hinter ihr.

Zu beiden Seiten des Flurs befanden sich weitere Räume. Verkleinerte Kopien des ersten Büros. Sie alle sahen nicht so aus, als wäre in ihnen jemals gearbeitet worden. Der Flur endete vor einer stählernen Tür. Sie war bestimmt nicht aus Feuerschutzgründen dort eingbaut worden.

Dahinter verbarg sich etwas. Etwas, das garantiert nicht nur aus leeren Buchbänden bestand.

Christine zögerte eine Sekunde und drückte dann die Klinke. Die Stahltür war nicht verschlossen.

»Oh!«, entfuhr es meiner Schwester.

Eine Halle. Mindestens 300 Quadratmeter groß. Mit mehreren Reihen gläserner Kästen, von denen hauchdünne Kabel zu matt glänzenden Geräten an den Wänden führten.

Ich blickte in das Innere des ersten Behälters. Er war leer. Bis auf ein winziges Kissen. Ein Brutkasten.

Madame Rose hatte recht. An diesen Ort wurden die Babys gebracht. Aber jetzt waren die Kästen verwaist. Bis auf ...

Ich hörte zuerst die leise Melodie. Dann entdeckte ich, dass an einem Gerät Kontrollleuchten blinkten.

»Stanley!« Christine war so außer sich, dass sie im Laufen beinahe gestürzt wäre.

Ein Baby mit rosiger Haut. Schlafend. Unter Glas. Und von der Decke baumelte ein Mobile. Dort drehten acht winzige grüne Plüschmonster ihre endlosen Runden zu der lieblichen Melodie eines Kinderliedes.

Ich versuchte zu verstehen, was hier geschah. Warum war auf einmal alles so einfach? Wann stürzten unsere Verfolger aus ihren Verstecken? War Christines Wiedersehen mit ihrem Kind inszeniert? Eine besonders perfide Folter, ehe sie zuschlugen?

Christine hatte den gläsernen Kasten geöffnet und wiegte ihr Baby in den Armen. Tränenströme rannen über ihr Gesicht. »Es geht ihm gut! Es ist alles in Ordnung!«

Ich betrachtete meine Schwester in diesem Moment unendlichen Glücks und schluchzte. Aus den Augenwinkeln sah ich, wie sich die stählerne Tür lautlos schloss. Es war also genau das, was ich vermutet hatte: eine Falle. Eine unnötige Qual. Sie würden Christine das

Baby entreißen. Eine bloße Demonstration allumfassender Macht.

Stille. Der kleine Stanley gab ein leises Glucksen von sich. Die Realität schien wie eingefroren, und ich hätte beinahe geschrieen: »Na los! Holt uns endlich!«

Sie kamen nicht.

Am anderen Ende der Halle öffnete sich eine zweite Tür. Jemand führte uns wie Versuchsratten durch sein Labyrinth. Christine sah mich fragend an. Ich gab ihr ein Zeichen, mir zu folgen. Ich würde sie und Stanley bis aufs Blut verteidigen.

Zuerst spürte ich die Kälte, als ich den angrenzenden Raum betrat. Die Temperatur musste unter dem Gefrierpunkt liegen. Die Wände strahlten ein grünliches Licht aus. Mein Blick fiel auf das Rolltor in der gegenüberliegenden Wand. Groß genug, um einen Truck zu entladen. Dann erst entdeckte ich die drei entblößten menschlichen Körper. Sie waren in transparente Folie gewickelt worden. Ihre Größe ließ auf zwei Erwachsene und ein Kind schließen.

Christine verharrte auf der Stelle, drückte Stanley an sich und beobachtete mich mit großen Augen. Aus irgendeinem Grund wollte man uns diese Leichen zeigen.

Ich trat näher. Unter den Folien zeichneten sich deutlich die Gesichtszüge der Toten ab. Ein Mann, eine Frau ... ein kleines Mädchen. Es war entsetzlich entstellt. Ein gewaltsamer Tod verleiht dem Verstorbenen keine entspannten Züge ... und dennoch konnte ich die drei Menschen identifizieren. Es war die Familie Furnier.

Angeblich hatten sich die Eltern aus Gram über den Verlust ihres einzigen Kindes vergiftet. Aber die Körper der beiden Erwachsenen wiesen jeweils ein identisches Einschussloch auf. In der Mitte der Stirn.

Es erschien mir wie eine Hinrichtung. Eine Beseitigung von Störenfrieden, die die Stabilität von Porterville gefährden konnten. Und den Ruf der einflussreichen Familie von Colin Petrescu.

Ich hätte niemals gedacht, dass sie so vorgehen würden.

An jede der Leichen war ein in Plastik verschweißter Vermerk geheftet. Er informierte über Name, Alter, Herkunft.

Sie waren mit einem handschriftlichen Kürzel versehen: H-K-B.

Für einen Moment wurde mir erneut schwarz vor Augen. Ich tastete nach Halt. Meine Hand glitt dabei über einen eiskalten Leichnam. Das Kürzel stand für Howard Kenneth Brenner. Der Mann, den ich in den letzten elf Monaten geliebt hatte. Der mich und meine Schwester ohne Zögern an die Sicherheitsorgane verraten hatte.

Deshalb war er gemeinsam mit Sheriff Parker auf dem Foto in der ›Porterville Times‹ abgebildet gewesen. Die Kanzlei ›Macintosh & Partner‹ hatte den Fall abgewickelt. Vielleicht hatte Howard Mr. und Mrs. Furnier sogar eigenhändig den Pistolenlauf an die Stirn gesetzt.

Warum ... warum aber sollte ich diese grauenhaften Dinge erfahren? Musste an deren Ende nicht meine und Christines Liquidierung stehen?

Das Rolltor öffnete sich. Wir erblickten Tageslicht.

Ich konnte nicht glauben, dass es so einfach sein konnte.

Frei? Niemals!

Es war unmöglich, die Stadt unbemerkt zu verlassen.

Mir fiel nichts Besseres ein, als auf das Angebot von Madame Rose einzugehen. Christine verbarg den winzigen Leib ihres Babys unter ihrer Jacke, und wir machten uns auf in die Neal Street. Der Weg dorthin dauerte nur wenige Minuten. Meine Befürchtung, Obdachlosen zu begegnen, wurde nicht bestätigt.

Das ›Abidias Asylum‹ lag still unter einem bleifarbenen Himmel. Ich richtete alle meine Sinne auf die Ruine. Ich war wie ein Wachhund, bereit, sich auf alles und jeden zu stürzen, der Christine und ihr Erstgeborenes bedrohte. Die Ruine wirkte auf mich in diesem Moment äußerster Konzentration beinahe wie ein lebendiges Wesen. Uralt und voller Heimtücke.

Ein Obdachloser tauchte jenseits des Zaunes aus dem hohen Gras auf. Als wäre er von einer unsichtbaren Schnur in die Senkrechte geschnellt worden. Es war der Kerl mit der zerschlagenen Nase. Christine hatte ihn auch bemerkt. Sie beschleunigte ihre Schritte. Madame Rose' Haus war nur noch ein paar Meter entfernt.

Der Obdachlose legte den Kopf schräg und stieß ein paar unartikulierte Laute aus. Aber er bewegte sich nicht vom Fleck.

Die Haustür war verschlossen. Im Eingang gab es mehrere unbeschriftete Klingelknöpfe. Ich presste meine Handfläche auf sie. In der Hoffnung, dass sie noch funktionierten. Eine Sekunde später summte zu meiner Überraschung ein automatischer Türöffner.

Wir hetzten in den ersten Stock. Die Wohnungstür stand weit auf.

»Madame Rose!«, rief Christine in den halbdunklen Flur hinein.

Keine Antwort. Ich blickte in die Küche. Keine Madame Rose.

Christine trat vor mir ins Wohnzimmer, erstarrte, ließ mit einem panischen Ächzer allen Atem aus ihrer Lunge entweichen und taumelte einen Schritt zurück.

»Ganz ruhig, meine Damen«, sagte eine Stimme.

Der Kellner aus dem ›Olympic Regent‹. Er erhob sich aus einem zerschlissenen Sessel und blickte uns mit einem milden Lächeln entgegen.

Ich überlegte, ob uns eine Flucht noch gelingen konnte.

Der Mann schien meine Gedanken zu erraten. »Bitte, bleiben Sie. Es wird Ihnen nichts geschehen.«

Ich stellte mich schützend vor Christine. »Wo ist Madame Rose?«

»Zurückgekehrt. Ihre Arbeit in Porterville ist beendet.«

Ich verstand nicht.

»Es existieren keine Lücken im System«, fuhr der Kellner fort. »Oder dachten Sie wirklich, Madame Rose hätte sonst hier, unmittelbar neben dem ›Abidias Asylum‹, wohnen dürfen? Ihre Aufgabe war Kontrolle. Darauf zu achten, welche verdächtigen Elemente sich hier aufhalten.«

»Und jetzt?«, begann ich. »Beenden Sie endlich Ihr obszönes Spiel mit uns?«

»Obszön?« Der junge Mann wirkte ernsthaft erstaunt. »Glauben Sie, Ihre Schwester würde tatsächlich den kleinen Stanley in ihren Armen halten können, wenn es nicht jemanden gäbe, der Sie die ganze Zeit beschützt und geführt hat?«

Ein Schaben in der Wand. Unmittelbar neben mir.

Der Kellner verlieh seiner Stimme ein feierliches Timbre. »Sie, Mrs. McFaden haben nicht umsonst die Karte der Herrscherin erhalten. Schönheit und Sinnlichkeit!« Er deutete mit einem Kopfnicken zur Zimmerwand. »Sie genießen ***seine*** Gunst!«

Aus dem Hohlraum im Mauerwerk drang ein einzelner Stoßseufzer. Mir wurde eiskalt.

Ich sitze in meinem Büro. Ich verstehe nun.

Wenn er früher in meiner Nähe durch die Mauern kroch und es mich wissen ließ, wollte er mich weder ängstigen noch verhöhnen.

Er hegt keine negativen Gefühle für mich. Ganz im Gegenteil. Und diese Vorstellung ist für mich ... ekelhaft. Er ist zur Eifersucht fähig. Deshalb zeigte er mir, dass Howard K. Brenner ein schmutziger Verräter ist. Der nicht zögert, die Frau auszuliefern, die ihn liebt. Er ließ mich erkennen, dass Howard an der Beseitigung Unschuldiger wie den Eltern der armen Denise beteiligt ist.

Wird seine ... das Wort klingt im Zusammenhang mit ihm widernatürlich ... Zuneigung irgendwann so übermächtig sein, dass er den direkten Kontakt zu mir sucht? Wie werde ich reagieren? Wo doch Christine ihren kleinen Stanley behalten darf. Unter der Voraussetzung, dass sie die Stadt nie mehr verlässt und den Platz von Madame Rose einnimmt.

Alle anderen Kinder, die beim Watson-Test aufgefallen sind, werden in Porterville zur Adoption freigegeben und kehren nie mehr zu ihren leiblichen Eltern zurück.

Ein Geräusch! Ist er es? Der weiße Schatten!

Ich öffne die Schreibtischschublade und greife nach einer der türkisfarbenen Kugeln ...

Die Farbe des Chamäleons

von Christoph Zachariae

FÜR EINEN KURZEN MOMENT glaube ich, mich in einem verrückten Fiebertraum zu befinden. Doch es ist kein Traum. Ich stehe in der Villa von Dr. Joseph Barrett, dem Chefarzt der psychiatrischen Abteilung des ›Kennedy Medical Centers‹. Und genau in diesem Moment verliert der Hausherr vor meinen Augen das Bewusstsein. Die Verhörmethoden meines Partners Jason Hincks waren zu viel für ihn. Jason als Freund zu bezeichnen, wäre übertrieben.

Die fatale Mischung aus Drogen, unreifer Sexualität, Überheblichkeit und Dummheit lässt ihn wie den Hauptdarsteller einer billigen Reality-Show dem blutigen Showdown entgegentaumeln. Ich ahne das Schlimmste. Jason ist völlig außer Kontrolle, wie im Rausch, und es ist unmöglich vorherzusagen, was als nächstes passieren wird. Obwohl ich weiß, dass es sinnlos ist, versuche ich, mit ihm zu reden.

Martin Prey »Du musst damit aufhören, Jason! Du bringst ihn um!«

Jason Hincks »Oh nein, Martin.«

Jason zuckt mit dem Zeigefinger vor meinem Gesicht hin und her, als hätte er Schüttellähmung, während er sich einen Schluck Rotwein genehmigt und Barrett den Rest ins Gesicht schüttet.

Jason »Das macht er ganz alleine, der Scheißkerl! Er muss einfach nur richtig antworten, und er weiß ganz genau, was passiert, wenn Onkel Jason mit den Antworten nicht zufrieden ist!«

Ich halte es nicht mehr aus und renne aus dem Zimmer. In Barretts Kontrollraum bleibe ich schwer atmend stehen. Die Wände sind mit Monitoren bedeckt.

Ruhelose Überwachungskameras zeigen die Zimmer der Patienten des ›Kennedy Medical Centers‹. Aus einem dieser Zimmer haben Reggie und ich Sarah befreit. Mir fällt auf, dass die Kameras nicht fest fixiert sind. Sie bewegen sich durch die Räume, und die Räume sind leer. Wo sind die Patienten? Und viel wichtiger: Wer bedient die Kameras?

Für einen Moment glaube ich, auf einem der Monitore eine normale Wohnung zu erkennen. Eine Wohnung, die mich frappierend an die von Jacob Sullivan erinnert. Aber das ist unmöglich. Das würde bedeuten, dass Sarah …

In diesem Moment ertönen aus der Ferne Polizeisirenen! Panisch renne ich zurück.

Martin »Jason! Sie kommen! Wir müssen abhauen!«

Ich versuche erneut, ihn wegzuziehen, aber Jason reagiert nicht. Ungerührt wendet er sich Dr. Barrett zu.

Jason »Wie hast du das gemacht, Doktorchen? Wie hast du sie gerufen?«

Doch Barrett antwortet nicht. Stattdessen beginnt er zu grinsen und haucht: »Kennst du den … Darkside Park, Jason?«

Und dann fängt der Wahnsinnige tatsächlich an zu lachen!

Verzweifelt zerre ich an Jasons Jacke.

Martin »Lass den Wichser! Wir müssen hier weg! Jetzt!«

Plötzlich reißt Jason den Wagenheber zwischen Barretts Beinen hervor und beginnt damit, wie ein Berserker auf den Mann einzuschlagen. Ich weiche entsetzt zurück, weiß nicht, was ich machen soll.

Dann hält Jason inne und zischt mir zu: »Warte im Auto auf mich! Ich komme gleich nach. Ich hab hier noch was zu erledigen.«

In meinem Kopf dreht sich alles. Die Sirenen kommen immer näher. Wie in Trance wende ich mich um und laufe zum Hinterausgang. Wenig später kommt Jason nach. Blutbespritzt, lächelnd, den triefenden Wagenheber in der Hand. Es ist zu spät.

Jason »Das wär erledigt.«

Ich starre ihn fassungslos an.

Martin »Was heißt das?«

Jason »Der gute Doktor ist nicht mehr hinter uns her. Er wird uns in Ruhe lassen. Das heißt das.«

Martin »Jason! Das war der größte Fehler, den du machen konntest!«

Der Junkie starrt mich an. Glasige Augen, Pupillen, so groß wie Untertassen.

Jason »Willst du jetzt klugscheißen, Brillenschlange?«

Ich schüttele den Kopf. Mit Wahnsinnigen soll man nicht diskutieren, vor allem dann nicht, wenn sie blutige Wagenheber in der Hand halten.

Martin »Vergiss es. Lass uns abhauen!«

Wir verlassen die Villa geduckt durch den Hinterausgang und schleichen genau in dem Moment auf die schmale Seitenstraße, in der wir das Auto abgestellt haben, als die Polizisten das Haus betreten. Sie scheinen nicht mit uns gerechnet und die Sirenen aus einem anderen Grund eingeschaltet zu haben, sonst hätte es am Hinterausgang eine unerfreuliche Überraschung gegeben.

Ein Metallzaun zwischen Grundstück und Straße gibt uns Sichtschutz. Wir haben mehr Glück als Verstand. Auf Jason trifft das doppelt zu. Er kriegt sich kaum ein vor Freunde, als wir uns ins Auto schieben. Langsam rollen wir auf die Hauptstraße. Als wir außer Sichtweite sind, tritt Jason aufs Gas, lässt die Reifen quietschen und trommelt mit der Hand aufs Dach.

Jason »Yiehhaaa! Dem hab ich's gezeigt! Dem hab ich den Arsch versohlt!«

Er malträtiert meine Schulter mit Faustschlägen.

Jason »Was machen wir jetzt, Prey? Nimm den Stock aus'm Arsch, Alter! Was machen wir jetzt? Sag schon!«

Die Hölle hat einen Namen: Jason Hincks. Und plötzlich muss ich wieder an den einen Monitor in Barretts Kontrollraum denken.

Martin »Zurück zu Sullivans Wohnung! Wir müssen Sarah holen!«

Jason »Spitzen-Idee! Sullivan, wir kommen!«

Martin »Wir fahren zum leerstehenden Haus des Immobilienmaklers Jacob Sullivan zurück. Van Buren Street, Ecke Fillmore, und ich versuche, nicht daran zu denken, was wir gerade getan haben.«

Die Straße ist menschenleer. Nervös schließe ich die Tür auf. Nackte Glühbirnen, kahle Wände. Die Matratze.

Martin »Sarah?«

Die Wohnung ist leer. Jason beginnt, nervös und auf und ab zu laufen.

Jason »Die Alte hat sich verpisst. Arrividerci, Schlampe. Woher kennst du die eigentlich? Und überhaupt, seit wann interessierst du dich für andere Frauen? … Prey? Kannst du mir verraten, was du da machst?«

Die Wohnung ist nicht besonders sauber. Eine dünne Staubschicht hat sich auf dem Boden gebildet.

Martin »Fußspuren.«

Jason »Fußspuren? Was bist du? 'N verkackter Pfadfinder, oder was?«

Martin »Tu mir 'n Gefallen, Jason, und lass mich kurz allein, okay?«

Er sieht mich an, als hätte er nicht verstanden. Dann holt mit der Hand aus, als wollte er mich schlagen, schüttelt den Kopf und verschwindet. Ich atmete auf.

Martin »Meine Fresse.«

Jason »Was hast du gesagt?«

Martin »Alles okay.«

Es ist, als wäre Sarah vom Erdboden verschluckt worden. Auf der Matratze finde ich Blutspuren. Der Unfall mit dem Fleischlaster. Wir sind in der richtigen Wohnung. Doch die Tür war abgeschlossen. Ist sie aus einem Fenster geklettert? Der Kühlschrank! Ich laufe in die Küche. Der obligatorische ›Frozen King A plus‹. Ein nagelneues Modell. Mit einem Ruck reiße ich die Tür auf. Die Innenraumlampe schaltet sich ein. Das strahlende Weiß blendet mich. Die Zwischenböden wurden entfernt und aufrecht an die Wand gestellt. Ich tauche in den weißen Plastik-Iglu und prüfe die Rückwand. Fest verschlossen. Nichts deutet darauf hin, dass sie vor kurzem geöffnet wurde. Und doch … an der Wand finde ich einen winzigen Blutfleck. Noch frisch.

Martin »Scheiße …«

Sie wussten die ganze Zeit, wo sie ist. Sie mussten nur kommen und sie holen.

Martin »Ich verdammter Idiot!«

Ich schlage mir mit der Faust gegen den Kopf. Was mache ich jetzt? Sarah ist weg, und ich weiß nicht, wo ich sie suchen soll. Sie werden sie nicht wieder ins Krankenhaus bringen. Da bin ich mir sicher. Sie könnte überall sein.

Und ich bin in einen Mord verwickelt. Selbst in einer normalen Kleinstadt bedeutet das mächtig viel Ärger. Aber diese Kleinstadt ist nicht normal.

Sie heißt Porterville und mein Rechtsberater Jason Hincks. Herzlichen Glückwunsch!

Jason hantiert im Flur mit einem Benzinfeuerzeug, inhaliert schwarzen Qualm und streckt mir gönnerhaft ein Stück Alufolie entgegen. Er sieht aus, als hätte ihm jemand mit dem Vorschlaghammer auf den Fuß geschlagen.

Jason »Alter! Das Zeug haut dir die Nadeln von der Tanne.«

Jason Hincks ist wieder mal jenseits von Gut und Böse.

Jason »Geht auf's Haus, Dude.«

Martin »Nein, danke … vielleicht später.«

Jason »Was'n los, Alter? Du musst dich dringend locker machen, Prey.«

Wir starren uns an. Uns wird in diesem Moment klar, dass unsere Lebenswelten keine Schnittmenge haben. Die unangenehme Stille ist unser Glück, denn sonst würden wir die Polizeifahrzeuge nicht hören, die aus zwei Richtungen die Straße hinunter kommen. Jason macht einen Satz zum Fenster.

Jason »Fuck! Die Cops! Hinterausgang?«

Martin »Was guckst du mich an? Gibt's hier nicht!«

Jason »Na dann vorne raus. Wir sehen uns in der Hölle, Prey!«

Wir rennen nach draußen und ignorieren Sheriff Parker und seine Leute, die sich hinter ihren Wagen aufbauen.

Parker »Stehen bleiben! Keine Bewegung! Auf die Knie! Hände hinter den Kopf!«

Wir hören nicht auf ihn und rennen weiter. Parker gefällt das. Ein ohrenbetäubender Schuss kracht, scheucht Vogelschwärme auf und lässt uns unwillkürlich zusammenzucken. Allein der Schalldruck macht einem unmissverständlich klar, dass es schlauer wäre, stehen zu bleiben. Doch so schlau sind wir nicht. Wir hechten in den Mitsubishi und ducken uns. Jason fummelt den

Schlüssel ins Schloss. Die Polizei fackelt nicht lang. Ein ohrenbetäubendes Krachen später zerfetzt der Außenspiegel direkt neben meinem Kopf. Ich schreie.

Martin »Jason!«

Jason »Ja! Verdammt!«

Der Motor heult auf. Hincks tritt das Gas bis zum Anschlag durch und hat Schwierigkeiten, dem bockenden Antrieb eine gleichmäßige Vorwärtsbewegung abzuringen. Die Reifen kreischen. Erneutes Krachen. Die Heckscheibe explodiert. Gläserner Sprühregen massiert uns den Nacken. Hincks schreit und lacht gleichzeitig. Wir wissen nicht, wie, doch wir schaffen es ein weiteres Mal. Mehr Glück als Verstand. Für Jason gilt das doppelt. Also insgesamt vierfach.

Die Polizei jagt uns mit Blaulicht und Sirenengeheul durch die Stadt. Ich muss mich umdrehen, um die fünf Polizeiautos zwischen bröselnden Glasresten zu entdecken. Hincks ignoriert Ampeln, Vorfahrtsregeln und jede Art von Vernunft, schleudert den Mitsubishi aber verhältnismäßig geschickt mit Bremse und Gas jonglierend und lauthals johlend durch die Kurven. Er wird immer waghalsiger. Ich muss schreien, um gegen den Fahrtwind anzukommen.

Martin »Wo fährst du hin?«

Jason »Keine Ahnung. Scheißegal.«

Martin »Was machen wir jetzt? Wir können nicht den ganzen Tag im Kreis fahren.«

Jason »Die Dreckschweine kriegen mich nicht!«

Er lehnt sich aus dem Fenster.

Jason »Ihr kriegt mich nicht! Ihr Dreckschweine!«

In diesem Moment kommt auf der breiten vierspurigen Frost Street hinter einer Grünanlage ein alter Mann mit Gehwagen von rechts auf den Zebrastreifen. Jason reißt das Steuer rum, schleudert auf der anderen

Straßenseite gegen eine Holztafel und reißt sie splitternd aus der Verankerung. Der alte Mann entgeht nur knapp der sich neigenden Reklamewand, die in leuchtend weißen Buchstaben verkündet: ›Sullivan Real Estate. Der Fels in der Brandung.‹

Von einer plötzlichen Eingebung euphorisiert, dreht sich Jason zu mir um.

Jason »Ich hab 'ne Idee. Ich weiß, wie wir hier rauskommen. Wir nehmen die Mountain Road. Durch den Shaden Forest. Kapierst du?«

Martin »Die Mountain Road? Was soll das bringen?«

Jason »Kein verdammter Fleischlaster. Zu schmal, zu enge Kurven. Kapierst Du?«

Ausnahmsweise muss ich Jason zustimmen. Auf der Mountain Road würde uns kein Fleischlaster abdrängen, wie beim ersten Fluchtversuch. Doch allein der Gedanke in diesem kleinen japanischen Blechsarg die Serpentinen zur höchsten Erhebung des Shaden Forest, dem Devil's Peak, hoch zu rasen, verursacht mir Übelkeit. Aber auf der Rückseite des Berges führt die Straße wieder nach unten. Die Stadtgrenze liegt genau auf der Bergspitze. Ich hoffe insgeheim, dass wir sie nur überschreiten müssen, um frei zu sein. Wenn wir in Sicherheit wären, könnte ich einen neuen Plan fassen, um Sarah zu retten.

Martin »Also gut! Versuchen wir's!«

Mit einem Ziel vor Augen gestaltet sich unsere Flucht gleich viel erfolgreicher. Jason kann den Vorsprung ausbauen und die Polizei abschütteln. Doch ich werde den Verdacht nicht los, dass unsere plötzliche Zielstrebigkeit der Polizei aufgefallen sein könnte.

Wir überqueren den Cale River und biegen auf die Interstate ab. Der Schatten des Shaden Forest verschluckt uns. Der Asphalt ist schwarz vor Feuchtigkeit.

Dicke Roteichen, Kastanien und die berühmten Tulpenbäume, die es bis ins Staatswappen geschafft haben, rauschen an uns vorbei. Wie immer beschleicht mich eine seltsame Beklemmung zwischen den hohen Bäumen. Der letzte Urwald der Region ist zugewachsen mit Luftwurzeln, Schlingpflanzen und anderen Schmarotzern. Das Mondlicht erreicht kaum den Boden. So lange ich denken kann, steht er unter Naturschutz. Jede Umweltsünde wird mit empfindlichen Geldstrafen geahndet. Die grüne Lunge Portervilles atmet noch immer die Luft des frühen Kambriums und umgibt die Stadt wie ein Schutzwall aus grauer Vorzeit.

Wie vermutet werden wir am Devil's Peak erwartet. Drei Polizeiautos stehen quer. Davor zwei Nagelketten, dahinter ein Transporter mit verspiegelten Scheiben und seltsamen Antennen auf dem Dach. Jason steigt in voller Fahrt auf die Bremse. Wir rutschen quer und wieder zurück, bis wir qualmend und tickend stehen bleiben. Jason trommelt mit den Fingern auf das Lenkrad und starrt geradeaus. Ich wage es nicht, mir auszumalen, was er vorhaben könnte.

Jason »Bist du bereit?«

Jason sieht mich an. Die Polizisten ziehen die Waffen und gehen in Stellung. Irgendwie habe ich Angst. Aber einen Versuch ist es wert, denke ich.

Martin »Bereit!«

Jason grinst. Er antwortet nicht, sondern tritt auf Gas und Bremse gleichzeitig. Die Reifen des Mitsubishi drehen qualmend durch. Dann löst er die Bremse. Wir werden nach vorn katapultiert. Die Beschleunigung drückt mich in den Sitz. Jason grölt.

Ich stütze mich auf das Armaturenbrett, bereit abzutauchen, falls es brenzlig werden sollte, wovon ich ausgehe. Jason hält das Steuer stur geradeaus und greift zur Handbremse. Was hat er vor?

200 Meter vor der Polizei reißt er das Steuer rum und zieht die Handbremse. Im rechten Winkel werden wir um die Kurve geschleudert, fliegen über den Entwässerungsgraben und durchbrechen das Unterholz. Ich rechne jeden Moment damit, dass wir frontal gegen den nächsten Baum krachen. Genau wie die Polizisten staune ich jedoch nicht schlecht, als genau das nicht passiert. Der Waldboden ist eben und Unterholz wächst offensichtlich nur in der Nähe der Straße. Jason jubelt vor Freude und schlingert mit dem Mitsubishi zwischen den Bäumen hindurch.

Martin »Woher wusstest du, dass es hier kein Unterholz gibt?«

Jason »Wusste ich nicht.«

Etwa 400 Meter weiter durchbrechen wir erneut das Gestrüpp und erreichen wieder die Straße. Die Polizisten sind in die Autos gesprungen. Sirenen heulen auf, ein Megaphon quäkt.

Polizist »Stoppen Sie das Fahrzeug! Fahren Sie rechts ran! Stoppen Sie das Fahrzeug!«

Wir denken nicht dran. Jason stößt einen Triumphschrei aus, tritt das Gas durch, beschleunigt mit allem, was der Mitsubishi hergibt, tickt die Handbremse an und schleudert in die erste Serpentine. Es klappt. Die Polizeiautos fallen zurück, bald liegt eine ganze Schleife zwischen uns und ihnen. Es sieht so aus, als würde Jasons Plan aufgehen. Erstaunlich.

Der Fahrtwind rauscht durch die zerschossenen Fenster. Die Luft ist warm. Am Hang des Devil's Peak blicke ich mich um. Ein beeindruckender Ausblick. Porterville liegt uns zu Füßen. Klein im Vergleich zum Meer der Bäume. Friedlich und verschlafen. Als könnte es keiner Fliege was zuleide tun.

Von plötzlicher Euphorie gepackt, schreit Jason in meine Richtung. »Ich versprech dir hier und jetzt, dass ich nie wieder Drogen anrühr, wenn wir das hier überleben.«

Martin »Ich hab nicht vor zu sterben, Jason. Vielleicht fährst du einfach langsamer.«

Jason »Ich soll langsamer fahren? Bist du bescheuert? Du hast an meine Tür geklopft, schon vergessen?«

Dieser Logik habe ich nichts entgegenzusetzen. Die Bodenwelle überrascht uns mitten in der Kurve. Die Hinterreifen verlieren die Haftung, das Heck bricht aus und beginnt, Bocksprünge zu machen wie ein störrischer Esel. Hincks verreißt das Steuer und verliert die Kontrolle. Alles läuft langsamer in solchen Situationen. Ab einem bestimmten Punkt weiß man, dass es passieren wird. Es wird passieren, und man kann nichts dagegen tun. Von diesem Moment an ist man unbeteiliger Zuschauer im Mittelpunkt des Geschehens. Die Seite des Wagens kracht unmittelbar hinter meinem Kopf gegen einen Baum. Ich sehe, wie sich das Metall verbiegt und auf mich zukommt. Direkt vor meiner Schläfe hört es zum Glück damit auf. Dann werden wir zur anderen Seite gerissen und machen eine Rolle über die Kante. Es geht abwärts. Aus dem Augenwinkel sehe ich, wie Jason mich anschaut, dann schlagen wir mit dem Kühlergrill auf die Felsen auf. Der Gurtstraffer versagt. Jason knallt mit dem Kopf gegen die Frontscheibe. Dann drehen wir uns seitwärts. Einmal, zweimal. Äste splittern. Waldboden wird aufgewühlt und durch die Gegend geschleudert. Dann endlich der finale Rettungsbaum, der unseren Fall abrupt stoppt, sodass mir im Gurt die Luft wegbleibt. Die Windschutzscheibe platzt und wird zu Zucker. Meine Brille durchschlägt sie, hinterlässt ein kreisrundes Loch und verschwindet aus meinem Leben.

Ich versuche, mich zu orientieren, was nicht einfach ist. Wir hängen irgendwie halb schräg über Kopf am Hang. Mein Fuß ist eingeklemmt. Ich versuche, meine Hand zu befreien. Sie ist irgendwo unter dem Sitz, und den hat es aus der Verankerung gerissen. Jasons Kopf blutet. Er hebt ihn an und lässt ihn nach hinten fallen.

Jason »Was für'n Scheißtrip. Verdammte Kacke ...«

Ich schaffe es, mein Bein zu drehen und auszustrecken. Es ist taub, als wäre es eingeschlafen. Dann passieren zwei Dinge gleichzeitig. Ein seltsames Geräusch kommt aus Richtung Motor, ein anderes von oben. Ich versuche, mich umzudrehen und schreie vor Schmerz. Es hat meinen Nacken erwischt. Ich höre, wie sich das erste Polizeiauto nähert. Es kommt in die Kurve und wird langsamer. Dann fährt es weiter. Drei weitere folgen. Sie fahren ebenfalls vorbei. Die Cops haben nicht mitbekommen, dass wir nicht mehr auf der Straße sind. Das ist die gute Nachricht. Die schlechte ist das andere Geräusch. Es wiederholt sich, und diesmal ist es zu erkennen. Eine aufflackernde Flamme. Ich greife zur Tür, will sie öffnen. Sie lässt sich nicht bewegen. Panik kriecht meinen Nacken hinauf. Ich muss mein Gewicht verlagern, kann den Gurt trotzdem nicht öffnen. Es klappt nicht. Ich verliere die Kontrolle, schreie und trommle auf das Armaturenbrett.

Martin »Scheiße! Verdammte Scheiße!«

Ich versuche, mich zu beruhigen und sage mir, das Auto explodiert nicht. Das passiert nur im Fernsehen. Es brennt und das war's. Also, eins nach dem anderen. Gurt auf, Tür auf. Geht nicht. Dann durchs Fenster. Das geht. Als ich halb draußen bin, sehe ich die ersten Flammen nach oben lecken. Das Auto brennt nur. Kein Problem. Alles unter Kontrolle. Eine letzte schmerzhafte Drehung, dann falle ich auf den Rücken. Direkt hinter dem Baum geht es nach unten. Das Auto ist nicht wiederzuerkennen. Höhe und Länge wurden um die Hälfte reduziert. Ich weiche zurück und prüfe Kopf, Arme und Beine. Alles noch dran. In diesem Moment fällt mir ein, dass Jason noch im Auto sitzt.

Martin »Jason? Alles klar?«

Jason »Fuck. Was für 'n Scheißtrip.«

Ich klettere um das Auto herum, muss aufpassen, nicht auszurutschen, komme zur Fahrertür, doch sie klemmt. Verzweifelt zerre ich wieder und wieder am Türgriff. Da schießt eine gewaltige Stichflamme empor, und ich stolpere entsetzt zurück. Von einer Sekunde zur anderen hat der gesamte Wagen Feuer gefangen. Der Mitsubishi ist eine einzige Flammenkugel. Für Jason ist der Trip hier zu Ende. Für immer.

Noch völlig unter Schock richte ich mich auf und sehe mich schwankend um. Felsen und Kiefern im blassen Schein des Mondes. Leiser Wind und das Knistern des Feuers. Sehr lange kann es nicht dauern, bis die Cops zurückkommen. Die Rauchsäule ist mit Sicherheit in ganz Porterville zu sehen. Also nichts wie weg. Ich beginne den Abhang hinunterzustolpern.

Nach einer unfreiwilligen Rutschpartie, bei der ich mir Knie und Hände aufschürfe, erreiche ich den Fuß des Devil's Peak. Angelehnt an eine knorrige Roteiche schöpfe ich Atem. Jetzt in der Dunkelheit erscheint der Shaden Forest still und geradezu friedlich. Ich lasse mich am Fuß des Baumes nieder und strecke die Beine aus. In welche Richtung soll ich gehen? Über die Stadtgrenze, sobald die Polizei weg ist? Das wäre die Gelegenheit …! Und dann? Wohin dann?

Es dauert einen Moment, bis ich eine Entscheidung getroffen habe. Ist es Trotz oder die heimliche Hoffnung, Sarah doch noch irgendwo zu finden? Wahrscheinlich beides. Nur in einer Sache bin ich mir sicher: Bevor ich Porterville verlasse, habe ich noch ein paar Dinge zu erledigen.

Jetzt, mitten in der Nacht, ist es empfindlich kalt im Shaden Forest. Ich bleibe in Sichtweite der Straße. Doch diese Sichtweite ist nach dem Verlust meiner Brille relativ gering. Vor jedem vorbeifahrenden Auto verstecke ich mich und verharre bewegungslos im Gras, bis es außer Hörweite ist. Die Vorgehensweise ist sicher, aber mühsam und zeitraubend, denn obwohl die Straße durch ein Naturschutzgebiet führt, nimmt der Verkehr in der Nacht seltsamerweise nicht ab. Gegen zwei Uhr morgens passiert mich die Polizeikolonne, gefolgt von einem Abschleppwagen mit dem Wrack des Mitsubishi am Haken. Trotz eingeschränkter Sicht erkenne ich Sheriff Parker im ersten Fahrzeug. Sie kommen vom Unfallort. Dass sie nicht nach mir suchen, werte ich als gutes Zeichen.

Erst am Nachmittag des folgenden Tages erreiche ich wieder die Autobrücke über den Cale River. Ich habe seit 24 Stunden nichts gegessen und spüre deutlich, wie Müdigkeit und Hunger an meinen Kräften zehren. Die Brücke zu überqueren, ist eine besondere Herausforderung. Es gibt nur die Leitplanken zwischen Fahrspur und Fußgängerbereich, hinter denen ich mich verstecken kann. Und ich *muss* mich verstecken, denn überall in dieser Stadt lauern Augen.

Ich schaffe es ungesehen, das andere Ufer zu erreichen, durchquere den Hafen und erreiche die Außenviertel der Stadt. Nervös und immer darum bemüht, möglichst wenig Aufmerksamkeit zu erregen. Doch das wird mir kaum gelingen, so wie ich inzwischen aussehe: Jackett und Hose sind von der Nacht im Wald vollkommen verdreckt, und der linke Ärmel hängt nur noch an ein paar Fäden. Meine leichten Schuhe sind komplett durchweicht und werden sich höchstwahrscheinlich bald in ihre Bestandteile auflösen. Ich brauche dringend andere Kleidung, oder ich kann mir gleich ein Schild mit der Aufschrift ›Flüchtling‹ um den Hals hängen. Um als Obdachloser durchzugehen, fehlt meinem Gesicht noch deutlich zu viel Behaarung.

In einem kleinen Gärtchen entdecke ich eine Wäscheleine, von der ich ohne groß nachzudenken ein T-Shirt und eine Jeans abstreife. Zwei Straßen weiter hocke ich mich hinter einen großen Müllcontainer und ziehe mich hastig um. Das T-Shirt schlabbert ziemlich, dafür bekomme ich die Jeans nur mit roher Gewalt zu. Gleicht sich alles aus. Jackett und Hose lasse ich im Container verschwinden. Fehlen nur noch Schuhe …

Auf dem Parkplatz des Walmart beobachte ich eine junge Frau dabei, wie sie zwei Papiertüten und einen verlockenden ›Nike‹-Karton auf dem Beifahrersitz ihres schwarzen Cadillac Escalade verstaut. Als sie sich umwendet, um den Einkaufswagen zurückzubringen, lässt sie das Auto unverschlossen zurück. Diese Gelegenheit kann ich mir nicht entgehen lassen! Im richtigen Moment schleiche ich zum Wagen, öffne die Beifahrertür und nehme die neuen Turnschuhe an mich, die sie vermutlich für ihren übergewichtigen Mann gekauft hat, um ihn endlich zum Sport zu motivieren. Sie sind mir mindestens zwei Nummern zu groß, aber ordentlich geschnürt sind sie allemal besser als meine verrottenden Mokassins.

Als ich wenig später mein Spiegelbild in einem Schaufenster erblicke, stelle ich überrascht fest, wie sehr ich mich verändert habe. In meinem neuen, brillenlosen Look mit T-Shirt, Jeans und Turnschuhen sehe ich glatt um zehn Jahre jünger aus. Das sollte ich nutzen. Ich brauche Verbündete. Als erstes fällt mir Reggie ein. Was ist aus ihm geworden? Sarah und ich sind aus den Gängen entkommen. Gut möglich, dass Reggie unserem Verfolger direkt in die Arme gelaufen ist. Wer oder was auch immer das war. Ich beschließe, zu Reggie zu gehen, doch nicht als erstes. Das wäre ein Umweg. Wenn ich schon mal da bin, werde ich auf einen Sprung im ›Olympic Regent‹ vorbeischauen.

Martin »Wo finde ich Douglas Benchley? Ihre Angestellte … die … die hat gesagt, der Name wäre niemals registriert worden.«

Die blonde Frau an der Rezeption, laut Namensschild die Vize-Managerin Melinda McFaden, erinnert mich verblüffend an Doris Day. Langsam, geradezu anmutig, legt sie die Hände in einer Art religiösen Geste aneinander und lächelt mich an. Es ist kein echtes Lächeln. Ihr Mund lacht, aber ihre Augen bleiben kalt. Es ist ein Lächeln, um Zeit zu gewinnen. Douglas Benchley ist der Mann aus New York, der mit seinem Sohn Jerry nach Porterville kam, um nach Sarah und Tom zu suchen. Er hatte mich in der Bibliothek angesprochen und um meine Hilfe gebeten.

An den Falten auf Mrs. McFadens Stirn kann ich erkennen, dass sie angestrengt darüber nachdenkt, woher sie mich kennen könnte, doch zu keinem Schluss kommt.

Mrs. McFaden »Ich muss Sie enttäuschen, Sir. Ein Douglas Benchley ist mir nicht bekannt.«

Martin »Das wissen Sie einfach so aus dem Gedächtnis?«

Ich bleibe ruhig. Tue, als gehe es um eine wichtige, aber eben nicht lebenswichtige Sache.

Martin »Ich muss ihn dringend sprechen. Kennen Sie eventuell seine Adresse in New York?«

Mrs. McFaden »Ich kann Ihnen leider nicht helfen. Vielleicht wenden Sie sich an die Polizei, Mr. … wie war doch gleich Ihr Name?«

Einen Moment lang blicke ich Mrs. McFaden schweigend an, dann entschließe ich mich, die Sache auf sich beruhen zu lassen. Zu gefährlich.

Ich nicke lächelnd, drehe mich möglichst beiläufig um und bewege mich zügig zum Ausgang. Ich beiße die Zähne zusammen, doch ein leichtes Hinken kann ich nicht verhindern. Ich spüre Mrs. McFadens Blicke im Nacken und beschleunige meinen Schritt. Plötzlich entdecke ich im Souvenir-Shop des Hotels eine rote Baseballmütze mit einem grünen Monster darauf. Perfekt für meine Tarnung. Der Shop ist leer, kein Verkäufer weit und breit. Schnell greife ich mir die Kappe und eile aus der Empfangshalle des ›Olympic Regent‹.

Ich verlasse Portervilles erste Adresse und stoße direkt vor der Drehtür mit einer Touristengruppe zusammen, die affektiert zu lachen beginnt. Nervös rappele ich mich auf und verschwinde so schnell wie möglich in eine Seitenstraße. Ich ziehe mir dir Kappe tief ins Gesicht, damit man meine Augen nicht sehen kann.

Ich laufe nach Osten, Richtung Thomas Field.

Zügig überquere ich die belebten Straßen und sehe auf den Boden, als wolle ich um jeden Preis verhindern, in Hundescheiße zu treten. Dann taucht endlich das graue heruntergekommene Reihenhaus vor mir auf, das ich suche. Als ich die kurze Treppe vor dem Eingang nach oben laufe, bleibt mein Herz stehen. Reggies Klingelschild fehlt. Bin ich zu spät? Ich schlüpfe in den Flur und gleite geräuschlos die Treppe nach oben in den dritten Stock. Dasselbe Spiel: Kein Name auf Reggies Klingelschild. Plötzlich ein Schrei. Eine Tür fliegt auf. Ich zucke zusammen. Ein Mann in Unterhose rennt auf den Flur und brüllt etwas. Jedoch nicht zu mir, sondern nach oben zum Nachbarn. Ein Streit. Nachdem er sich beruhigt hat, entdeckt der Mann mich.

Mann in Unterhose »Suchst du Reggie?«

Ich nicke verstört.

Mann in Unterhose »Is' ausgezogen.«

Martin »Wissen Sie, wo er hingegangen ist?«

Der Mann grinst, als würde ihn meine Ungewissheit belustigen.

Mann in Unterhose »Wo soll der schon hingegangen sein? Dahin, wo er hergekommen ist. In den Bau.«

Ich nicke, als hätte ich nichts anderes erwartet.

Der Mann brüllt noch etwas nach oben, dann schlägt er die Tür hinter sich zu. Nette Nachbarn, denke ich, warte, bis es wieder ruhig ist. Ich drücke die Klinke zu Reggies Wohnung. Zu meiner Überraschung ist die Wohnungstür nicht abgeschlossen! Die Tür schwingt auf …

Ich komme zu spät. Reggies Wohnung ist leer. Als wäre er nie hier gewesen. Als hätte er nie existiert. Erneut bin ich nicht sicher, ob ich überhaupt in der richtigen Wohnung bin, so sauber und leer ist alles. Keine Spur mehr von den billigen Campingstühlen, den fleckigen Jalousien oder Reggies Wasserkocher. Selbst das Linoleum auf dem Küchenboden wurde entfernt. Der ›Frozen King‹ ist noch da – bis auf die Spanngurte natürlich - aber das Sofa ist weg. Zu meiner Erleichterung finde ich jedoch die Vertiefungen der Beine im Boden. Stumme Zeugen jenes Ortes, an dem das Sofa viele Jahre lang gestanden hat. An dieser Stelle, nahezu genau in der Mitte, liegt Reggies Versteck.
Mich überkommt in diesem Moment ein Anflug von Melancholie. Reggie hat so lange alles richtig gemacht.

Er hat sich an die Regeln und aus allem rausgehalten. Und dann, eines schönen Tages, kam ich und habe alles kaputt gemacht. Erst in diesem Moment wird mir klar, dass Reggie sich geopfert hat. Für mich und für Sarah, weil er damals nicht alles riskiert hat, als Martha verschwand, die Frau, die er liebte.

Ich beginne, den Boden abzutasten und klopfe dabei leicht auf die Bretter.

Plötzlich ein hohles Geräusch. Reggies Versteck. Sie haben es tatsächlich übersehen. Ich hebe die erste Diele heraus. Die beiden anderen sind leicht zu entfernen. Alles liegt noch genauso im Loch, wie wir es zurückgelassen haben. Der Rucksack und die Tagebücher. Reggie war nicht in die Wohnung zurückgekehrt. Er muss im Gangsystem überwältigt und verschleppt worden sein, und mit ihm seine Karte. Ich erinnere mich daran, was er zu mir sagte, kurz bevor wir aufbrachen: »Hier liegt alles, was ich über diese Stadt weiß. Fotografien, Tonbänder, schriftliche Aufzeichnungen. Wenn wir diese Nacht überstehen, möchte ich, dass du dir alles ansiehst.«

Ich setze mich neben das Loch, hole ein Tagebuch heraus, schlage es in der Mitte auf und beginne zu lesen: »15. Januar. Mr. Bishop ist der einzige Mann, der sich in der Öffentlichkeit gegen Sheriff Parker und Dr. Barrett ausspricht. Parker bezeichnet ihn als Querulanten. Aus irgendeinem Grund hat er jedoch Angst vor Bishop und lässt ihn in Ruhe. Ich wüsste zu gern, warum. Bishop ist einer der Wenigen, bei denen ich mir nicht sicher bin, auf welcher Seite er steht. Er kennt die Lorenz-Transformation, konnte mir jedoch beim besten Willen nicht den 29. Präsidenten sagen. Normalerweise ist es umgekehrt. Bei diesem Mann ist Physik weit mehr als ein Hobby, doch er ist kein Professor. Im Internet ist nichts über ihn zu finden. Das ist außergewöhnlich. Irgendetwas findet man immer. Gestern bin ich ihm gefolgt und konnte ihn belauschen. In seiner Wohnung sprach er mit einem Mann, den er Marcus nannte. Das Thema war Clusterphysik …«

Seufzend werfe ich einen Blick auf den Stapel im Loch. Es wird Wochen dauern, bis ich alles gelesen habe. Gerade will ich mich bequem hinsetzen, als mich plötzlich ein seltsames Geräusch aufhorchen lässt. Es klingt wie das Maunzen einer Katze. Ich lausche. Auf der Straße fahren Autos vorbei. Im Treppenhaus fällt eine Tür ins Schloss. Dann erklingt erneut das seltsame Geräusch …

Ich muss spontan lachen. Ich bin so aushungert und müde, dass ich vor dem Knurren meines eigenen Magens erschrecke. Ich brauche dringend etwas zu essen und Schlaf. Doch wo kann ich hingehen? Nach Hause zu Camilla und Dorothy? Auf keinen Fall. Es gibt nur einen Ort, an den ich gehen kann. Ich packe Reggies Tagebücher in den Rucksack, schleiche mich vorsichtig aus der Wohnung und mache mich im Schutz der Nacht auf den Weg zur Stadtbibliothek.

Es ist schon dunkel geworden und seltsam still auf den Straßen in der Umgebung der Bibliothek. Ich lauere in einem Durchgang neben einem Schreibwarenladen und betrachte die Art-Deco-Fassade. Nirgendwo brennt Licht. In diesem Moment kommt mir das Gebäude düster und bedrohlich vor. Hat sich das Haus verändert? Seltsam.

»Meine Nerven«, rede ich mir ein und versuche, mich zu beruhigen.

Wenn sie davon ausgehen, dass ich tot bin, sollte es in der Bibliothek sicher sein. Mit einem hastigen Satz überquere ich die Straße, umrunde das Gebäude an den verrosteten Müllcontainern vorbei in die Schatten der Rückseite. Mein Schlüssel passt. Auch wenn ich den

Hinterausgang so gut wie nie benutzt habe, weiß ich intuitiv, wo sich der Lichtschalter befindet. Ich berühre ihn, betätige ihn jedoch nicht. Ich stehe in der Dunkelheit und lausche … Alles scheint ruhig und in Ordnung zu sein. Ich beschließe, das Licht aus zu lassen und vertraue auf meinen Orientierungssinn. Als erstes schleiche ich in mein Büro. Es scheint nicht durchsucht worden zu sein. Wie ein stummes Mahnmal hängt Stewart Falkners Bild an der gegenüberliegenden Wand. Nur zu gut verstehe ich ihn jetzt. Er war nicht wahnsinnig. Ganz im Gegenteil.

Wohin jetzt? Ich brauche einen sicheren Platz zum Schlafen und etwas zu essen. Welcher Tag ist heute? Ich muss auf die Uhr sehen. Ein grimmiges Lächeln huscht über mein Gesicht. Es ist Freitag. Zwei Tage lang wird niemand die Bibliothek betreten. Erst Montag beginnen die Vorbereitungen für die Jules-Verne-Wochen und erst in zwei Monaten die für das Krimi-Festival. Zwei Tage lang wird es ruhig sein.

In der kleinen, muffigen Angestelltenküche will ich etwas zu essen besorgen. Mir läuft das Wasser im Mund zusammen, als ich an die leckeren Törtchen denke, die Mrs. Johannsen im Kühlschrank gebunkert hat … der Kühlschrank. Verdammt! Wie konnte ich das vergessen?! Ich stehe in der Dunkelheit vor dem ›Frozen King‹. Seine verchromten Kanten funkeln verführerisch. Tor zur Unterwelt und Lebensretter in einem Gerät. Ich zögere. Mein Magen knurrt so laut, dass ich Angst habe, man könnte es außerhalb der Bibliothek hören. Mir ist schwindelig vor Hunger. Ich strecke die Hand aus und lege sie auf die Kante. Ich darf das Ding nicht öffnen! Ich darf nicht! Sobald das Licht in seinem Inneren angeht, wird auch an anderer Stelle in Porterville ein Licht angehen. Ein Warnlicht. Genau weiß ich das natürlich nicht, aber ich kann kein Risiko eingehen.

Martin »Verdammte Scheiße!«

Ich schlage mit der Faust auf den Deckel. Missmutig schnappe ich mir Sarahs altes Toastbrot, das im Regal auf mich zu warten scheint, und die zwei Dosen mit geschälten Tomaten, die wahrscheinlich Stewart Falkner vor Jahrzehnten dort abgestellt hat. Schnell weg, bevor ich's mir anders überlege!

Ich laufe zwischen Bücherregalen und gusseisernen Wendeltreppen quer durch den Hauptraum zum Treppenhaus. Hinter dem Zeitungsarchiv im Keller gibt es einen Stauraum. Ich schließe die Tür auf und lasse mich auf die ausgemusterten Putzlappen fallen. Einzig der Hunger hindert mich daran, sofort einzuschlafen. Altes Bohnerwachs dünstet aus aufgeschichteten Plastikkanistern. Die Luft ist betäubend dick. Eine nackte Glühbirne hängt an einem unisolierten Kabel. Ich richte mich auf, knipse das Licht an und wende mich meiner Mahlzeit zu. Ich hätte nie gedacht, dass alte Dosentomaten und Toastbrot so köstlich sein können. Ich schlinge alles hinunter, sinke erleichtert mit dem Rücken an die Wand und räkele mich vor Behaglichkeit. Es kommt mir vor, als könnte ich zum ersten Mal seit zwei Tagen wieder klar denken.

Mit einem Rülpser schiebe ich die Dosen zur Seite, öffne den Rucksack und hole Reggies Aufzeichnungen heraus. Wo soll ich anfangen? Vorn? Lieber hinten, um Zeit zu sparen? Ich werde querlesen und versuchen, Begriffe zu identifizieren. Das scheint mir eine brauchbare Idee zu sein. Ich greife zu Reggies erstem Tagebuch und beginne, Zeile für Zeile, Seite für Seite durchzusehen. In meinem Zustand eine qualvolle Arbeit. Ich verliere ständig den Faden und nicke ein. Es hilft nichts. Ich bin einfach zu müde. Ich muss meine Nachforschungen vertagen. Genau in diesem Moment werde ich fündig. Im vierten Buch, etwa in der Mitte. Sofort bin ich wieder hellwach.

Reggies Handschrift, ohnehin klein und schwer zu entziffern, macht an dieser Stelle den Eindruck, als hätte er in großer Eile Notizen angefertigt: »29. Februar. Heute hat mich im ›Corey's‹ unser Bar-Musiker angesprochen, der hier seit einem halben Jahr spielt. Ein unscheinbarer Mann namens Matt Broyers. Er schien sehr durcheinander zu sein, behauptete, er hätte von vertraulichen Quellen gehört, dass ich ›Informationen‹ sammeln würde. Mir wurde klar, dass ich besser aufpassen muss. Mich anpassen. Natürlich war ich misstrauisch, doch mein Präsidenten-Test blieb ohne Befund. Broyers scheint nicht zu *denen* zu gehören. Er erzählte mir, dass er vor einiger Zeit im ›St. Christopher's‹-Altenheim gespielt habe. Bei der Verabschiedung sei dann ein Patient, ein gewisser Mr. Falkner, an ihn herangetreten und habe ihm verschwörerisch zugeflüstert: »Sie sind seit Monaten der erste Außenstehende, ich kann keinem Menschen trauen. Ständig Drogen und diese Miss Waters mit ihren entsetzlichen Fragen. Ich verliere meinen Verstand, … die werden mich hier nie wieder rauslassen. Deshalb hören Sie mir zu: In dieser Stadt geschehen furchtbare Dinge, ich weiß es. Es gibt Beweise dafür!« In diesem Moment näherten sich zwei Pfleger, um Falkner zurück auf sein Zimmer zu bringen. Schnell beugte er sich zu Broyers herüber und hauchte ihm ins Ohr: »›Porterville Times‹ - die Erstausgabe! Eine Botschaft, versteckt im Artikel! Konnte sie nicht mehr entschlüsseln …« Dann waren die Pfleger bei ihnen. Während der eine Broyers lächelnd zu dem tollen Auftritt gratulierte, drückte der andere den alten Mann mit sanfter Gewalt in einen Rollstuhl und verabreichte ihm eine Spritze. Bevor sie ihn fortbrachten, wandte sich Falkner ein letztes Mal um und deutete mit zitterndem Finger auf sein Gesicht.«

Martin »Falkner!«

Er war auf einen Code in der ›Porterville Times‹ gestoßen, doch bevor er ihn dechiffrieren konnte, hatte man ihn abgeholt. Matt Broyers sollte an seiner Stelle den Artikel entschlüsseln, doch er verstand den letzten Hinweis mit Falkners Gesicht nicht. Ebenso wenig wie Reggie. Sie hätten hinter Falkners Portraitbild suchen müssen! Dort, wo Sarah und ich auf die Erstausgabe gestoßen waren. Die Erstausgabe! Ich hatte sie zur Sicherheit kopiert und hier in der Bibliothek versteckt! Schnell haste ich zu meinem Versteck und ziehe die Kopie heraus, falte das Blatt auseinander …

Tatsächlich! In unregelmäßigen Abständen befinden sich in dem Artikel Abweichungen vom normalen Schriftbild. Ein Buchstabe ist etwas fetter, ein anderer etwas kursiver als normalerweise. Beim ersten Hinsehen fällt einem nichts auf. Selbst beim zweiten Betrachten scheinen es Flüchtigkeitsfehler oder eben Unregelmäßigkeiten der Druckmaschine zu sein. Fieberhaft notiere ich mir die veränderten Buchstaben. Ich gehe den Artikel mehrfach durch, dann steht sie vor mir. Die geheime Botschaft in Stewart Falkners Schatz – dem Artikel des Reporters David Dunford: ›Drittes UG, Raum drei, Regal drei, unten rechts.‹

Aufgeregt springe ich auf, schalte das Licht aus und warte einen Augenblick, bis sich meine Augen an die Dunkelheit gewöhnt haben. Dann schleiche ich durch das Archiv ins dritte Untergeschoss, den tiefsten Keller der Stadtbibliothek von Porterville.

Das dritte Untergeschoss hat eine ganz eigene Atmosphäre. In meiner Zeit als Leiter der Stadtbibliothek war ich nur zwei Mal hier unten, und auch das nur aus Versehen. Was befindet sich hier unten eigentlich? Mir fällt auf, dass ich das nicht weiß. Ein langer, gerader Stahlbetonflur mit drei Türen breitet sich vor mir aus. Die Luft ist stickig und heiß wie in einem Pharaonengrab. Die Notbeleuchtung über den Treppen spendet gerade genug Licht, um sich nicht zu stoßen. Die Stahltüren der Räume sind beschriftet: 301 bis 303. Ich entscheide mich für 303 und drücke vorsichtig die Klinke nach unten. Nicht abgeschlossen. Ich öffne die Tür und betrete den Raum. Er ist stockfinster und noch stickiger als der Flur. Die Luft ist so dick, dass man sie schneiden kann. Ich lasse die Tür offen und taste nach dem Lichtschalter. Alte Neonröhren knistern. Ein schlichter, riesiger Stahlbetonraum mit niedriger Decke. Der Boden ist seltsam mürbe.

›Der Beton muss uralt sein‹, denke ich.

Wann wurde die Bibliothek eigentlich gebaut? Mir fällt auf, dass ich auch das nicht weiß. Gab es damals überhaupt schon Beton?

Dichte Regalreihen liegen vor mir, gefüllt mit Zeitschriften. Ich bin etwas enttäuscht. Irgendwie hatte ich etwas Spektakuläres erwartet. Ich greife zur erstbesten Zeitschrift und blättere sie auf: Versandhauskataloge für Möbel und Einrichtungsbedarf. Warum in aller Welt werden im Keller der Stadtbibliothek Versandhauskataloge aufbewahrt, die auch noch veraltet sind? Zumindest schließe ich das aus dem Layout. Ich suche nach einem Datum, finde jedoch nichts. Ich greife zum nächsten Katalog. Dasselbe. Kein Datum.

Ich zähle von links nach rechts, wende mich an Regal drei und wandere ans Ende: Versandhauskataloge, so weit das Auge reicht. Ich ziehe den letzten heraus. Er unterscheidet sich in nichts von den anderen. Ich spüre, wie sich Enttäuschung in mir breit macht. Habe ich den

Schlüssel falsch angewendet? Die Buchstaben falsch kombiniert?

In diesem Moment entdecke ich genau vor mir, in der Rückwand des Raumes, eine leichte Erhebung. Ich befühle sie und stelle fest, dass an dieser Stelle der Beton etwas glatter ist als an der restlichen Wand. Etwas, das einem nicht aufgefallen wäre, würde man nicht genau diese Stelle suchen. Ich drücke dagegen. Es klickt leise. Ein sehr fein und erstaunlich präzise gearbeiteter Mechanismus hebt geräuschlos eine Abdeckung an und schiebt sie nach oben. Dahinter öffnet sich eine Vertiefung in der Größe eines Schließfachs. Zwei unscheinbare schmale Tagebücher liegen darin.

Und auf ihnen ein grauer Zettel, auf dem in hastig geschriebenen Zeilen zu lesen ist: »12. Juli 1881. Mein Name ist Samuel Wilcomb, Reporter der gerade gegründeten ›Porterville Times‹. Durch Umstände, für deren Schilderung mir die Zeit fehlt, bin ich im Haus des Bankiers Thomas Field in den Besitz einer Erstausgabe unserer Zeitung geraten, die es nie hätte geben dürfen. Mir gelang es, eine geheime Botschaft zu entschlüsseln, die David Dunford seinerzeit in dem Artikel verborgen hatte. So stieß ich auf dieses Versteck und seine Aufzeichnungen. Da ich um meine eigene Sicherheit fürchte, verwahre auch ich nun in diesem geheimen Fach meine jüngst gewonnenen verstörenden Erkenntnisse. Die Zeitung werde ich an anderem Orte hinterlegen, in der Hoffnung, dass ein Mann reinen Herzens sie einst finden und unserem dunklen Geheimnis auf die Spur kommen wird. Möge Gott ihm beistehen.«

Vorsichtig hole ich die beiden Tagebücher heraus. Sie sind mit altmodisch geschwungenen Handschriften betitelt: ›Porterville – Der Untergrund‹ von David Dunford und ›Die Lügen der Stadtväter‹ von Samuel Wilcomb. Vor mir liegen die geheimsten Informationen

Portervilles. Stewart Falkner und viele andere Männer und Frauen sind wegen ihrer Suche nach diesen Aufzeichnungen aus dem Verkehr gezogen worden. Vor Aufregung zitternd stecke ich sie ein, schiebe die Abdeckung wieder vor das Fach und schleiche zurück in mein Versteck.

Als ich im Stauraum wieder auf den Putzlappen sitze und ›Die Lügen der Stadtväter‹ von Samuel Wilcomb aufschlage, traue ich meinen Augen nicht. Ich starre auf einen zeitgenössischen Kupferstich. Das Portrait eines Arztes im weißen Kittel, Monokel und Stethoskop. Untertitelt mit »Leiter des Abidias Asylum, Dr. Leland Horace«. Obwohl ich keine Brille trage, erkenne ich den Mann sofort. Es ist Sheriff Parker. Mir stockt der Atem. Ohne verarbeitet zu haben, was ich sehe, blättere ich zur nächsten Seite. Ein weiterer Kupferstich. Das Portrait eines reichen Geschäftsmannes. Adresse und Namen wurden von Samuel Wilcomb über dem Stich notiert: »Sir Thomas Adamius Field, Neal Street 126.«

Erneut schüttele ich nur stoisch den Kopf, denn Sir Thomas Field hat verblüffende Ähnlichkeit mit einer überaus prominenten Persönlichkeit. Es handelt sich um … Angus Hudson, den hochgeschätzten Bürgermeister von Porterville! Ich springe auf, laufe ins Zeitungsarchiv und finde sofort ein aktuelles Bild von ihm. Es besteht kein Zweifel. Sir Thomas Adamius Field *ist* Angus Hudson.

Unter Fields Kupferstich befindet sich ein Datum: 1881. Das Zeitungsfoto ist aus dem 21. Jahrhundert. Wie ist das möglich? Die Ähnlichkeit ist so gravierend, dass ich ausschließe, dass es sich um einen Vorfahren handelt. Kupferstich und Foto zeigen dieselbe Person.

Bereits die ersten Seiten dieses Tagebuchs überfordern meinen Verstand. Mir wird schwindelig.

›Ich muss mich dringend ausruhen‹, denke ich.

Nur ein wenig. Kraft sammeln, um gewappnet zu sein für das, was noch vor mir liegt. Für das, was ich noch finden werde.

Einige Zeit später wache ich auf und sehe mich desorientiert um. Ich kann weder sagen, wie viel Zeit vergangen ist, noch was mich geweckt hat. Mein Rücken schmerzt, weil ich verkrümmt auf den Putzlappen gelegen habe. Ich richte mich mühsam auf, strecke mich und spähe durch den Türspalt. Das Zeitungsarchiv dämmert in der Dunkelheit vor sich hin. Dann höre ich etwas. Sehr leise. Ein Schluchzen. Eine weinende Frau. Gänsehaut läuft meinen Rücken hinunter. Ich richte mich vorsichtig auf und schleiche durch das Archiv. Es besteht kein Zweifel. Irgendwo auf dem Flur oder in einem der benachbarten Räume weint eine Frau. Vorsichtig schiebe ich die Stahltür zum Flur auf. Es ist stockdunkel. Auch wenn jemand direkt vor mir stünde, ich würde ihn nicht erkennen. Vorsichtig, eine Hand nach vorn gestreckt, schleiche ich dem Geräusch entgegen. Kurz vor der Treppe gibt es eine Nische im Flur. Etwa zehn mal zehn Meter groß. Erfüllt vom leisen Brummen und dem unruhigen Neonflackern von Getränkeautomaten. Eine Person sitzt an einem schlichten Pausentisch. Ihr Kopf ist gesenkt. Mir stockt der Atem.

Es ist Sarah! Was um alles in der Welt macht sie hier?

Martin »Sarah?«

Die Frau hört auf zu weinen, hebt den Kopf und sieht in meine Richtung. Eine schwarze Silhouette. Ihre Augen sind nicht zu erkennen. Ich nähere mich vorsichtig. Es ist Sarah, doch irgendetwas stimmt nicht. Die Frau trägt die Patientenkleidung aus dem ›Kennedy Medical Center‹. Dieselbe, die Sarah in Sullivans Wohnung trug.

Doch ihre langen schwarzen Haare hängen ihr wirr ins Gesicht. Es ist kaum zu erkennen.

Martin »Sarah?«

Sarah »Martin.«

Ich nähere mich ihr von der Seite. Ihr Kopf folgt mir und taucht ins Licht. Es ist Sarah.

Martin »Sarah!«

Ich stürme auf sie zu und will sie umarmen, doch sie reagiert nicht. Sie sieht mich nur an.

Sarah »Mir geht es gut. Es ist alles in Ordnung.«

Ich schüttele ungläubig den Kopf.

Martin »Du kannst wieder sprechen! Was ist passiert? Wie bist du aus Sullivans Wohnung rausgekommen?«

Erst in diesem Moment realisiere ich, dass Sarah nicht ohne Kenntnis der Herren von Porterville hier sein kann. Man hat sie hierher geschickt. Zu mir. Entsetzt springe ich auf und weiche auf den Flur zurück. Nervös sehe ich mich um und warte darauf, dass die Polizei den Keller stürmt. Doch es passiert nichts. Es bleibt ruhig. Sarah folgt mir. Ihre nackten Füße patschen auf dem Betonboden.

Sarah »Hab keine Angst, Martin! Sie wissen nicht, dass du hier bist.

Martin »Doch, das tun sie! Sonst wärst du nicht hier!«

Sarah »Richtig.«

Martin »Wie … wie meinst du das?«

Sarah »Ich bin nicht hier, Martin.«

Es verschlägt mir die Sprache. Ich spüre etwas. Tief vergraben in meinem Unterbewusstsein. Noch dringt es nicht zu mir durch.

Martin »Was? Wieso …?«

Sarah »Du wirst es verstehen. Es dauert nicht mehr lange. Ich muss dich um etwas bitten.«

Vorsichtig trete ich ihr entgegen.

Martin »Ich tue alles für dich. Das weißt du. Was soll ich machen?«

Sarah »Such nicht mehr nach mir.«

Ich habe einen Kloß im Hals. Tränen schießen mir in die Augen.

Martin »Ich will dir helfen. Ich lass dich nicht im Stich! Ich liebe dich, Sarah!«

Sarah »Du kannst mir nicht helfen, Martin.«

Ich lasse den Kopf sinken. Verzweiflung ergreift von mir Besitz.

Sarah »Du musst noch etwas für mich tun …! Versprichst du mir, dass du es tun wirst?«

Ich nicke niedergeschlagen.

Martin »Was soll ich tun?«

Sarah »Du musst aufwachen, Martin! Wach auf! ***Wach auf!***«

Ein heftiger Ruck richtet mich in der Abstellkammer auf. Alles ist so, wie ich es in Erinnerung habe. Als wäre ich gerade erst eingeschlafen. Doch ich bin außer Atem, und mein Herz rast, als wäre ich 4.000 Meter gelaufen. Der Traum war so real. Ich konnte die Wärme ihres Körpers spüren. Ich schließe die Augen. Tränen rollen meine Wangen hinunter. Ich würde alles dafür geben, in diesen Traum zurückkehren zu können.

Schritte und flüsternde Stimmen holen mich in die Realität zurück. Mehrere Personen kommen die Treppe hinunter. In beiden Treppenhäusern. Die Polizei! Irgendwie haben sie rausgefunden, dass ich hier bin. Ich bin sofort hellwach, stopfe Tagebücher, Artikel, Dosen und Toastbrotverpackung in den Rucksack, schleiche ins Archiv und spähe auf den Flur. Das Flackern von Taschenlampen im Treppenhaus. Noch sind sie nicht da. Geduckt renne ich los. Keine Sekunde zu früh. Als Sheriff Parker und zwei seiner Männer am Ende der Treppe auftauchen, verschwinde ich gerade in der Nische und drücke mich neben die Getränkeautomaten. Genau vor mir bleiben die Männer stehen. Parker leuchtet den Gang mit der Taschenlampe ab und wendet sich in gedämpfter Lautstärke an weitere Männer, die im Treppenhaus zurückgeblieben sind. Dann geht plötzlich das Licht in der ganzen Bibliothek an.

Parker »Gut gemacht Mr. Prey, mein Kompliment! Aber Sie hätten auf Ihre Schwiegermutter hören sollen. Mrs. Bates hat sich für Sie verbürgt. Wussten Sie das? Denken Sie auch mal an Camilla. Sie könnte Schwierigkeiten bekommen, Mr. Prey. Hören Sie, was ich sage?«

›Ich höre nur zu gut, was du sagst, verdammtes Schwein‹, denke ich, halte den Mund und versuche, nicht zu atmen.

Parker »Na gut, Mr. Prey, hören Sie zu! Was Sie nicht wissen, ist Folgendes: Es ist vollkommen gleichgültig, wie Sie sich entscheiden und was Sie tun. Es hat keinen Bestand und keine Auswirkung. Auch wenn Sie im Moment nicht verstehen, warum, können Sie mir in diesem Punkt ausnahmsweise vertrauen. Und wenn es egal ist, wie Sie sich entscheiden, dann können Sie auch rauskommen und sich stellen. Das ist doch richtig, Mr. Prey? Würden Sie mir da zustimmen? … Mr. Prey?«

Warum ist es egal, wofür ich mich entscheide? Für einen kurzen Moment bin ich irritiert, dann fange ich mich wieder. Nichts als Lügen.

›Hör nicht auf ihn!‹ Ich verharre schweigend und gebe keinen Laut von mir.

Parker »Na gut. Dann müssen wir die Sache eben anders lösen. Sie haben es so gewollt. Wir rücken ab! Los, raus hier! Alle! Und zwar schnell. Barry, mach das Licht aus! Die Sicherung raus, verstanden?«

Die Männer rücken ab. Das Licht geht aus. Die Bibliothek mit ihren Jugendstilbalkonen und Wandreliefs versinkt wieder in der Dunkelheit. Ich höre, wie die

Polizisten zu den Eingängen drängen, um schnell nach draußen zu kommen. Keiner will der Letzte sein. Die Türen krachen ins Schloss und werden von außen verriegelt. Dann wird es still. Vorsichtig richte ich mich auf und sehe mich um. Ist das ein Trick? Ist Parker in der Bibliothek geblieben? Das wäre zumindest möglich. Ich beschließe, mich weiterhin leise zu verhalten. Irgendwie muss ich aus der Bibliothek raus. Hier ist der Boden eindeutig zu heiß geworden.

Ich laufe geduckt zum Fenster und spähe nach draußen. In diesem Moment schließen die Polizisten die hölzernen Fensterläden. Lautes Krachen und Klappern ertönt von allen Seiten des Gebäudes. Sie verrammeln die Fenster, als würden sie sich auf einen Hurrikan vorbereiten.

War es vorher schon dämmrig, so ist es jetzt stockfinster. Was soll das alles? Leise höre ich, wie Polizeiautos anspringen und abfahren. Es ist unglaublich, aber die Cops rücken wirklich ab! Falls das nicht eine Finte ist …

Schließlich ist es wieder ruhig. Eine gespenstische Stille breitet sich aus. Die Stadtbibliothek und ganz Porterville scheinen den Atem anzuhalten. Was um alles in der Welt hat Sheriff Parker vor? Es dauert nicht lange, bis ich es herausfinde.

Das leise Geräusch, das ich höre, lässt mir das Blut in meinen Adern gefrieren: Das Schmatzen einer Gummidichtung auf verchromtem Metall. Der Kühlschrank öffnet sich und lässt die Küche in kaltem Licht erstrahlen, als hätte sich ein falscher Himmel geöffnet. Unwillkürlich sehe ich mich nach einer Fluchtmöglichkeit um. Es gibt keine. Ich sitze in der Falle. Plötzlich erhebt sich eine dünne Stimme und beginnt zu singen. Ein altes Kinderlied.

Ein heftiges Déjà-vu durchfährt mich. Meine Kindheit ist plötzlich wieder da. All die Dinge, die ich vergessen hatte. Sonnenuntergänge am Cale River, zwischen den Fischerhütten, wo wir als Kinder Verstecken spielten. Der Schulausflug in den Shaden Forest, als ich die Gruppe verlor und plötzlich allein war. Mitten im Wald. Alles ist wieder da. Als wäre es gestern gewesen. Wie gelähmt lausche ich der hypnotischen Stimme.

Willst du spielen, spiel' mit mir,
am Abend und am Tag.
Auf Feld und Wiese und im Wald,
doch nicht im Darkside Park.

Willst du gehen, geh' mit mir,
gemeinsam sind wir stark.
Zu zweit erobern wir die Welt,
nur nicht den Darkside Park.

Und willst du sterben, stirb' mit mir,
ich zeig' dir uns'ren Sarg.
Er wartet offen schon auf uns,
ganz tief im Darkside Park.

Ich weiß, dass uns diese Kreatur durch die Gänge gefolgt ist und wahrscheinlich Reggie auf dem Gewissen hat. Reggie und zahllose andere. Meine Angst wird zur Panik. Ich springe auf und renne blindlings durch die Gänge in Richtung Hinterausgang, obwohl ich ahne, dass es keinen Sinn hat. Wie erwartet, wurde die Tür von außen blockiert. Ich müsste sie einschlagen. Doch womit …? Die Axt im Treppenhaus!

Ich mache kehrt und haste ins Treppenhaus zurück. Neben einem Glasrelief, das Pioniere auf einem Feld vor ihrer Farm zeigt, hängt in einem roten Metallkasten über einen zusammengerollten Wasserschlauch eine Feueraxt. Die geschliffene Klinge schimmert in der Dunkelheit. Ich löse den Nothammer und schlage die Scheibe ein. Das Klirren schmerzt in meinen Ohren. Ich halte den Atem an. Alles bleibt ruhig. Viel zu ruhig für meinen Geschmack. Ich greife zur Axt, drehe mich um – und zucke so heftig zusammen, dass mir die Axt aus der Hand rutscht. Eine unbeschreibliche Fratze starrt mich an, direkt vor mir. Eine bleiche Monstrosität, verwachsen, lang und dürr. Sie beugt sich über mich und wippt vor Freude mit den Füßen.

Bleicher Mann »Gleich, gleich, gleich, gleich, gleich …«

Mit einem Aufschrei werfe ich mich nach hinten und stoße schmerzhaft mit dem Rücken an die Wand. Mein Verstand droht auszusetzen. Eigentlich hätte mir der Auftritt den Rest geben müssen, doch ich bleibe bei Bewusstsein. Das bleiche Ding grinst. Es hat Freude daran, dass ich noch nicht aufgebe. Mit seinem deformierten Kopf, den starren entzündeten Augen und der schimmernd blassen Haut erinnert mich das Ding an ein Chamäleon. Doch dann macht es den Mund auf und die spitzen Zahnreihen belehren mich eines Besseren.

Bleicher Mann »Gleich, gleich, gleich, gleich …«

Das Ding kommt näher. Die Augen flirren hin und her. Alles an dieser Missgeburt ist in Bewegung, als hätte es einen nervösen Tick. In den dürren Fingern seiner rechten Hand glaube ich, eine Spielkarte zu erkennen. Ich springe auf und renne weg.

Bleicher Mann »Lauf, Kälbchen! Lauf!«

›Das Ding spielt Katz und Maus mit mir‹, denke ich entsetzt. ›Es hat Vergnügen daran, sich Zeit zu lassen.‹

Ich haste in die Dunkelheit hinein auf dem schnellsten Weg zurück zur Hintertür. Vielleicht schaffe ich es, sie einzuschlagen, bevor es mich erreicht. Ein heiseres Kichern ertönt vor mir. Es hat mich überholt. Es ist an mir vorbei und hat sich mir in den Weg gestellt. Was ist dieses Ding? Woher weiß es, wo ich hin will? Kann es Gedanken lesen? Ich ändere meine Richtung und stolpere weiter.

Bleicher Mann »Gleich, gleich, gleich, gleich …«

Nackte Panik kriecht meinen Nacken hinauf. Ich bleibe hängen, stolpere. Für einen kurzen Moment verliere ich die Orientierung. Das Ding ist sich seiner Wirkung sicher. Je länger es dauert, desto mehr Angst werde ich haben und desto weniger Widerstand werde ich leisten.

Und plötzlich wird mir klar, dass jemand, der so auf Wirkung setzt, genau diese Wirkung auch überschätzen kann. Es hat keinen Sinn wegzulaufen. Ich muss mich dem Ding stellen. Hier und jetzt!

Ich bleibe stehen und versuche, möglichst fest und entschlossen zu klingen. »Du willst mich haben? Hier bin ich! Komm und hol mich!«

Das Ding taucht am Ende einer Regalflucht auf, zwei Kreuzungen von mir entfernt, bleibt für einen kurzen Moment still stehen und bewegt sich nicht mehr. So stehen wir einander gegenüber und starren uns an. Langsam hebe ich die Feueraxt an. Dann beginnt das Ding wieder zu zucken, öffnet den riesigen Mund und fletscht die Zähne. Mit angezogenen Schultern beugt es sich nach vorn, beginnt zu laufen und dabei ein grässliches schrilles Fauchen auszustoßen. Meine Beine werden weich. Das Ding ist zu schnell. Ich weiß, dass ich nur einen Versuch habe. Einen Versuch und kein zweites Leben. Kurz bevor das Ding bei mir ist, stürzt es sich auf die Hände und springt mir auf allen Vieren entgegen. Ich reiße die Axt nach oben, weiche im richtigen Moment nach hinten aus und führe den Streich so stark und so entschlossen wie möglich. Ich treffe. Es poltert, als würden Kegel auf den Holzboden fallen. Die Wucht des Schlags wirft mich um. Ich springe sofort wieder auf die Beine, hebe erneut die Axt an, bereite mich auf den nächsten Angriff vor und weiche langsam nach hinten aus.

Es bleibt still. Doch ich traue dem Frieden nicht. Das Ding will mich verrückt machen. Es lauert irgendwo, und sobald ich mich sicher fühle, wird es über mich herfallen. Es wird kommen, da bin ich sicher. Mein Fuß stößt gegen etwas Hartes. Ich sehe nach unten und zucke zusammen.

Das Monster liegt zu meinen Füßen. Regungslos, in einer großen Blutlache, den Mund weit aufgerissen und zu einem hämischen Grinsen entstellt. Fassungslos starre ich die bleiche Bestie an. Das Ding ist tot, doch selbst jetzt noch scheint es zu triumphieren.

Und in diesem Moment, als es still vor mir liegt, erinnert mich diese Fratze an irgendetwas. Ich weiß nur noch nicht, an was …

Plötzlich überfällt mich mit bleierner Schwere die Müdigkeit. Ich kann mich kaum mehr auf den Beinen halten. Ich brauche Schlaf. Dringend. Tiefen Schlaf.

Ich schlurfe durch die Gänge auf der Suche nach einem sicheren Schlafplatz. Denn ich brauche Kraft. Viel Kraft. Für morgen.

Für den 56 Stock.

Doch am meisten Kraft brauche ich für eine Antwort. Eine Antwort auf die Frage:

»Kennen Sie … den Darkside Park?«

Frischling, Frischling

von Raimon Weber

WILLKOMMEN IN PORTERVILLE, der freundlichen Stadt im Herzen von Maryland. Es ist mir eine Ehre, Sie als Gast bei uns begrüßen zu dürfen. Seien Sie versichert: Wir werden alles tun, um Ihren Aufenthalt so angenehm wie möglich zu gestalten.

Getreu dem Leitspruch unserer Stadt: »Pflücke den Tag wie eine reife Frucht, aber drücke niemals den Knopf des 56. Stockwerks.«

Doch beginnen wir nun mit der Geschichte meines ehrwürdigen Nachfolgers Mr. Kipling …

Die Fahrstuhltür öffnete sich und eine Stimme nuschelt: »Hi, Kip! Nach oben.«

Ich sage: »Guten Abend, Mr. Tannen. Die Party ist bereits in vollem Gange.«

Dann kotzt mir der Kerl vor die Schuhe.

Es ist einer von Howard K. Brenners Anwälten. Allesamt junge Burschen, die, da bin ich mir sicher, von Jura so viel Ahnung haben wie ich vom Stricken.

Der hier hält sich an einer blonden Schönheit fest und entleert seinen gesamten Mageninhalt auf den Teppichboden meines Aufzugs.

Während ich mit einem eingefrorenen Lächeln einfach nur dastehe, klopft ihm das Mädchen auf den Rücken und murmelt beruhigende Worte. Sie ist wirklich besorgt um Tannen. Weil sie ihn nicht kennt.

Und ich denke nur: ›Lass die Kleine nicht zu einem Paket werden.‹

Tannen richtet sich auf, wischt sich mit dem Ärmel seines Jacketts über den Mund und grinst mich an: »Sorry, Kip! Der Scheiß-Whisky!«

Ich drücke den Knopf zur Etage der Kanzlei ›Macintosh & Partner‹. Weit oben im Hudson Tower.

Aber nicht ganz oben ...

Ich hasse es, wenn sie mich Kip nennen. Mein Name ist Daniel Chester Kipling. Es muss Mr. Kipling heißen ... meinetwegen auch Daniel. Aber nicht Kip! Ich bin doch kein Köter! Aber nur der Bürgermeister spricht mich mit Mister an. Er hat eben Manieren.

Tannen hätte ebenso gut einen der anderen Aufzüge nehmen können. Aber er wollte vor seiner Begleiterin angeben und wählte den Monet mit dem guten alten ›Kip‹ in seiner dunkelblauen Uniform mit den goldenen Metallknöpfen.

Eigentlich hat der Aufzug gar keinen Namen. Aber für alle im Tower ist er der Monet. Wegen dem Gemälde an der Wand. Es zeigt eine Frau in einem weißen Kleid. Sie spaziert mit ihrem Sonnenschirm über eine Blumenwiese. Im Hintergrund wartet ein kleiner Junge. Keine Ahnung, worauf. Aber es muss heiß sein, denn er schützt sich ebenfalls vor der Sonne. Mit einem kecken Hütchen.

Egal, wo ich stehe, die junge Frau sieht mich immer an. Ihr Gesichtsausdruck sagt: »Ich kenne dich, Daniel. Ich weiß über alles Bescheid.« Und darüber scheint sie nicht immer amüsiert zu sein.

Das Gemälde hängt dort auf Wunsch des Bürgermeisters. Er vergöttert den Maler Monet und benutzt natürlich ausschließlich meinen Aufzug. Hier ist alles vom Feinsten. Viel Platz. Tropenholz mit feiner gleichmäßiger Maserung an Wänden und Decke. Hochglanzverchromte Tür. Mit rotem Samt bezogene Stühle. Goldene Haltegriffe. Zwei Monitore, die im Moment eine bunte Unterwasserlandschaft zeigen und ein unsichtbares Sound-System, auf das ich jederzeit Zugriff habe.

Der Bürgermeister schätzt übrigens Händel. Vor allem die Oper Giulio Cesare. Wenn ich ihm daraus etwas vorspiele, lächelt er sanft. Einmal bat er mich sogar, den Aufzug anzuhalten, damit er noch ein wenig lauschen konnte.

Ein akustisches Signal, ein herrlich altmodisches »Pling!«, kündigt an, dass wir die gewählte Etage erreicht haben. Zwei Männer von der Sicherheit schauen in die Kabine und helfen dem bedenklich schwankenden Tannen in den Flur.

Wenn bei ›Macintosh & Partner‹ gefeiert wird, befinden sie sich im Alarmzustand. Sie müssen achtgeben, dass die Mitarbeiter der Kanzlei nicht über die Stränge schlagen. Wobei die Toleranzgrenze sehr hoch ist.

Aus dem Hintergrund dröhnt ›Satisfaction‹ von den Rolling Stones. Eine Männerstimme stimmt kreischend in den Refrain ein, und ich glaube, irgendwo in dem Tumult eine Frau weinen zu hören.

Tannens junge Begleiterin zögert, sieht sich nach mir um und wird mit Nachdruck von einem der Wachmänner aus meinem Aufzug geführt. Abwärts.

Mein Lächeln spiegelt sich im Chrom der Tür. Es sieht unecht aus. Ich mache mir zu viele Gedanken. Die Erinnerung ... mit einem Schlag ist sie wieder da. Der Junge ... ich habe nie seinen Namen erfahren.

›Nein! Hör sofort auf damit!‹

Ich öffne das verborgene Fach in der Wand. Es bietet Platz für ein paar persönliche Dinge. Und für meine Medizin. In dem Metalldöschen, ein Geschenk von meiner anbetungswürdigen Frau Marge, sind nur noch zwei winzige rosafarbene Tabletten. Kein Problem. Morgen früh, vor Dienstantritt, werde ich zu Dr. Barrett gehen. Vielleicht muss er die Dosis ein klein wenig erhöhen. Ihre Wirkung hält nicht mehr so lange wie früher an.

Ich zerbeiße die vorletzte Tablette in meinem Mund und spüre, dass es mir augenblicklich besser geht. Sogar der Blick der Frau mit dem Sonnenschirm ruht jetzt milde und nicht länger vorwurfsvoll auf mir.

Tannens Hand hat auf dem Chrom einen hässlichen Abdruck hinterlassen. Ich entferne ihn mit einem Reinigungstuch. Es riecht nach Oleander, dem Lieblingsduft des Bürgermeisters. Anschließend kümmere ich mich um die Sauerei auf dem Teppich. Dabei pfeife ich ein kleines Liedchen aus meiner Jugend.

Der nächste Tag beginnt mit einer Überraschung. Marge hat eine Nachricht von Florence, unserer jüngsten Enkeltochter, erhalten.

Die Nachricht besteht nur aus einem Satz: »Es ist vollbracht!«

Florence mochte es immer schon etwas pathetisch, aber diese Botschaft ist für uns in der Tat die Vollendung eines Traums. Bedeutet es doch, dass alles für unsere Rückkehr in die Heimat vorbereitet ist. Genau nach unseren Wünschen.

Ich sehe es genau vor mir: Das Haus am Moosehead Lake steht bereit. Keine 50 Meter vom Ufer entfernt. Am Anleger dümpelt ein kleines Motorboot, und ich werde viel Zeit mit meiner alten Leidenschaft, dem Angeln, verbringen dürfen. Die Erinnerungen an die Geschehnisse in Porterville werden verblassen. Vielleicht werde ich sogar irgendwann auf die Antidepressiva verzichten können.

Ich drehe den Schlüssel im Zündschloss und die sechs Zylinder des BMWs erwachen zu seidenweichem Lauf. Ich mag diese Automobile. Sie werden mir ein wenig fehlen. Marge steht in der Haustür. Sie winkt mir lächelnd zu, dann kommt sie eilig die Auffahrt hinunter. Ich lehne mich aus dem Wagenfenster, und sie gibt mir einen langen Kuss. Sie streichelt mich mit ihren Fingern im Nacken, und ein wohliger Schauer läuft mir über den Rücken.

»Pass gut auf dich auf«, flüstert Marge in mein linkes Ohr. Heute beginnen unsere letzten zwei Wochen an diesem Ort.

Ich weiß nicht, wie ich zu der Ehre gekommen bin, aber ich gehöre zu Dr. Barretts privilegierten Patienten. Ich muss mich nicht um einen Termin bemühen, sondern kann ihn jederzeit in seinem Privathaus aufsuchen.

Der Mediziner wohnt in einer der besten Gegenden von Porterville. Hohe Hecken schützen die Villen vor neugierigen Blicken. Nie ist ein Mensch auf den Straßen zu sehen. Das Viertel erscheint die meiste Zeit wie eingefroren. Bar jeglicher Bewegung.

Umso mehr erstaunt mich der Polizeiwagen am Straßenrand vor Barretts Haus. Ein Beamter steigt ohne Hast, beinahe lässig, aus dem Fahrzeug und bedeutet mir anzuhalten. Ich verhalte mich ordnungsgemäß. Das heißt: Ich schalte den Motor aus, öffne die Seitenscheibe und lege beide Hände deutlich sichtbar ans Lenkrad. Der Polizist beugt sich zu mir hinunter. Seine Hand liegt auf dem Revolverholster. »Wo wollen Sie hin, Sir?«

Aus irgendeinem Grund verbergen die meisten Uniformierten ihre Augen hinter einer Sonnenbrille. Es verleiht ihnen etwas Reptilienhaftes.

»Zu Dr. Barrett«, antworte ich. »Ich bin sein Patient.«

»Sie sind Daniel Chester Kipling«, stellt der Beamte mit tonloser Stimme fest. Es gibt für ihn ein Dutzend Möglichkeiten, meine Identität festzustellen.

Ich nicke nur.

»Dr. Barrett ist ermordet worden. Die Verhaftung der Täter steht unmittelbar bevor.« Er spricht in einem Tonfall, als würde er das Wetter kommentieren.

»Aber ...«, bringe ich nur hervor. Schlagartig bricht mir der Schweiß aus. Grelle Punkte blitzen vor meinen Augen auf.

Der Polizist reicht mir eine Visitenkarte. »Im Notfall wenden Sie sich an den psychologischen Dienst.«

Er dreht sich um und kehrt mit wiegendem Schritt zu seinem Wagen zurück. Auf der Karte steht nur eine vierstellige Telefonnummer: 2-7-0-3.

Ich habe meine letzte Tablette vor dem Frühstück eingenommen. Ich brauche Nachschub. Sonst kommt spätestens am Abend die Angst zu mir. Ich glaube zu spüren, wie erste Anzeichen – düstere, nebelhafte Fragmente – aus den Tiefen meiner Erinnerung an die Oberfläche drängen. Und ich stelle fest, dass mich Barretts Tod überhaupt nicht berührt. Ich will nur meine Medizin.

Außer dem Monet gibt es im Hudson Tower noch fünf weitere Fahrstühle. Zweckmäßig und schmucklos sind sie. Keiner von ihnen reicht auch nur annähernd an die Pracht des Monets heran. Aber nach und nach hat man auch ihr Inneres mit Gemälden geschmückt.

Mit einem Van Gogh, einem Chagall, Botticellis ›Geburt der Venus‹ und einem Portrait des Dichters Lord Byron.

Im Gegensatz zum Monet handelt es sich dabei jedoch nicht um Originale, wie mir der Bürgermeister anvertraute.

Lediglich das Gemälde in Aufzug Nummer fünf ist kein Nachdruck. Es zeigt eine gedrungen wirkende Frau mit schwarzen Haaren. Sie blickt mit starrer Miene aufs düstere Meer hinaus. Am Horizont kämpft ein alter

Raddampfer gegen den starken Wellengang an. Er hat bereits starke Schlagseite. Ein bedrückendes Bild. Kein Vergleich zu meiner Schönen im Sonnenlicht.

Seit Dienstantritt versuche ich, mich an das zu halten, was mir Dr. Barrett bei einer, wie er es nannte, Minimalkrise geraten hat. Positiv denken! Sich permanent der eigenen Stärke bewusst sein. Keine schlechten Gefühle zulassen. ›Ich bin durch meine Arbeit privilegiert!‹

Im Gegensatz zu den fünf anderen Fahrstuhlführern soll ich meine Gäste stets bei geöffneter Tür empfangen. Meine Kollegen hingegen haben seit einiger Zeit die strikte Anweisung, hinter geschlossener Tür auf Kundschaft zu warten. Wie erniedrigend!

Ich ertappe mich dabei, wie ich zum wiederholten Mal den korrekten Sitz meiner Uniform überprüfe. Ich habe mir auferlegt, bis zwölf Uhr mit dem Anruf beim psychologischen Dienst zu warten. Auf keinen Fall möchte ich den Eindruck von Hektik und Nervosität erwecken. In Porterville wird das Verhalten jedes Einzelnen analysiert. Ich hebe meine Hand auf Augenhöhe. Sie zittert nicht.

Die Tür im Foyer öffnet sich, Maria vom Empfang spult ihr obligatorisches »Herzlich willkommen im Hudson Tower, Glanz und Stolz von Porterville ... und so weiter« ab.

Touristen.

Ich trete aus dem Aufzug und nehme eine einladende Haltung an. Touristen ist es ausdrücklich gestattet, den Monet zu benutzen. Es sind drei junge asiatische Paare. Sie recken ihre Köpfe hektisch in alle Richtungen, damit ihnen bloß kein Detail entgeht. Eine Frau – sie erinnert mich an die stille Beobachterin am Meer auf dem Gemälde in Aufzug fünf – richtet eine Kamera auf mich. Eigentlich wäre es meine Pflicht, sie darauf hinzuweisen, dass ein solches Gerät erst in den dafür zugelassenen Räumlichkeiten benutzt werden darf. Aber ich beeile mich lediglich, die Frau in den Aufzug zu schaffen. Jetzt haben sie alle eine Kamera in der Hand und filmen unter ehrfurchtsvollem Gewisper das kostbare Gemälde. Für die Touristen lasse ich den Aufzug wesentlich langsamer nach oben fahren. Sie lieben es.

Im 44. Stockwerk werden sie bereits von einer Hostess erwartet. Ich verbeuge mich höflich vor den Gästen und verweile noch ein wenig in der geöffneten Lifttür. Jede Ablenkung ist mir heute willkommen.

Wenige Meter von mir entfernt steht eine Harley-Davidson der Porterville Police aus dem Jahre 1936. Unter dem Motorrad befindet sich stilecht ein Ölfleck.

Die Hostess beginnt mit ihren Erläuterungen, und ein Tourist legt grinsend beide Hände an den Lenker.

Unter der Decke schwebt ein Jagdflugzeug aus dem Zweiten Weltkrieg. Die Etage ist ein architektonisches Meisterwerk. Von außen betrachtet, fällt es selbst dem aufmerksamsten Beobachter nicht auf, dass sie in Wirklichkeit die Höhe von drei der üblichen Stockwerke einnimmt.

»Da!«, ruft eine der Frauen begeistert aus. »Da will ich hin!« Ohne auf die anderen zu warten, läuft sie zu einer perfekt nachgestellten Marktszene aus dem späten 19. Jahrhundert. An den Ständen werden Backwaren, Früchte und Geflügel feilgeboten. Als sich die Asiatin auf wenige Meter genähert hat, erwachen die Marktfrauen und ihre Kundschaft zu künstlichem Leben und beginnen, gestenreich über die Kaufpreise zu verhandeln. Die Hühner gackern dazu in ihren Käfigen und schlagen mit den Flügeln. Die Hostess nennt dem Begleiter der Frau den Preis für das gewünschte Zusatzticket. Er seufzt vernehmlich.

Ich sause mit der normalen Geschwindigkeit zurück ins Erdgeschoss. Gerade noch rechtzeitig, um zu sehen, wie Howard K. Brenner, der eigentliche Chef der Kanzlei ›Macintosh & Partner‹, das Foyer betritt und zielstrebig auf meinen Aufzug zuhält.

Er macht einen übernächtigten Eindruck und lässt sich auf einen der samtbezogenen Stühle fallen.

»Guten Morgen, Sir«, grüße ich.

Er nickt nur stumm.

Als er in der Etage der Kanzlei aussteigt, wendet er sich noch einmal zu mir um. »Ach ja, heute Abend findet ein Treffen mit Geschäftsfreunden statt.«

»Das geht in Ordnung, Mr. Brenner.«

Er mustert mich. »Schade um Dr. Barrett«, sagt er dann.

»Oh, Sie haben es auch schon erfahren?«

Seine Lippen sind zwei schmale blutleere Striche.

»Selbstverständlich.«

Ein Treffen mit Geschäftsfreunden. Was für eine Umschreibung für eine der ausschweifenden Orgien, die sie da oben ständig veranstalten. Für mich bedeutet das erneut Überstunden, bis sich der Letzte ausgetobt hat.

Jetzt zittert meine Hand. Sie zittert sogar sehr. Es ist zwar erst halb elf, aber ich kann nicht länger warten. Ich greife zu meinem Handy und wähle 2, 7, 0, 3. Nach zwei Sekunden meldet sich eine sehr entspannte Männerstimme. »Wir haben Ihren Anruf bereits erwartet.«

›Sie wissen alles‹, durchfährt es mich. ›Jetzt bloß nicht stottern.‹

»Es geht um meine Tabletten, die ich bisher von Dr. Barrett erhalten habe.«

»Nun ... da gibt es ein kleines Problem, Kip.«

Der Kerl nennt mich Kip! Ich spüre die Wut, will aufbegehren, aber erwidere nur handzahm: »Was für ein Problem?«

»Ihre Antidepressiva wurden von Dr. Barrett in seinem Labor speziell für Sie, mein Bester, hergestellt. Wir werden die Tabletten also erst noch anfertigen lassen müssen.«

»Wie lange dauert das?« Ich klinge mit einem Mal ganz heiser.

»Nicht sehr lange. Wir melden uns dann.« Er legt auf.

Ich rufe die Nummer erneut an, und niemand nimmt ab. Ich schließe die Aufzugtür, obwohl das gegen die Vorschriften ist, will mich auf einen Stuhl setzen, verliere das Gleichgewicht, als sei ich sturzbetrunken, und pralle mit dem Hinterkopf gegen die Lehne. Ich ächze laut auf, aber der Schmerz bringt mich wieder zur Besinnung.

Eine Nebenwirkung. Dr. Barrett sprach mal beiläufig davon. Bei unregelmäßiger Einnahme des Medikaments kann es zu Gleichgewichtsstörungen kommen.

›Das wird eine mächtige Beule geben‹, denke ich.

Ich setze mir die Dienstmütze auf und öffne die Fahrstuhltür. Zwei Obdachlose glotzen mich aus blutunterlaufenen Augen an. Der linke von ihnen, ein Riese mit zerschlagener Nase, kiekst etwas mit einer Stimme, die eher zu einem Vierjährigen passen würde.

Stammkunden. In der Regel problemlos.

»Alles in Ordnung bei Ihnen?«, höre ich Maria vom Empfang fragen.

»Natürlich«, beeile ich mich mit der Antwort. »Alles wie immer.«

Ich bringe die Obdachlosen zur Kanzlei.

Ein Vorfall vor über zehn Jahren löste mein Problem aus und machte mich zum Stammkunden von Dr. Barrett. Ich vermute, dass die nachlassende Wirkung des Medikaments oder zumindest die Furcht, bei Bedarf nicht sofort nach einer neuen Tablette greifen zu können, mich dazu veranlasst, an jenen Tag zu denken. Sonst ist die Sache vergraben unter den kuscheligen Decken des Verdrängens, die mir Dr. Barretts pharmakologische Künste bisher verschafften.

Damals war es einem Jungen gelungen, sich unter eine Touristengruppe zu schleichen, um so meinen Aufzug betreten zu können. Eigentlich hätte das nie passieren dürfen, aber an jenem Tag war der Besucherandrang ungewöhnlich stark. Ein Fehler der Reiselogistik, wie ich später erfuhr. Ich weiß nicht, was den Jungen antrieb. Vielleicht war es eine Mutprobe. Jedenfalls stieg er nicht mit den Touristen aus, sondern, kaum dass der letzte den Aufzug verlassen hatte, drückte er auf den Knopf zum obersten Stockwerk des Hudson Towers.

Die 56. Etage!

Der Lift benötigte nur Sekunden. Ehe ich reagieren konnte, öffnete sich schon die Tür. Der Junge, er war vielleicht vierzehn oder fünfzehn Jahre alt, schnitt mir eine Grimasse. Ich glaube, er wollte noch nicht einmal aussteigen. Er hatte sein Ziel, den höchsten Punkt der Stadt, erreicht.

Zwei Hünen vom Sicherheitspersonal zerrten ihn aus dem Aufzug. »Was haben wir denn da für einen Frischling!«, grinste einer von ihnen. Der Junge grinste zurück.

›Was soll mir schon passieren?‹, wird er gedacht haben. Aber er sollte sich furchtbar täuschen.

»Frischling!«, wiederholte der zweite Hüne und platzierte seine Faust mit der Kraft einer Dampframme im Gesicht des Jungen.

Ich kann mich noch genau an das Geräusch der splitternden Wangenknochen erinnern. Sofort schoss das Blut in einem roten Strahl aus der Nase. Der Junge gurgelte wie ein Ertrinkender.

Ich schrie: »Er ist doch noch ein Kind!« und »Es war meine Schuld! Ich hätte besser aufpassen müssen!«

Sie reagierten nicht. Der Junge ging in die Knie, erhielt einen Schlag ins Genick, kippte vornüber und dann ... dann traten sie ihn einfach tot. Mit ihren auf Hochglanz polierten Designerschuhen.

Ich machte einen Versuch, sie zu bremsen, aber sie schubsten mich wie einen lästigen Schoßhund zur Seite.

»Frischling! Frischling!«, brüllten sie bei jedem Tritt, als sei das ein Witz, dessen Pointe nur sie kannten.

Irgendwann war der Junge nur noch ein Bündel totes Fleisch.

Die Männer sahen mich, schüttelten beinahe synchron ihre Köpfe und sagten in bester Stimmung: »Kip, Kip, du musst wirklich ein bisschen besser aufpassen.«

Sie stießen den Leichnam noch einmal mit ihren blutigen Schuhspitzen an. »Der geht auf dein Konto! Also musst du ihn auch entsorgen.«

Das war meine Strafe. Und danach sollte es für mich noch weitere Entsorgungen von Paketen, wie sie es im Hudson Tower nennen, geben.

Ich spüre, wie mir eine Träne über die Wange läuft. Zum Glück sieht es keiner. Bis auf Maria hinter ihrem Schreibtisch ist das Foyer menschenleer. Die Träne ist der Beweis. Dr. Barretts Medikament verliert an Wirkung. Ich kann eigentlich gar nicht weinen.

»Kip!«, höre ich Maria rufen. »Kommen Sie doch mal her! Es ist wichtig!«

Und Kip, der brave Köter, trottet zu ihr rüber.

Auf jedem ihrer sechs Monitore ist das Foto eines unscheinbaren jungen Mannes mit Brille zu sehen. Ein Laufband am unteren Bildschirmrand verrät uns seinen Namen: Martin Prey, ehemaliger Leiter der Stadtbibliothek. Er wird gesucht wegen System-Bedrohung.

Maria fährt sich mit der Zunge über die Lippen. »Es gibt eine hübsche Belohnung, wenn man ihn meldet.«

»Er wird wohl kaum ausgerechnet hierher kommen«, sage ich in einem Tonfall, der vermutlich nicht ganz zu dem sonst so höflichen Kip passt, denn Maria zieht verärgert einen Schmollmund.

Ich muss besser aufpassen. In knapp zwei Wochen kann ich diesen Ort verlassen.

›Durchhalten, Daniel!‹

Die Stunden vergehen, und ich konzentriere mich, wenn ich gerade keine Gäste habe, auf die wunderschöne, von Monet erschaffene Frau auf dem Gemälde. Ich denke mir immer neue Geschichten über ihr Leben aus. Ist sie glücklich? In welchem Verhältnis steht der Junge zu ihr? Es funktioniert als Ablenkung.

Offiziell ist der Hudson Tower bereits geschlossen. Maria ist längst von einer älteren Kollegin abgewechselt worden. Aber an einigen Orten herrscht noch rege Betriebsamkeit. Vor allem in der Kanzlei ›Macintosh & Partner‹.

Im Foyer klirrt Glas. Ich spähe aus meinem Aufzug und entdecke Tannen. Er glotzt dämlich auf die Scherben einer Flasche, die er fallen gelassen hat. Tannen hat wieder die junge Blondine im Schlepptau und einen unglaublich fetten Glatzkopf mit freiem Oberkörper, den ich nie zuvor gesehen habe. Ich schätze das Gewicht des Dicken auf 200 Kilo. Dabei ist er höchstens einen Meter siebzig groß. Der Wabbelbauch hängt in einem enormen Wulst über dem Hosenbund. Die Finger gleichen Würsten.

»Mäusekacke!«, flucht Tannen, sieht mich dann und torkelt in meine Richtung.

»Hasse das mit der Flasche gesehen?«, lallt er. »Beschissene Schwerkraft!«

Die Blonde und der fette Glatzkopf folgen ihm. Tannen steht jetzt direkt vor mir, hält sich an meiner

Jacke fest und bläst mir seine Whisky-Fahne ins Gesicht.

»Der Lift heißt Monet«, erklärt er seinem kahlköpfigen Begleiter. »Wegen dem Bild mit der Lady da.«

Im warmen Licht der Fahrstuhlbeleuchtung bemerke ich, dass die Frau heute viel stärker geschminkt ist als gestern. Es gelingt ihr damit aber nicht, die Schwellung auf ihrer rechten Wange zu verbergen.

Tannen fasst ihr um die Hüfte und will ihr einen Kuss auf den Mund drücken. Als sie sich ziert, greift Tannen grob nach ihrem Nacken und zwingt sie. Dann versetzt er der Frau einen so heftigen Stoß, dass sie mit dem Rücken gegen die Wand prallt. Sie vermeidet es aufzusehen. Kahlschädel kichert und sagt etwas in einer fremden Sprache, die nur aus Zischlauten zu bestehen scheint. Jetzt kichert auch Tannen und hebt den Arm, um die Frau zu schlagen.

»Nicht!«, entfährt es mir. Ohne mir dessen bewusst zu sein, lege ich meine Hand auf Tannens Schulter.

Er hält inne und funkelt mich an. Ich weiche einen Schritt zurück.

›Jetzt schlägt er mich! Was ist nur in mich gefahren?‹

Doch Tannen bleckt nur seine makellosen Zähne. »Bring uns einfach nach oben, Kip.«

Hinter ihm presst sich das Mädchen gegen die Wand. Sie starrt mich an, nichts als Augen.

Ich mache meine Arbeit. Der Monet schießt den Hudson Tower hinauf. Oben warten bereits die obligatorischen Muskelmänner von der Sicherheit.

Heute ist es ungewöhnlich still in der Kanzlei. Kein Song der Rolling Stones dröhnt durch die Flure, kein trunkenes Gebrüll ... nur aus den Tiefen der Etage dringt wie schon am gestrigen Abend das Schluchzen einer Frau.

Tannen nimmt seine Begleiterin an die Hand, und wenn ich es nicht besser wüsste, würden sie in diesem Moment wie ein Liebespaar aussehen. Der Kahlköpfige folgt ihnen. Er transpiriert jetzt sehr stark und glänzt im künstlichen Licht wie eine enorme Speckschwarte.

Im Verlauf der nächsten Stunde beginne ich, mit der Frau auf dem Gemälde zu reden. Das habe ich schon öfters getan. Ich erzähle ihr, wie sehr ich mich auf die Rückkehr in meine Heimat freue. Auf ein Wiedersehen mit der Familie ... den Urenkeln. Natürlich antwortet die Schöne mit dem Sonnenschirm nicht, aber ich bilde mir ein, dass sie überaus interessiert lauscht. Ihr Blick ruht jetzt sehr verständnisvoll auf mir.

Neben dem Etagenknopf der Kanzlei ›Macintosh & Partner‹ blinkt ein grünes Licht. Sie fordern mich an. Eigentlich ist es noch viel zu früh. Normalerweise enden die Gelage erst weit nach Mitternacht. Manchmal graut auch schon der Morgen.

Ich fahre nach oben. Der Sicherheitsmann macht einen genervten Eindruck. Keine Ahnung, wo sein Kollege steckt.

»Fassen Sie mit an!«, fordert er mich auf.

›Nein!‹, schreit es in meinem Innern. ›Nicht schon wieder!‹

Etwas von dem Entsetzten, dass die Tabletten bisher erfolgreich hinweg gespült hatten, muss sich in meinem Gesicht spiegeln, denn der Mann zuckt mit den Schultern und brummt: »Was will man machen?«

Ich weiß, dass er erst ein paar Wochen hier arbeitet. Zehn Meter links von mir liegt ein schwarzer Kunststoffsack vor einer halb geöffneten Bürotür.

Ein Paket!

Ich glaube zu schweben, als ich langsam über den weichen Teppich schreite.

»Nehmen Sie das Fußende«, sagt der Sicherheitsmann.

Ich bücke mich, fühle den kühlen Kunststoff und darunter ...

›Nicht daran denken! Es ist nur noch ein Paket, das es zu entsorgen gilt.‹

Angewidert wende ich den Kopf zur Seite und blicke in das Büro. Der Glatzkopf ... er tanzt. Es erinnert mich an die stark ritualisierten Bewegungsabläufe thailändischer Tempeltänzerinnen. Aber der fette Mann verleiht ihnen etwas extrem Aggressives und ... Animalisches. Er ist jetzt völlig nackt und sichtbar erregt. Ein paar Anwälte hocken auf dem Boden und sehen ihm feixend zu. Tannen ist nicht dabei.

Wir tragen das Paket in den Aufzug, und ich wähle den Knopf für die unterste Kelleretage. Der Wachmann bleibt zurück.

Hier unten ist es ganz still. Nur wenn man sich konzentriert, ist ein leichtes Vibrieren spürbar, dass sich von den Fußsohlen bis unter die Schädeldecke schleicht und so vom ganzen Körper Besitz ergreift.

Energie.

Es sind nur wenige Meter bis zu der Schleuse. Ich brauche keine Hilfe. Die Leiche in dem Sack ist federleicht. Hinter der Schleuse befindet sich ein Raum, groß genug, um ein Einfamilienhaus aufzunehmen. Der Raum grenzt an die Heizungsanlage des Hudson Towers. Was man dort hinein bringt, kann von außen durch das Umlegen eines Schalters in Sekundenbruchteilen rückstandslos entsorgt werden. Die Hitze ist gigantisch. Eine Sonne in den Eingeweiden Portervilles. Und draußen vor der Schleuse mit dem Sichtfenster spürt man nichts davon.

Ich lege den Sack einfach ab. So, wie ich es schon zu oft getan habe. Doch heute ist es anders. Ohne Dr. Barretts Medikament habe ich Skrupel. Funktioniere nicht wie eine auf permanent gute Laune geeichte Maschine.

Ich öffne den Kunststoffsack. Nie zuvor habe ich das getan. Es ist Tannens blonde Begleiterin. Ich weiß nicht, was sie mit ihr gemacht haben. Aber der Ausdruck in ihrem Gesicht widerspricht dem Ammenmärchen, dass der Tod alle Menschen entspannt aussehen lässt.

Ich schließe sanft ihre Augenlider und stoße einen unartikulierten Schrei aus. Dann verlasse ich den Raum, betätige den Schalter, und der Körper der jungen Frau existiert nicht länger.

In dieser Nacht endete die Party gegen drei Uhr früh. Tannen und dem Kahlköpfigen bin ich nicht mehr begegnet. Entweder haben sie in der Kanzlei übernachtet, was gelegentlich vorkommt, oder sie haben einen der anderen Aufzüge benutzt.

Jetzt stehe ich im dunklen Schlafzimmer, lausche den regelmäßigen Atemzügen von Marge – wie ich sie liebe! Nie zuvor sehnte ich mich so nach ihrer Nähe – und weiß, dass ich keinen Schlaf finden kann. Einen Moment lang bin ich versucht, mir an der kleinen Bar im Wohnzimmer ein Glas Bourbon einzuschenken. Aber dann erinnere ich mich an den Gestank von Tannens Atem und muss mich beinahe übergeben.

Stattdessen schließe ich sanft die Schlafzimmertür, setze mich ans Fenster und höre leise Musik. Händel.

Mein Handy auf dem Tisch klingelt. Wer ruft mich um diese Uhrzeit an?

»Ich weiß, dass Sie noch wach sind«, sagt eine Stimme.

Es ist der Kerl vom psychologischen Dienst. »Die Tabletten werden im Laufe des morgigen Tages an Ihren Arbeitsplatz geliefert.«

Ehe ich reagieren kann, hat er schon wieder aufgelegt.

Das Antidepressivum wird mich über die letzten Tage in Porterville bringen.

Ich gehe zum Fenster. Am Horizont kündigt ein zaghaftes Grau vom nahenden Morgen. Es ist ruhig in unserem Viertel. Nicht so abgeschottet und erstarrt wie in Dr. Barretts Wohngegend, aber das hätte mir auch nicht gefallen.

Ich verenge die Augen zu schmalen Schlitzen.

›Was ist das da? Vor unserer Auffahrt.‹

Ich aktiviere den Außenscheinwerfer. Grellweißes Licht trifft auf zwei Gestalten. Sie reißen die Hände vors Gesicht und ziehen sich fluchtartig ins Dunkel zurück. Da, wo ich sie nur noch erahnen kann.

Obdachlose! Der Riese mit der ruinierten Nase und sein kleinerer Begleiter. Ich habe sie vor ein paar Stunden in die Kanzlei gebracht. Ihre Anwesenheit ist kein Zufall. Sie beobachten mich.

Am nächsten Morgen sind sie verschwunden. Ich bin für ein, zwei Stunden im Sessel eingenickt. Trotzdem fühle ich mich ungewohnt frisch. Meiner Frau erzähle ich nichts. Weder von meiner Arbeit – das habe ich nie getan – noch von den Obdachlosen.

Mein Dienst beginnt heute um zehn. Maria teilt mir mit, dass sich mehrere Touristengruppen angemeldet haben. Ich überprüfe, ob das Hygienepersonal meinen Aufzug in perfektem Zustand hinterlassen hat, streife meine weißen Handschuhe über und wische mit dem Finger über den Bilderrahmen. Kein Staub. Alles ist wie immer.

Die Monitore im Aufzug zeigen Impressionen aus der Südsee. Delfine, die sich voller Übermut aus dem Meer katapultieren und endlose Sandstrände unter Palmen.

Ich nehme mir vor, mich durch nichts aus der Ruhe bringen zu lassen. Man hat mir für heute meine Tabletten versprochen. Mit ihrer Hilfe werde ich die letzten Tage in Porterville überstehen.

Mein linkes Augenlid zuckt.

»Ich wünsche Ihnen einen wunderschönen guten Morgen, Mr. Brenner«, flötet Maria.

Ich nehme Haltung an.

Den Sitz von Howard K. Brenners Scheitelfrisur als perfekt zu bezeichnen, wäre eine Untertreibung. Er trägt einem maßgeschneiderten grauen Anzug mit violetter Krawatte und sieht im Gegensatz zum gestrigen Tag aus, als hätte er gerade eine mehrwöchige Wellness-Kur beendet. In seinem Mundwinkel wippt ein Zigarillo. Eigentlich ist das Rauchen im Tower untersagt, aber ich wäre der Letzte, der es wagen würde, den Boss der Kanzlei darauf hinzuweisen.

Brenner stößt eine Nikotinwolke aus und flutet den Aufzug mit einem süßlichen Vanillearoma.

»Schließen Sie die Tür«, sagt er. »Und warten Sie einen Moment.«

Er blickt beiläufig auf einen der Monitore. »Delfine«, murmelt er. »Die werden bald aussterben.«

Brenner tut so, als würde er sich suchend nach einem Aschenbecher umsehen, obwohl er genau weiß, dass es hier keinen gibt.

»Mr. Tannen hat sich beschwert«, teilt er mir übergangslos mit und lässt die Asche einfach zu Boden fallen.

»Worüber, Sir?«, frage ich, und mein linkes Augenlid zuckt dabei heftiger denn je.

»Er sagt, Sie hätten ihn vor seiner Begleitung bloßgestellt.« Brenner saugt an seinem Zigarillo. Umgeben von einer penetrant nach Vanille stinkenden Qualmwolke wartet er auf Antwort.

Ich spreche leise, jedes Wort dringt mühsam über meine Lippen. »Er wollte seine Begleiterin schlagen. Ohne jede Veranlassung, Sir.«

»Ich glaube nicht, dass Sie das beurteilen können.« Brenner betrachtet intensiv die glühende Spitze seines Zigarillos, und eine Sekunde lang sieht es so aus, als ziehe er es in Betracht, sie in meinem Gesicht auszudrücken.

»Wenn Sie ihn nicht verärgert hätten, würde die Frau vielleicht noch leben.«

Der Satz trifft mich wie ein Faustschlag.

»Aber ... aber ...«, stottere ich.

»Ja, ich denke, die Frau geht auf Sie.« Brenner nickt versonnen, als hätte er eine besonders weise Bemerkung gemacht. »Sie verstehen das wohl nicht, Kip. Das Leben hier setzt bei einigen von uns bisweilen archaische Verhaltensweisen frei.« Er deutet mit dem Zigarillo auf die Leiste mit den Etagenknöpfen. »Bringen Sie mich jetzt zur Arbeit.«

Ich beeile mich, seiner Anordnung Folge zu leisten.

Auch heute dreht sich Howard K. Brenner beim Aussteigen noch einmal nach mir um. Ich hoffe, dass er mich nur auf eine weitere abendliche Besprechung mit Geschäftsfreunden hinweisen will, aber stattdessen holt er zum K.o.-Schlag aus.

»Ich denke, dass wir Sie angesichts Ihres Benehmens noch nicht in die die Heimat entlassen können. Ihr Arbeitsvertrag ist hiermit auf einen zunächst unbefristeten Zeitraum verlängert.«

Er tritt den Zigarillo mit der Schuhspitze auf meinem Teppichboden aus.

Es ist aus! Brenner hat mein Todesurteil ausgesprochen. Ich werde in diesem verdammten Porterville vor die Hunde gehen. Und meiner geliebten Marge wird es genauso ergehen. Wie viele tausend Mal werde ich den Aufzug noch durch den Hudson Tower jagen müssen? Vollgestopft mit ahnungslosen Touristen, die Porterville für eine liebenswerte Attraktion halten oder mit Psychopathen, die ihre Gewalttaten mit den zwangsläufigen Ausbrüchen archaischer Verhaltensweisen rechtfertigen.

»Pling!«, macht es, und der Fahrstuhl öffnet seine Pforten.

Da stehen sie: die plappernden Touristen. Die Gruppe besteht ausschließlich aus alten Leuten. Sie haben zunächst den Souvenirladen auf der anderen Straßenseite aufgesucht. Aus ihren Umhängetaschen ragen Nachbildungen, der bei Touristen so beliebten, angeblich handgeschnitzten Präsidenten-Puppen. Ich sehe Bush senior, Eisenhower und Jimmy Carter in der Latzhose eines Farmers. Eine hagere Frau trägt ein viel zu weites T-Shirt mit einem lachenden Schwein, aus dem man bereits das Filetstück herausgeschnitten hat. ›Niemand mag es, wenn ein Steak zu einem zweiten Leben erwacht‹, teilt es uns in einer Sprechblase mit. Solche Banalitäten gibt es natürlich nicht im ehrwürdigen Hudson Tower zu kaufen.

Die Touristen filmen abwechselnd das Gemälde und mich. Ich kann mich zu keinem Lächeln zwingen. Ich bin wie betäubt, wühle mich durch die Menge und drücke den Knopf neben der 44.

»Stimmt es, dass dort oben die Titanic steht«, fragt mich die Hagere mit dem T-Shirt.

»Nein«, sage ich tonlos. »Aber eine detailgenaue Nachbildung der Brücke.« Ich stehe kurz davor, mich zu übergeben.

Die Logistik der 44. Etage ist über die Größe der Reisegruppe informiert. Drei lächelnde Hostessen stehen bereit.

Die Harley-Davidson ist durch ein Podest ersetzt worden. Darauf steht in einer Art Feldherrenpose, Kinn gen Himmel gereckt, die Arme in die Hüften gestemmt, der fette glatzköpfige Begleiter von dem Mistkerl Tannen.

»Als besondere Überraschung präsentieren wir Ihnen heute ein Gastspiel des berühmten Performance-Künstlers Van Tien Duc!«, jubelt eine der Hostessen.

Die Touristen applaudieren unter vielen »Ahs!« und »Ohs!«.

Der Mann muss in der Heimat ein Star sein. Zum Glück trägt er jetzt eine Hose.

Einige alte Damen können es gar nicht abwarten. Sie lassen ihre Umhängetaschen schon im Fahrstuhl fallen, um mit ihren Kameras als erste bei der Attraktion zu sein. Es bleibt mir nichts anders übrig, als die Taschen herauszutragen. Die erste ist verblüffend schwer. Es ist die mit der Jimmy-Carter-Puppe. Zwischen einem Bildband über den amerikanischen Bürgerkrieg und einer Schachtel mit kandierten Erdnüssen entdecke ich eine durchsichtige Schutzhülle mit zwei Reisetickets.

Alle Anwesenden konzentrieren sich auf den absurden Tanz des fetten Mannes. Vorsichtig fingere ich die beiden Tickets heraus. Sie sind auf Johan und Gro Olsen ausgestellt. Beide sind nur wenige Jahre älter als Marge und ich. Ich überlege nicht lange. Es ist ein Reflex. Die Tickets verschwinden in der Innentasche meiner Uniformjacke.

Während der Aufzug ins Parterre gleitet, rechne ich mir meine Chancen aus. Es ist möglich, dass die Olsens den Verlust der Tickets erst bei Antritt der Rückreise bemerken. Da der Besuch des Hudson Towers grundsätzlich am ersten Tag in Porterville auf dem Programm steht, bliebe also noch viel Zeit. Möglicherweise.

›Was ist, wenn die gute Gro zur Pedanterie neigt und ständig ihr Gepäck kontrolliert? Dann weiß sie aber noch immer nicht, wohin die Tickets verschwunden sind.‹

Es ist die einzige Chance. Sie werden uns sonst hier sterben lassen. Einmal in der Heimat angekommen, werde ich Brenners Willkür und die ganzen Widerwärtigkeiten, die hier geschehen, den entsprechenden Stellen melden. Es gibt schließlich noch Gesetze.

Doch zunächst muss ich meinen Dienst wie gewohnt beenden. Ein plötzliches Verschwinden würde mich sofort verdächtig machen. Ich bin mir darüber im Klaren, welche Hürden es noch zu überwinden gibt. Aber es kann ... es *darf* nicht unmöglich sein.

Ich stelle die Taschen brav in die 44. Etage. Niemand achtet auf mich. Glatzkopfs bizarre Aufführung hat alle in ihren Bann gezogen. Er stößt seine zischenden Laute aus und dreht sich auf einem Bein stehend um die eigene Achse. Dabei versetzt er seine Fettmassen in wellenartige Bewegungen. Er erinnert an einen Berg, an dessen Flanken Fleisch gewordene Lawinen zu Tal gleiten.

Ein blinkendes Licht zeigt an, dass im Foyer Kundschaft auf mich wartet.

Es ist keine weitere Besuchergruppe, sondern ein einzelner junger Mann. Er trägt nagelneue Turnschuhe, ein einfaches T-Shirt und eine rote Baseballkappe mit dem grünen Monster auf der Stirnseite und sieht mich verwirrt an.

»Was kann ich für Sie tun, Sir?«, frage ich.

Er antwortet nicht, und dann wird mir klar, woran mich sein äußeres Erscheinungsbild erinnert: An einen Botenjungen.

»Kann es sein, dass Sie zu mir wollen? Zu Daniel Chester Kipling?«

Er nickt.

Ich senke die Stimme. »Dann bringen Sie mir die Tabletten?«

»Genau!«, sagt er und scheint irgendwie erleichtert. Er sieht sich um und flüstert: »Ich soll sie Ihnen im Aufzug übergeben, Mr. Kipling.«

Ich mache eine einladende Geste. Während ich überlege, ob ich das Medikament überhaupt noch benötige, drängt mich der Bote so grob zur Seite, dass ich ins Straucheln gerate.

»Hey! Was soll das?«, protestiere ich, und ich sehe, wie der Mann mit der Baseballkappe den Knopf der obersten Etage drückt. 56. Stock!

»Sind Sie wahnsinnig?!«

»Ganz und gar nicht!« Er steht vor mir in Lauerstellung. Auf dem Monitor hinter seinem Kopf schwebt ein Katamaran über das glitzernde Meer.

»Das dürfen Sie nicht!«, schreie ich ihn an und versuche, an die Tastatur zu gelangen.

Sein Schlag trifft mich am linken Ohr.

»Tut mir leid«, höre ich ihn wie aus weiter Ferne, während der Boden auf mich zurast. Der Teppich dämpft meinen Aufprall. Etwas Warmes, Blut, rinnt aus meinem Ohr.

»Ich habe mich entschieden!«, sagt der junge Mann so laut und bestimmt, als müsse er sich selbst Mut zusprechen.

›Du bist tot‹, denke ich.

»Pling!« Wir sind ganz weit oben.

Vergeblich versuche ich, mich aufzurichten. Der Bursche hastet hinaus. Ohne mein Zutun schließt sich die Tür sofort wieder hinter ihm. Der Fahrstuhl bewegt sich nicht von der Stelle. Die Zeit ist wie eingefroren.

»Kip!« Die Südsee-Impressionen sind verschwunden. Howard K. Brenners Gesicht sieht von den Monitoren auf mich hinab. »Johan und Gro möchten ihre Tickets zurück.« Er zündet sich einen Zigarillo an. »Und hören Sie auf, sich wie ein Frischling zu benehmen.«

»Was ist ein ... Frischling?«, schluchze ich.

»Es ist eine interne Bezeichnung für ein äußerst dummes oder sehr junges Element. Also in beiden Fällen ohne jegliche Kompetenz, ohne Wissen, und somit kein großer Verlust für das System.«

Jetzt zeigen die Monitore nur noch Brenners stahlblaue Augen.

»Sind Sie ein Frischling, Kip?«

»Nein, nein!«, erwidere ich hastig.

»Dann gehen Sie jetzt an Ihr Telefon.«

Das Handy summt leise in meiner Jackentasche.

Die Monitore werden schwarz.

Mit zitternden Händen schalte ich mein Handy ein.

Eine gut gelaunte Stimme sagt:

»Mr. Kipling, Ihre Tabletten sind da.«

Willkommen in Porterville!

von Hendrik Buchna

»MR. HUDSON, WIR HABEN einen ›Code Blau‹ in Fahrstuhl Eins. Ankunft in zirka 20 Sekunden. Status H6. Sollen wir die Standard-Vorgehensweise einleiten?«
Sekretärin über Gegensprechanlage

Hudson [versonnen] »Unser tapferer kleiner Martin Prey. Erstaunlich … äh, nein, Sally – eine sofortige Extraktion würde dem bemerkenswerten Engagement unseres Robin Hood nicht gerecht werden. Sorgen Sie dafür, dass Clark ihn in Empfang nimmt und lassen Sie ihn dann zu mir bringen. Und keine Striker, bitte. Wir wollen die Konzentrationskraft unseres Gastes ja nicht fahrlässig einschränken.«

Sekretärin »Ganz wie Sie wünschen.«

Die Gegensprechanlage klickt. Kurz darauf ist im Hintergrund ein Handgemenge zu vernehmen.

Martin »Lassen Sie mich los! Ich …«

Die Gegensprechanlage summt.

Sekretärin »Mr. Prey wäre dann soweit, Sir.«

Hudson »Sehr schön. Ich lasse bitten.«

Es klopft an der Tür.

Hudson »Herein!«

Der gefesselte und geknebelte Martin wird von einem hünenhaften Mann in schwarzem Anzug hereingeführt.

Hudson »Ah, Mr. Prey, welch netter Überraschungsbesuch! Wie ich sehe, haben Sie meinen Leibwächter bereits kennengelernt. Aber kommen Sie doch näher – nicht so schüchtern! Hilfst du ihm, Clark? Mit den Fußfesseln ist die Bewegungsfreiheit ja doch recht eingeschränkt. Vorsicht, der Teppich. Bitte sehr, nehmen Sie Platz.«

Clark drückt Martin unsanft auf einen Stuhl und setzt sich ebenfalls.

Hudson »Eigentlich hatte ich Ihr Kommen erst in ein oder zwei Tagen erwartet, aber Sie lieben die Spontanität, stimmt's? Ja, ja, das Privileg der Jugend … ach, entschuldigen Sie. Mit Oral-Verschluss ist die kommunikative Interaktion natürlich sehr mühselig. Clark, wärst du bitte so freundlich?«

Clark reißt Martin grob den Gummiknebel aus dem Mund.

Martin »Verfluchte Arschlöcher!«

Clark schlägt ihm brutal in den Magen. Martin schreit auf, hustet.

Hudson »Danke, Clark. Ich bin zuversichtlich, dass unser Gast deinen subtilen Einwand gegenüber seiner Ausdrucksweise verstanden hat. So ist es doch, Mr. Prey?«

Martin »Verdammte Schweine …«

Clark schlägt erneut hart zu. Martin schreit, keucht.

Hudson »Mr. Prey, ich möchte nicht standesfixiert erscheinen, aber als Bürgermeister dieser Stadt bitte ich mir ein Mindestmaß an Respekt aus. Wenn Sie sich dazu nicht in der Lage sehen, müssen wir unser Gespräch hier leider beenden. Die Entscheidung liegt allein bei Ihnen. … Nun?«

Martin [leise] »Okay …«

Hudson »Pardon?«

Martin »Okay, … Sir.«

Hudson »Famos! Ach, und keine Sorge, Mr. Prey – das Leder ist imprägniert und leicht zu reinigen. Bluten Sie also nach Herzenslust. Wir sind ja hier unter uns.«

Hudson lacht über seinen eigenen Scherz.

Die Gegensprechanlage summt.

Hudson »Oh, verzeihen Sie, bitte … [Er drückt einen Knopf.] Ja, Sally?«

Sekretärin »Mr. Brenner lässt ausrichten, dass der Arbeitsvertrag von Mr. Kipling soeben auf Lebenszeit verlängert wurde.«

Hudson »Ausgezeichnet. Ohne unseren alten Haudegen ist der Tower ja auch gar nicht vorstellbar. All die vielen schönen Erinnerungen ... ach, und was den Wachmann am Haupteingang betrifft – leiten Sie die Kennedy-Maßnahme ein. Prioritätsstufe Zwei.«

Sekretärin »Sehr wohl, Sir.«

Hudson [schwelgerisch] »Händel, der Duft von Oleander und das strahlende Lächeln von Mr. Kipling – schöner kann ein Tag nicht beginnen.«

Martin »Dieser Wachmann ... was geschieht jetzt mit ihm?«

Hudson »Der Totalausfall, der Sie hat passieren lassen? Nun, er wird sich in Kürze auf eine kleine Reise begeben. [Er grinst.] Sozusagen ein Urlaub von sich selbst. Soll ungemein anregend sein, wie ich mir habe sagen lassen. [Motiviert klatscht er in die Hände.] Aber nun zurück zu uns. Was liegt Ihnen auf dem Herzen?«

Martin »Wie ... wie meinen Sie das?«

Hudson »Na, wenn Sie schon derartige Strapazen auf sich nehmen, um hierher zu gelangen, werden Sie doch ein wichtiges Anliegen haben. Lassen Sie mich raten: Es geht um die Budget-Kürzungen im Kultur-Etat, die auch Ihre Bibliothek betreffen. Jetzt sorgen Sie sich natürlich um das große Krimi-Festival im Herbst, und nun soll der liebe Bürgermeister mal schauen, was sich machen lässt, stimmt's?«

Martin [verwirrt] »Nein ... nein, es geht nicht um das Krimi-Festival ...«

Hudson [fröhlich] »Ich ziehe Sie doch nur auf, Martin. Ich darf Sie doch Martin nennen, oder? Natürlich weiß ich, weshalb Sie hier sind. Es geht um Ihre indisponierte Freundin, Miss ... [Er blättert in einer Akte.] ... Sarah Freeman, richtig?«

Martin [aufgeregt] »Ja! Ich will, dass ihr geholfen wird!«

Hudson »Immer mit der Ruhe, Martin. Diese ungestümen Ausbrüche sind gänzlich kontraproduktiv. Lassen Sie sich von mir in dieser Angelegenheit einen gut gemeinten Rat geben: Vergessen Sie Sarah und suchen sich etwas Neues. Etwas Passenderes. Das Ganze hätte doch ohnehin nie funktioniert.«

Martin »Was?? Was soll das?«

Hudson [in väterlichem Tonfall] »Mein Junge, ich nenne die Dinge nur beim Namen. Sarah Freeman ist eine bildschöne, sexuell aktive junge Frau und noch dazu vergeben. Glauben Sie im Ernst, ein Rohrkrepierer wie Sie spielt mit ihr in derselben Liga, nur weil er sich in abgeschmackter Groschenheft-Manier als edelmütiger Beschützer aufspielt? Ein Faible für fremde Eleganz macht den Freak noch lange nicht zum Gentleman.«

Martin »Sie wissen doch überhaupt nicht, wovon Sie reden!«

Hudson »Ach nein? … Ich habe da eine Frage, Martin: Kennen Sie …«

Martin [wütend] »Jaa, ich kenne euren beschissenen Darkside Park! Deshalb bin ich ja hier!!«

Hudson »Lassen Sie mich doch ausreden, junger Mann. [Er lächelt breit.] Ich meinte die Simpsons.«

Martin »Was?!?«

Hudson »Na, die Simpsons, diese gelbe Zeichentrick-Familie aus Springfield. Die kennen Sie doch, oder?«

Martin »Ja, natürlich. Aber wieso …«

Hudson »Ganz einfach. In der Serie gibt es doch diesen schlaksigen, leicht durchgeknallten Professor Frink. Ein Eierkopf und Außenseiter, wie er im Buche steht – hochintelligent, aber attraktiv wie ’ne Darmspiegelung: Lächerliches Outfit, Scheiß-Frisur und eine Brille mit ungefähr 30 Dioptrien. Sie wissen, wen ich meine?»

Martin »Ja …«

Hudson »Ausgezeichnet. Nun, in einer Folge befindet sich Frink zusammen mit vielen anderen Springfield-Bewohnern in einer Varieté-Show, bei der ein Hypnotiseur auftritt. Und dieser Hypnotiseur verwandelt den unbeholfenen Wirrkopf plötzlich in einen galanten Don Juan, dem jede Frau zu Füßen liegt.«

Hudson legt eine Kunstpause ein.

Martin »Ja, und?? Was soll das alles?«

Hudson »Ist das wirklich so schwer zu verstehen? Martin, Sie sind Professor Frink. Und wenn Sie möchten, kann ich Ihr Hypnotiseur sein. Im Gegensatz zu Frink wäre Ihre Verwandlung sogar dauerhaft. Und das alles ganz ohne Hypnose. Passen Sie auf ... [Er drückt den Knopf der Gegensprechanlage.] ... äh, Sally, kommen Sie doch bitte mal herein.«

Sekretärin »Sofort, Sir. [Die Tür öffnet sich und Hudsons überaus attraktive Sekretärin tritt in den Raum.] Ja, bitte?«

Hudson »Sally, Sie kennen doch unseren Freund, Martin Prey.«

Sekretärin »Natürlich, Sir.«

Hudson »Die Sache ist die: Martins Ehe- und Intimleben befindet sich seit Jahren im fortgeschrittenen Stadium der Mumifizierung. Vor ein paar Wochen kam es dann zu einem unverhofft aufregenden Kontakt, und was passiert? Unser kleiner Bücherwurm verwechselt prompt Libido mit Liebe und stürzt sich in kopflosen Aktionismus zur Rettung seiner vermeintlich schutzbedürftigen ›Herzensdame‹.«

Sekretärin [freundlich] »Wie rührend ...«

Martin [wütend] »Das ist nicht wahr!!«

Hudson [unbeeindruckt fortfahrend] »Um ihm seine Samariter-Flausen auszutreiben, wäre es daher sehr freundlich, wenn Sie sich seiner annehmen würden und mal so richtig die Matratze knallen lassen. Vorne, hinten, oben, unten – das volle Programm. Und nehmen Sie ruhig Ihre beiden Kolleginnen mit.«

Sekretärin [lächelnd] »Aber gerne. Kommen Sie, Mr. Prey?«

Martin [perplex] »Sie … Sie ticken ja nicht richtig! Ich lasse doch Sarah nicht im Stich, nur um es mit Ihrer Vorzimmer-Stute zu treiben!«

Hudson »Bitte, mäßigen Sie sich. Oder soll ich Clark um erneute Intervention bitten?«

Martin verstummt.

Hudson [seufzt] »Sie wollen also das Angebot einer dauerhaften Beischlaf-Legitimation ausschlagen und stattdessen Ihren hormonellen Notstand weiterhin mit subversiven Guerilla-Aktionen kompensieren? Nun, das werden wir leider nicht zulassen können, Martin.«

Martin [verzweifelt] »Sagen Sie mir doch einfach, was mit Sarah passiert ist, und ob man sie noch retten kann! Was geschieht in dieser Stadt? Wohin sind all die Vermissten verschwunden? Und wer war dieses bleiche Monster??«

Hudson »So viele Fragen und so wenig Vernunft …«

Martin »Bitte … ich muss es wissen!«

Hudson »Sie sind ausgesprochen hartnäckig, Martin. Hartnäckig und impulsiv. Eine denkbar unerquickliche Kombination … aber gut. Wenn Sie denn unbedingt darauf bestehen. Ich werde es allerdings kurz machen müssen – in 15 Minuten habe ich einen Termin mit meinem Steuerberater, und im Anschluss muss ich einen Kindergarten einweihen. [Er dreht sich um.] Wir benötigen Sie dann nicht mehr, Sally, vielen Dank.«

Sekretärin »Immer zu Diensten, Sir.«

Sie verlässt das Büro und schließt die Tür

Hudson »Also dann, die Kurzfassung: Porterville ist das operative Zentrum eines streng geheimen Langzeit-Projekts des Heimatschutzministeriums unter Leitung der NSA. Zielsetzung ist es, eine ausgewählte Gruppe an Probanden, zu denen auch Sie zählen, im Rahmen einer mehrstufigen Versuchsreihe an die Grenzen ihrer Wahrnehmungs- und Bewusstseins-Kapazität zu führen.«

Martin [ungläubig] »Eine … Versuchsreihe?«

Hudson [ungerührt fortfahrend] »Die Grundlage bilden sukzessiv gesteigerte Ausnahme-Szenarien, deren Intensität und Dramatik durch den Einsatz experimenteller Halluzinogene zusätzlich verstärkt werden. Die gewonnenen Erkenntnisse sollen fundierten Aufschluss über die potenziellen Gefahren sogenannter ›weicher‹ Chemie-Kampfstoffe geben. In Händen von Terroristen könnten diese Neo-Toxine zur gezielten Traumatisierung und Destabilisierung ganzer Landstriche eingesetzt werden. [Er lächelt.] Sie sind also Teil eines höchst befürwortenswerten Programms der Nationalen Sicherheitsbehörde, Martin.«

Martin [fassungslos] »Alles … alles nur ein … Experiment?!?«

Hudson [freundlich] »So ist es.«

Martin »Und die irrsinnigen Erlebnisse der letzten Tage … waren Drogen-Phantasien?«

Hudson »Nicht alle, aber doch ein nicht unerheblicher Teil davon.«

Martin »Dann … sind Sarah … und Tom …«

Hudson »… sorgsam instruierte Mitglieder des Projekts ›Darkside Park‹. Dasselbe gilt für alle weiteren Personen, die Ihr ›Karussell des Grauens‹ immer schön in Schwung gehalten haben. Angefangen bei Ihrer Schwiegermutter Dorothy, bis hin zu Ihrem fröhlichen Junkie-Kumpel Jason und Ihrem Untergrund-Scout Reginald.«

Martin »Aber … wo sind sie jetzt?«

Hudson »Aufgrund Ihrer staunenswerten kognitiven Resistenz, Martin, entschied sich das Operation Command für einen vorzeitigen Abbruch der Prey-Testreihe. Infolge dessen wurde das für Sie zuständige Team zur Auswertung der strategischen Daten in die NSA-Zentrale nach Fort Meade abgezogen, keine 40 Meilen westlich von hier.«

Martin [irritiert] »Die Zentrale der NSA ist hier in Maryland?«

Hudson »Genau deshalb wurde Porterville ja ausgewählt. Geographische Nähe bei gleichzeitiger Abgeschiedenheit durch die Wälder – ein ideales Terrain.«

Martin [perplex] »Und jeder, der mit mir Kontakt hatte, ist jetzt in Fort Meade?«

Hudson »Exakt. Dort bleiben sämtliche Mitglieder über einen Zeitraum von mehreren Wochen zur Detail-Analyse isoliert. Wir bitten also um Verständnis, wenn Sie sich bis zu einem Wiedersehen noch ein wenig in Geduld üben müssen. Selbstverständlich werden auch Sie umgehend einem medizinischen und psychologischen Nachversorgungs-Programm zugeführt.«

Martin starrt Hudson stumm an.

Hudson »Nun, Mr. Prey? Ist Ihr Wissensdurst für's Erste gestillt?«

Martin [zögernd] »Projekt ›Darkside Park‹.«

Hudson »Richtig.«

Martin »Eine Versuchsreihe der NSA.«

Hudson »Ganz genau.«

Martin »Zur terroristischen Gefahren-Abwehr.«

Hudson »In der Tat.«

Ein kurzes Schweigen setzt ein.

Martin [wütend] »Das ist doch kompletter Schwachsinn!!«

Hudson [die Akte langsam zuklappend und in ruhigem Tonfall fortfahrend] »Natürlich ist das kompletter Schwachsinn, Martin. Aber es ist *praktikabler* Schwachsinn, der es beiden Seiten – Ihnen und mir – ermöglicht, in konstruktiver Weise mit dieser Situation umzugehen. Meinen Sie nicht, dass es das wert ist?«

Martin [verzweifelt und wütend] »Verdammt, kann dieser Albtraum nicht endlich ein Ende haben?!? Ich will doch einfach nur die Wahrheit wissen!«

Hudson [belustigt] »Einfach nur die Wahrheit … Sie machen mir Spaß. An der Suche nach der Wahrheit sind ganze Philosophen-Dynastien gescheitert.«

Martin [flehend] »Bitte, sagen Sie mir, was hier geschieht!«

Hudson »Martin, es mag Ihnen schwerfallen, das zu glauben, aber ich meine es gut mit Ihnen. Aus keinem anderen Grund empfehle ich Ihnen eindringlich: Entscheiden Sie sich für die Wirklichkeit, die ich Ihnen angeboten habe.«

Martin »Aber Sarah, Tom und Reggie … Sie sind überhaupt nicht in Fort Meade, oder? Das alles war von vorne bis hinten erlogen.«

Hudson »Ich wiederhole es noch mal, Martin: Das ist keine Frage der Wahrheit, sondern der Perspektive. Es ist vollkommen gleichgültig, ob sich diese Personen in Fort Meade aufhalten, solange wir beide uns darauf einigen, dass sie es tun. Genauso, wie wir uns darauf einigen können, dass Sie morgen in eine Penthouse-Wohnung hier im Hudson Tower einziehen und das Amt eines Kultur-Senators bekleiden. Ihnen stehen alle Türen offen. Sie müssen nur noch hindurchgehen.«

Martin [zögernd] »Nein … nein, das kann ich nicht. Ich will wissen, wo Sarah ist. Und ich will wissen, was in dieser Stadt passiert.«

Hudson »Also gut, … aber Ihnen muss bewusst sein, dass Sie unweigerlich ein Teil dessen werden, was Sie nun erfahren. Alternativlos und unverhandelbar.«

Martin [ernst] »Das war mir bereits klar, als ich den Knopf zum 56. Stock gedrückt hatte.«

Hudson »Nun denn. [Er drückt Knopf der Gegensprechanlage.] Sally? Canceln Sie meinen Termin mit Briggs. Es ist etwas Dringliches dazwischengekommen. Lassen Sie den Wagen bereitstellen und geben Sie eine Ankündigung an alle Stationen raus.«

Sekretärin »Ja, Sir. Soll ich auch Ihre Teilnahme an der Einweihung absagen?«

Hudson »Tun Sie das. Ich bezweifle, dass wir bis dahin wieder zurück sein werden.«

Martin [irritiert] »Zurück? Von wo? Was haben Sie vor?«

Hudson »Ganz einfach – ich werde Ihnen Ihren großen Wunsch erfüllen. [Er steht auf.] Clark, lösen Sie seine Fußfesseln.«

Der Leibwächter nimmt Martin die Fesseln ab.

Hudson »Na, dann: Folgen Sie mir! Meine Limousine wartet in der Tiefgarage.«

Martin [verunsichert] »Wohin bringen Sie mich?«

Hudson »Das wissen Sie doch, Martin. [Er deutet aus dem Fenster.] Ich führe Sie nach Porterville!«

Gemeinsam verlassen sie das Büro, durchqueren den Flur und besteigen den Fahrstuhl. In der Tiefgarage steht eine schwarze Stretch-Limousine bereit.

Computer »Willkommen. Die Innenraum-Temperatur beträgt 21,5 Grad Celsius bei einer relativen Luftfeuchtigkeit von 46 Prozent. Stabiles Druck-Niveau bei 1018 Hektopascal. N2-Wert: 77,95. Reduzierter CFC-11-Anteil: 225 ppt.«

Hudson »Beibehalten. AR-Anpassung optional.«

Martin [irritiert] »Was hat das zu bedeuten?«

Hudson »Luft ist wie guter Wein, Martin. Die einzelnen Komponenten müssen im richtigen Verhältnis stehen, damit sie perfekt miteinander harmonieren.«

Computer »Ihr Reiseziel?«

Hudson »Zum Police Department.«

Martin [erschrocken] »Zur Polizei??«

Hudson »Immer mit der Ruhe. Ich habe nicht vor, Sie dort abzuliefern. Sie wollen doch Antworten auf ihre vielen Fragen, und genau dazu werde ich Ihnen verhelfen.«

Der Motor startet und die Limousine fährt los.

Martin [perplex] »Aber … wer fährt denn den Wagen?«

Hudson [amüsiert] »Der Autopilot. Zuverlässig und Platz sparend. Keine Sorge, die Scheiben sind von außen vollkommen blickdicht. Sie können die Fahrt ganz entspannt genießen.«

Nach kurzer Fahrt parkt der Wagen vor dem Polizeipräsidium.

Computer »Ziel erreicht.«

Hudson »Also dann.«

Die Türen öffnen sich selbsttätig. Hudson und Martin steigen aus und betreten das Police Department.

Polizistin »Eure Exzellenz, Sheriff Parker erwartet Sie bereits. Hier entlang, bitte.«

Hudson »Vielen Dank, Shardene.«

Sie gehen auf ein Büro zu. Hudson klopft an.

Parker [von innen] »Herein!«

Hudson öffnet die Tür.

Parker [überschwänglich] »Eure Exzellenz, welch unverdienter Glanz in meinem bescheidenen Quartier! Und wie ich sehe, haben Sie einen Besucher mitgebracht.«

Hudson »In der Tat, Sheriff. Sie kennen Mr. Prey ja bereits.«

Parker »Selbstverständlich. Unser Exit-Kandidat mit H6-Kennung. Unfassbar zäh, das muss man ihm lassen. [Er grinst höhnisch.] Wir nennen ihn hier schon ›Little Falkner‹.«

Hudson [anerkennend] »Kompetenz und Humor – welch seltene Melange.«

Parker [geschmeichelt] »Zu freundlich, Sir. [Er reicht ein Tablett.] Aber bitte – bedienen Sie sich doch. Echter Rebellen-Kaffee. Eine kleine Aufmerksamkeit aus der Heimat. Nicht mit Gold aufzuwiegen, das Zeug.«

Hudson »Da sage ich nicht nein.«

Er nimmt einen Kaffeebecher und trinkt.

Parker »Es ehrt mich außerordentlich, dass Sie den Delinquenten persönlich überstellen. In der Zentrale laufen schon hohe Wetten auf ihn. Und wie's aussieht, hatte der gute Hank Parker mal wieder den richtigen Riecher, wann der Ausflug beendet ist.«

Hudson »Sie sind und bleiben eben ein Fuchs, Parker.«

Parker [sich lächelnd seinen Bauch reibend] »Ziemlich füllig, der Fuchs. Aber sein Jagdinstinkt funktioniert noch tadellos. [Er senkt die Stimme.] Gestatten Sie übrigens, dass wir vom Standard-Protokoll abweichen und den Kleinen nicht sofort extrahieren? Dodge und seine Jungs würden sich gern für den Barrett-Vorfall revanchieren. Die haben unten in der Garage schon alles für eine kleine Sonderbehandlung vorbereitet: Wagenheber, Lötkolben, Stahlsäge … alles, was man für ein spannendes Wochenende braucht.«

Hudson »Das wird nicht möglich sein. Mr. Prey ist mein persönlicher Gast und genießt vollständige Immunität.«

Parker [überrascht] »Oh, … ich verstehe. Und darf ich fragen …«

Hudson »Betrachten Sie Mr. Prey als Diplomaten-Besuch mit allen Einblicksrechten.«

Parker [perplex] »Mit … *allen* Einblicksrechten?«

Hudson »So ist es. Beginnen wir doch gleich mit dem Kontrollraum.«

Parker »Dem … Kontrollraum? Sie meinen, jetzt gleich?«

Hudson »Richtig … jetzt gleich. Oder soll ich erst einen formellen Antrag stellen?«

Parker [nervös] »N-nein, natürlich nicht! Ich dachte nur …«

Hudson »Wunderbar. Dann wollen wir aufbrechen.«

Parker »S-sehr wohl. Bitte, folgen Sie mir.«

Er öffnet eilig die Tür. Gemeinsam gehen sie einen Flur hinunter und bleiben vor einer massiven Sicherheitstür stehen.

Parker »Da wären wir.«

Er gibt einen Code ein und die Tür öffnet sich.

Hudson »Kommen Sie, Martin. Sehen Sie sich nur um. [Er lächelt breit.] Wenn der Hudson Tower Portervilles Gehirn ist, dann sind das hier seine Augen.«

Martin »Das ist … unglaublich. Das müssen ja Tausende von Monitoren sein!«

Parker »Die exakte Zahl ist mir jetzt nicht präsent, aber …«

Martin [fassungslos] »Ihr … ihr seid ja überall … einfach überall! Straßen, Geschäfte, Restaurants, Kirchen … Wohnhäuser … Badezimmer, Schlafzimmer!!«

Parker [stolz] »Die visuelle Abdeckung liegt derzeit bei 82 Prozent, aber wir steigern uns stetig.«

Martin »Das ist doch krank!«

Hudson »Martin, glauben Sie mir, … diese Kontrolle ist absolut notwendig. Glück und Zufriedenheit sind viel zu zerbrechlich, als dass man sie Amateuren überlassen dürfte. Mit dieser Überwachung gewährleisten wir, dass unsere Stadt so schön und lebenswert bleibt, wie sie ist.«

Martin »Lebenswert?! So lebenswert wie ein Hochsicherheits-Gefängnis!«

Hudson »Sie sind aufgebracht, dafür habe ich vollstes Verständnis. Aber seien Sie versichert, dass der Normalbürger keineswegs diese Empfindung hat.«

Martin »Verstehe. Und jeder, der aus dieser Norm herausfällt, wird ›extrahiert‹!«

Hudson [ungerührt] »Natürlich. Damit ein Rosenstock blüht und gedeiht, muss er von seinen kranken Knospen befreit werden.«

Martin »Und Sarah? War sie für euch auch eine ›kranke Knospe‹?«

Hudson »Wir wollen uns jetzt nicht über Metaphern streiten. Aber wenn wir bei dem Vergleich bleiben, dann wucherte Miss Freemans Knospe auf bedenkliche Weise in die falsche Richtung. Also musste sie, wie schon zuvor ihr unachtsamer Freund, sorgsam gestutzt werden.«

Martin [aufgebracht] »Und was heißt das?? Was genau ist mit ihr passiert?«

Hudson »Auf Miss Freeman werden wir zu einem späteren Zeitpunkt zurückkommen. Schauen Sie sich vorher noch ein wenig um. Einen solch exklusiven Blick hinter die Kulissen bekommen nicht viele geboten.«

Martin »Und falls doch, können sie später nicht mehr davon berichten … [Er stutzt.] Diese verwackelten Aufnahmen hier – so ähnliche habe ich auch im Haus von Dr. Barrett gesehen. Nur bewegen sich diese Kameras durch die Innenstadt.«

Parker »Ganz genau. Das ist die mobile Abteilung. Wir nennen sie auch scherzhaft unsere Hobo-Cops.«

Martin »Hobo? Also Penner.«

Hudson »Ganz recht, Martin. Sie sehen hier das Bildmaterial, das uns in permanenter Übertragung von unserem Außendienst zugespielt wird.«

Martin [ungläubig] »Von den Obdachlosen?«

Parker »So ist es. Sie bilden die unverzichtbare Speerspitze der städtischen Sicherheit.«

Martin »Aber das sind doch … geistige Wracks! Tiermenschen, zu denen ihr sie gemacht habt! So wie bei Tom und Sarah!«

Hudson »Wir bevorzugen die Formulierung ›mental retardiert‹. Dies ist aber lediglich eine Facette des Umwandlungsprozesses. Synchron zur kognitiven Destrukturierung werden andere Sinne um ein Vielfaches verstärkt. Das macht unsere Undercover-Spione vielfältig einsetzbar.«

Martin »Aber die begreifen doch gar nicht, was um sie herum vor sich geht!«

Parker »Das ist auch gar nicht notwendig. ***Wir*** denken für sie. Ihre Sinneseindrücke werden über miniaturisierte Spezial-Kameras und Mikrofone ins Kontroll-Zentrum übermittelt. Hier werden die Ergebnisse ausgewertet und im Bedarfsfall entsprechende Maßnahmen eingeleitet. Nach einer gewissen ›Trainings-Phase‹ sind unsere Schützlinge überaus empfänglich für externe Kontrolle.«

Hudson [lächelnd] »Willige Schäfchen unter der Hand des Hüters.«

Martin [außer sich] »Was für ein Wahnsinn! Wisst ihr eigentlich, was ihr da redet? Ihr habt unzählige Menschen zu geistigen Krüppeln gemacht, um sie als eure willenlosen Werkzeuge zu missbrauchen!«

Hudson [ruhig] »Das sehen Sie ganz falsch, Martin. Was Sie so emphatisch als Missbrauch bezeichnen, ist in Wahrheit praktizierte Barmherzigkeit. Statt diese verirrten Seelen aufzugeben, schenken wir ihnen großzügig die Möglichkeit eines Neubeginns als nutzbringende Glieder im Gefüge unserer Stadt.«

Martin »Aber zu was für einem Preis?! Sie rauben ihnen ihre Persönlichkeit, ihren Geist, ihre Menschlichkeit, bis sie nur noch ausgebrannte Marionetten sind, mit denen ihr Gott spielt!«

Hudson »Sie verfangen sich in Details, Martin. Versuchen Sie doch, einen Schritt zurückzutreten und auf das große Ganze zu sehen. Hier geht es nicht um einzelne Individuen, um Solisten. Porterville ist ein Orchester. Ein prachtvolles, vielstimmiges Sinfonie-Orchester. Und wie jedes Orchester benötigt auch Porterville einen fähigen und souveränen Dirigenten.«

Martin »Der Unterschied ist nur, dass in eurem wunderbaren ›Orchester‹ die Musiker versklavt wurden! Und wer zu oft den falschen Ton trifft, wird kaltblütig aussortiert! Aber warum? Was gibt es so Wichtiges zu beschützen, dass ihr diese Stadt unter totaler Kontrolle halten müsst? Warum muss jeder mit seinem Verstand oder Leben bezahlen, der versucht, hinter euer Geheimnis zu kommen?«

Hudson »Wie ich sehe, streben Sie mit Nachdruck die große Jackpot-Frage an. Zur Beantwortung halte ich allerdings einen Standortwechsel für angeraten. [Er dreht sich um.] Wir verabschieden uns dann, Sheriff.«

Parker »Ganz wie Sie wünschen. Ach, und falls es doch noch eine Planänderung geben sollte … wir halten hier alles in Bereitschaft.«

Hudson »Auf Wiedersehen, Parker.«

Parker »Wiedersehen, Sir. Es war mir wie immer ein exquisites Vergnügen.«

Hudson und Martin entfernen sich.

Parker [hinterher rufend] »… und herzliche Grüße an die werte Frau Gemahlin!«

Hudson und Martin gehen den Flur hinunter, auf den Ausgang zu.

Polizistin »Ich wünsche eine angenehme Weiterfahrt, Exzellenz.«

Hudson »Danke, die werden wir haben, Shardene.«

Nacheinander treten sie nach draußen und steigen wieder in die Limousine.

Computer »Ihr Reiseziel?«

Hudson »Zum ›Olympic Regent Hotel‹.«

Der Motor startet. Die Limousine fährt los.

Martin [irritiert] »Zum ›Olympic‹ hätten wir doch nach rechts abbiegen müssen, Richtung Munjoy Hill.«

Hudson »Nach Ihrem Stadtplan, Martin. Gestatten Sie mir, dass wir heute den meinen verwenden.«

Martin »Merkwürdig … diese Grünanlagen kenne ich gar nicht.«

Hudson »Zu diesem Erholungs-Areal haben auch nur ausgesuchte Hotelgäste Zutritt.«

Martin [verwirrt] »Aber ich kenne den Stadtteil wie meine Westentasche. An dieser Stelle müssten die ehemaligen Lagerhallen der Bahn stehen! Und dort drüben die Wohnblocks gegenüber der Washington Avenue! Es ist doch gar nicht möglich, dass hier plötzlich eine so große Fläche …«

Hudson [amüsiert] »Versuchen Sie erst gar nicht, das Neue in die Kategorien des Alten einzuordnen. Das wäre vergebene Liebesmüh.«

Martin »Und was machen all diese Leute mit den seltsamen Brillen und weißen Hüten?«

Hudson »Picknick. Was dachten Sie?«

Martin »Und … diese grünen Masten, die überall stehen?«

Hudson »Temperatur- und Luftfeuchtigkeits-Regler. Wir können ja nicht allen Gästen dasselbe Klima zumuten. [Er lächelt versonnen.] Das hier ist schließlich keine Diktatur.«

Martin [schockiert] »Moment mal – die verkleideten Kinder da, schießen die mit echten Pfeilen auf die gefesselte Frau?«

Hudson [ungerührt] »Aber ja. Das sind Urlauber.«

Martin »Urlauber?? [Er fährt erschrocken zusammen.] Himmel noch mal! Was ist das denn für ein Frankenstein?«

Hudson [interessiert] »Wie belieben?«

Martin »Na, dieser zottige Riese mit seinem Monsterhund!«

Hudson »Ach, Charles! Stimmt, der musste ja kurzfristig als Aufsicht einspringen. Einen Moment. [an den Computer gerichtet] Bitte anhalten.«

Die Limousine hält. Das Seitenfenster öffnet sich automatisch. Im Hintergrund sind die spielenden Kinder und die Angstschreie der Frau zu hören.

Hudson [freundlich] »Charly! Wie schön, dass du es einrichten konntest!«

Charles [ehrfurchtsvoll den Kopf senkend] »Eure Exzellenz.«

Hudson »Hoffentlich wurde dein Terminplan nicht allzu sehr durcheinander gebracht. Greg und Steve musste ich kurzfristig zurück beordern lassen. Unser Freund Martin hier hat sich nämlich spontan für das Vergnügen einer kompletten Stadtführung entschieden.«

Charles »Kein Problem, Sir.«

Hudson »Das freut mich. Ach, wo wir gerade so nett plaudern – wie ist eigentlich der Stand der Dinge in der Barksdale-Sache?«

Charles »Alles unter Kontrolle. Die typische Problematik bei Alkoholikern. Dr. Asport hat ihm jetzt drei weitere Wochen verschrieben. Wenn er wieder rauskommt, ist er mit Sicherheit so zahm wie ein Welpe.«

Hudson »Wunderbar. Oh … apropos … [Er beugt sich aus dem Fenster.] Wie geht's denn unserem alten Scooter? Ich habe gehört, das arme Kerlchen plagt sich mit einem üblen Bandwurm.«

Charles »Das stimmt. Aber die Tabletten schlagen gut an. Der kleine Racker ist bestimmt bald wieder auf dem Damm.«

Hudson »Das hoffe ich sehr. Ich werde ihn auf jeden Fall in meine Gebete einschließen.«

Charles »Haben Sie vielen Dank, Sir.«

Hudson »Also dann: Einen schönen Tag noch!«

Charles »Den wünsche ich ebenso!«

Das Fenster schließt sich.

Hudson »Bitte weiter zum Hotel.«

Die Limousine fährt weiter.

Martin [fassungslos] »Sie sorgen sich um einen Köter mit Bandwurm, während keine 20 Meter weiter eine Frau gefoltert wird?!«

Hudson [überrascht] »Ihr Eifer in allen Ehren, aber das Animationsprogramm hat doch nicht das Geringste mit Scooter zu tun.«

Kurz darauf hält die Limousine vor dem Haupteingang des ›Olympic Regent‹.

Computer »Ziel erreicht.«

Hudson »Doch nun genug der unerbaulichen Gemütswallungen. Jetzt gönnen wir uns erstmal einen schönen ›Olympic Special‹. Sie mögen doch Scotch, hoffe ich?«

Die Türen öffnen sich. Hudson und Martin betreten die Eingangshalle.

Melinda [strahlend] »Eure Exzellenz! Im Namen des ›Olympic Regent Hotels‹ darf ich Sie herzlich bei uns willkommen heißen. Es erfüllt uns gleichermaßen mit Freude und Stolz, dass Sie sich für einen Besuch in unserem Traditionshaus entschieden haben. In der Bar ist bereits ein Tisch für Sie vorbereitet. [Sie deutet auf Martin.] Soll ich den H6 einstweilen in der Garderobe einschließen lassen?«

Hudson [freundlich] »Nein, nein, Melinda, … Mr. Prey ist mein Gast und genießt sämtliche Privilegien.«

Melinda »Verzeihung, das war mir nicht bewusst. [Sie reicht Martin lächelnd die Hand.] Mr. Prey, wir hatten ja bereits das Vergnügen. Mein Name ist Melinda McFaden, ich bin die Vize-Managerin des ›Olympic Regent‹ und stehe mit meinem Team jederzeit zu Ihrer Verfügung. Wünschen Sie für Ihren Drink weitere Gesellschaft? Männlich oder weiblich, weiß oder schwarz, bekleidet oder nackt?«

Martin [verwirrt] »Ich, äh …«

Hudson [höflich abwinkend] »Nein, vielen Dank. Marty und ich führen gerade ein Platon-Gespräch – zwei Welten und so weiter. Ablenkung wäre da nur störend.«

Melinda »Oh, ich verstehe. [Sie lächelt.] Mr. Prey, Sie dürfen sich wahrhaft glücklich schätzen, von solch einer Persönlichkeit ans ›Sonnenlicht‹ geführt zu werden.«

Hudson »Sie machen mich ja ganz verlegen, Melinda.«

Melinda [kokett] »Das war gewiss nicht meine Absicht, Sir. Wenn Sie mir bitte folgen wollen?«

Hudson und Martin folgen Melinda durch die Lobby zu einer abgeschirmten Bar und setzen sich an einen Tisch.

Melinda »Und hier … [Sie stellt ein Tablett ab.] Zwei eisgekühlte ›Olympic Special‹.«

Hudson »Sie sind die Beste, Melinda.«

Melinda [fröhlich] »Ich erinnere Sie bei den nächsten Charakter-Zeugnissen daran. [Sie verbeugt sich.] Wenn Sie noch weitere Wünsche haben – ich bin immer ganz in Ihrer Nähe.«

Hudson [breit lächelnd] »Das will ich doch hoffen, Häschen. Ich freue mich schon auf unser nächstes Meeting ...«

Melinda entfernt sich. Hudson erhebt sein Glas.

Hudson »Also dann: À votre santé, Martin!«

Martin »Mir ist nicht nach Trinken.«

Hudson [trinkt] »Wie bedauerlich. Der ›Special‹ ist wirklich exorbitant. Aber gut, ich sehe schon – Sie wollen weiter auf dem Pfad der Erkenntnis wandeln. Welches Kapitel schlagen Sie vor?«

Martin [genervt] »Wenn wir möglichst bald zum Kapitel ›Schluss mit dem salbungsvollen Geschwätz‹ kommen könnten, wäre ich Ihnen sehr dankbar.«

Hudson »Oho, der Bücherwurm wird unleidlich. [Er trinkt noch einen großen Schluck.] Also schön, dann gehen wir gleich in medias res. Wie Sie sicherlich bemerkt haben, befinden wir uns hier in einem separaten, von außen nicht einsehbaren Salon der Hotelbar. Dieses Areal zählt, wie auch die Grünanlage und sämtliche anderen sogenannten Primärzonen, zu einem Hochsicherheits-Bereich, der ausschließlich Eingeweihten und besonderen Gästen vorbehalten ist.«

Martin »Sie meinen die idiotisch gekleideten ›Urlauber‹.«

Hudson »Eben jene.«

Martin »Das heißt also, die ›Eingeweihten‹ und ihre Gäste sind die Einzigen, die das Geheimnis von Porterville kennen. Die übrigen Einwohner haben keinen blassen Schimmer, dass ihr euch ein perverses Parallel-Reich aufgebaut habt, aus dem ihr sie rund um die Uhr ausspioniert.«

Hudson [zwinkert] »Umgekehrt würde das Ganze ja auch keinen Sinn machen.«

Martin [verständnislos] »Aber wozu das alles? Warum unterwandert ihr eine Allerwelts-Stadt wie Porterville, um anschließend mit gigantischem technischen Aufwand diesen Zustand geheim zu halten?«

Hudson »Sie unterliegen da einem einfachen, aber äußerst bedeutsamen Denkfehler, Martin. Nicht die Stadt war zuerst da, sondern wir.«

Martin [irritiert] »Was soll das heißen? Wer ist ***wir***?«

Hudson [trinkt lächelnd aus] »Stünden wir beide in der Zirkus-Manege, wäre dies der Augenblick, in dem Sie mir hinter den Vorhang folgen. Da sich dieser Vorhang jedoch an einem anderen Ort befindet, sollten wir uns nun auf den finalen Abschnitt unserer kleinen Reise begeben.«

Martin »Aber … warum sind wir dann überhaupt hierher …«

Hudson [schmunzelnd] »Um ehrlich zu sein, hatte der Zwischenstopp im ›Olympic‹ keinerlei tieferen Zweck. Mir stand lediglich der Sinn nach meinem Lieblings-Drink.«

Er steht auf.

Melinda [herbeieilend] »Sie wollen uns schon wieder verlassen, Sir?«

Hudson »Unsere Zeit ist leider knapp bemessen, Melinda, und Mr. Prey hat heute noch eine Menge vor.«

Melinda »Ich verstehe. Dann wünsche ich weiterhin einen angenehmen und erkenntnisreichen Tag.«

Hudson »Vielen Dank. Kommen Sie, Martin?«

Hudson und Martin verlassen die Bar, durchqueren die Lobby und treten nach draußen. Sie steigen in die bereits wartende Limousine.

Computer »Ihr Reiseziel?«

Hudson »Zum Terminal.«

Martin »Terminal? Was bedeutet das?«

Hudson »Das liegt doch auf der Hand. Nach dem Gehirn und den Augen ist es nun an der Zeit, Sie in das Herz von Porterville zu führen. Und dieses Herz schlägt tief im Norden …«

Die Limousine fährt in nördlicher Richtung und hält schließlich auf einem hermetisch abgeriegelten Gelände.

Computer »Ziel erreicht.«

Martin »Das … ›Abidias Asylum‹.«

Hudson »So ist es.«

Martin »Aber das ist doch eine Ruine!«

Hudson »Auf den ersten Blick ja. Aber wie Sie inzwischen fraglos festgestellt haben, erfüllen erste Blicke in Porterville zumeist den Zweck, es gar nicht zu einem zweiten Blick kommen zu lassen. Im Falle des ›Abidias‹ führt uns dieser zweite Blick nach unten. Tief nach unten. Wenn Sie mir folgen wollen?«

Die Türen öffnen sich. Hudson und Martin steigen aus und betreten das ›Abidias‹.

Martin »Und jetzt? Die Treppe führt nur aufwärts.«

Hudson »Die Treppe werden wir ja auch nicht benutzen. [Er drückt einen verborgenen Knopf an der Wand und eine Fahrstuhltür öffnet sich.] Voilà!«

Martin [erstaunt] »Ein versteckter Aufzug!«

Hudson [lächelnd] »Ganz praktisch, nicht wahr?«

Sie betreten den Fahrstuhl, die Tür schließt sich, und der Lift fährt abwärts.

Martin [unruhig] »Wie tief geht es denn abwärts?«

Hudson »Tiefer, als Sie sich vorstellen können.«

Der Fahrstuhl hält, die Tür öffnet sich. In einem gewaltigen Tunnel bewegen sich zahlreiche geschäftige Menschen.

Martin [staunend] »Unfassbar … was für ein riesiger Tunnel … wo man nur hinsieht, glänzender Stahl, Schleusen und Türen. Und all diese Leute in ihren roten und gelben Overalls …«

Hudson »Portervilles Unterwelt, bevölkert von Wissenschaftlern, Servicekräften und natürlich dem Wachpersonal. Aber kommen Sie, wir setzen unser Gespräch in meinem Büro fort.«

Sie gehen zu einer Tür, Hudson gibt einen Code ein und entriegelt die Sperre.

Martin »Wow … die Kommando-Zentrale der NASA kann auch nicht besser ausgestattet sein. Solche Computer habe ich noch nie gesehen …«

Hudson »Das hätte mich auch in Erstaunen versetzt. Bitte sehr, nehmen Sie Platz.«

Hudson und Martin setzen sich.

Martin [überrascht] »Ist das da drüben ein echter Monet?«

Hudson [erfreut] »Da spricht der Kenner! Ja, in der Tat. Zwischen all der kalten Technik möchte ich hin und wieder in der betörenden Farbenpracht der Natur schwelgen.«

Martin »Dies ist also das Terminal … Und von hier aus herrschen Sie über die Stadt.«

Hudson »Das klingt mir ein wenig zu monarchistisch, aber in der Tendenz ist das zutreffend. Zwar habe ich natürlich auch vom Hudson Tower aus jederzeit operativen Zugriff auf alle Bereiche. Aber zu repräsentativen Zwecken, beispielsweise bei der Ankunft bedeutender Gäste, nutze ich in erster Linie diese Räume.«

Martin [irritiert] »Bei der Ankunft? Wo soll denn hier jemand ankommen? Und womit? Etwa mit der U-Bahn?«

Hudson [lächelnd] »U-Bahn! Sie machen mir Spaß, Marty! Nein, die Dinge verhalten sich ein wenig anders. Am besten, wir … oh, ich sehe gerade, dass auf Ebene Zwei zurzeit ein Analyse-Gespräch stattfindet. [Er zwinkert.] Wenn Sie möchten, können wir ja mal kurz Mäuschen spielen. [Hudson deutet auf einen Bildschirm.] Hier, auf diesem Monitor.«

Martin »Ist das ein Verhörzimmer?«

Hudson [belustigt] »Als Bibliothekar scheint Ihnen wirklich sehr daran gelegen zu sein, für alles ein Etikett zu finden.«

Martin »Das ist doch … Mrs. Harding, die Verkäuferin aus ›Wayne's Drugstore‹.«

Hudson »In der Tat.«

Martin »Und die andere Frau?«

Hudson »Miss Peggy Waters, eine unserer fähigsten Außendienst-Mitarbeiterinnen.«

Martin »Und was passiert da jetzt?«

Hudson »Nun, vereinfacht gesagt, führt Miss Waters mittels eines speziellen dialogischen Verfahrens einen Charakter-Test durch, der eine differenzierte Einstufung des Watson-Index' zulässt. Dieser gibt Aufschluss über grundsätzliche soziale Kompetenzen sowie das etwaige kriminelle Potenzial einer Person.«

Martin [ungläubig] »Mrs. Harding und kriminell?«

Hudson »Bedauerlicherweise hat sich Mrs. Harding eines schwerwiegenden Vergehens schuldig gemacht: versuchte Flucht.«

Martin [bitter] »Und deshalb nehmt ihr sie jetzt auseinander.«

Hudson »Aber, aber – davon kann überhaupt keine Rede sein. Es geht alles ganz gesittet und zivilisiert zu. Hier, überzeugen sie sich selbst.«

Er schaltet den Ton an.

Peggy [lobend] »… doch schon sehr gut. Bleiben Sie weiterhin konzentriert und sagen Sie mir, ob Sie den folgenden Feststellungen zustimmen. – Elefanten machen mir Angst.«

Mrs. Harding [ängstlich] »Nein.«

Peggy »Pudelfleisch schmeckt besser als Menschenfleisch.«

Mrs. Harding [verunsichert] »J-ja.«

Peggy »Dunkelheit ist ein Kontinent.«

Mrs. Harding [irritiert] »Was?«

Peggy [etwas lauter] »Dunkelheit ist ein Kontinent.«

Mrs. Harding »Ich … ich weiß nicht … «

Peggy »Bitte nur mit ja oder nein antworten.«

Mrs. Harding »... Ja.«

Peggy »Tauben sind widerlich.«

Mrs. Harding »Ja.«

Peggy »Dr. Frank Morgan war Arzt am ›Kennedy Medical Center‹.«

Mrs. Harding »... Nein.«

Peggy »Harte Strafen schützen das Gemeinwohl.«

Mrs. Harding antwortet nicht.

Peggy »Mrs. Harding?«

Mrs. Harding [mit brüchiger Stimme] »... Ja.«

Hudson [den Ton wieder abschaltend] »Sie sehen – ein ganz ruhiges und undramatisches Gespräch.«

Martin »Und was kommt danach?«

Hudson »Nun, die zuständige Kommission wird nach eingehender Beratung ein Urteil fällen. Da Mrs. Harding sich bislang nichts hat zuschulden kommen lassen, bin ich hinsichtlich des Strafmaßes recht zuversichtlich. Vielleicht 30, 40 Jahre, dann ist die Sache ausgestanden. Zur Extraktion besteht sicherlich kein Anlass.«

Martin [fassungslos] »30 oder 40 Jahre?! Das ist doch Irrsinn!«

Hudson »Zeit hat für uns eine andere Wertigkeit als für Sie, Martin.«

Martin [wütend] »Nun sagen Sie mir doch endlich, was diese affektierten Andeutungen zu bedeuten haben! Wer ist ***uns***, und warum ist für ***euch*** alles anders??«

Hudson [vergnügt] »Raten Sie doch mal.«

Martin [verblüfft] »Ich soll raten?«

Hudson [lächelnd] »Warum nicht? Sie sind doch ein intelligenter, überaus belesener Mann, Martin. Da werden Sie sich im Laufe Ihrer Nachforschungen doch mit Sicherheit eine Hypothese zurecht gelegt haben.«

Martin »Natürlich … aber an Ihrem Grinsen sehe ich ja, dass ich mit meinen Theorien über Geheimlogen und okkulte Sekten garantiert falsch liege.«

Hudson [amüsiert] »Vielleicht sind Sie kein überragender Theoretiker, dafür aber ein ausgezeichneter Beobachter.«

Martin [misstrauisch] »Jetzt sagen Sie aber nicht, Sie sind Außerirdische von einem anderen Planeten – oder Vampire oder so'n Scheiß.«

Hudson [überrascht] »Wie kommen Sie denn auf Vampire?«

Martin »Na, diese bleiche Kreatur. Und die vielen bizarren Morde ...«

Hudson [lachend] »Ach so, jetzt verstehe ich. Nein, Marty, ich kann Sie beruhigen: Wir sind weder extraterrestrischer Herkunft noch führen wir Vampire auf unseren Lohnlisten. [Er beugt sich vor.] Ich denke mal, es ist auch in Ihrem Sinne, wenn ich es kurz und schmerzlos mache.«

Martin [ernst] »Ich warte.«

Hudson »Um es auf die reduzierteste Definition zu bringen: Wir sind Anachrons.«

Martin [perplex] »Anachrons… im Sinne von Anachronismen?«

Hudson »So ist es.«

Martin »Und was soll das bedeuten? Ihr fühlt euch in unserer Zeit nicht heimisch, oder wie?«

Hudson »Wir *sind* in dieser Zeit nicht heimisch, Martin.«

Martin »Sie … Sie meinen metaphorisch.«

Hudson »Nein, ich meine es im wörtlichen Sinne. [Er taxiert Martin.] Mir ist natürlich bewusst, auf welch dramatische Weise eine solche Aussage Ihr grundlegendes Verständnis von Physik und Logik attackiert.«

Martin [ungläubig] »Sie … wollen mir sagen, dass Sie aus einer anderen Zeit kommen?«

Hudson »Für jemanden, der durch literarische und cinematographische Einflüsse konditioniert wurde, ist das natürlich schwer zu akzeptieren. Sie müssen versuchen, sich von fiktionalen Versatzstücken à la H.G. Wells oder Star Trek zu lösen. Nur dann …«

Martin [außer sich] »Sie verarschen mich doch wieder!!«

Hudson [ruhig] »Martin, bei allem Verständnis für Ihre nervliche Belastung möchte ich Sie doch bitten, sich ein zentrales Faktum vor Augen zu führen: Ich habe nicht vor, um Ihr Vertrauen zu buhlen, und ebenso wenig beabsichtige ich, Ihnen vorzuschreiben, was Sie zu glauben oder zu verwerfen haben. Es steht Ihnen völlig frei, meine Ausführungen in Zweifel zu ziehen, aber eines ist unumstößlich gewiss: Sie werden hier und jetzt keine Alternative von mir geboten bekommen. Wollen Sie also dieser Version weiterlauschen, oder sollen wir die Sache abbrechen?«

Martin [erschöpft] »Also gut. Erzählen Sie.«

Hudson »Schön. Dann möchte ich Ihnen den Vorschlag machen, sich zurückzulehnen und einfach meine Ausführungen auf sich wirken zu lassen. Alles Weitere wird sich dann schon finden.«

Martin »Okay …«

Widerstrebend lehnt er sich zurück.

Hudson »Vielleicht jetzt einen kleinen Drink? [Martin zeigt keine Reaktion.] Das deute ich als Ja. Glücklicherweise sind in meinem ›Frozen King‹ stets einige Köstlichkeiten bereitgestellt …«

Martins Gesichtszüge verkrampfen sich.

Hudson [überrascht] »Habe ich etwas Falsches gesagt?«

Martin [mit belegter Stimme] »Nein, nein. Ich … steh nur nicht auf Kühlschränke.«

Hudson [lächelnd] »Oh, ich verstehe. Aber seien Sie unbesorgt … dieses Gerät hier spendet heute ausschließlich Gaumenfreuden. [Er öffnet den Kühlschrank und reicht Martin einen Drink.] Bitte sehr.«

Hudson [sich räuspernd] »Um Ihre Vorstellungskraft nicht über Gebühr zu strapazieren, werde ich auf allzu konkrete Daten und Einzelheiten verzichten. Für den Anfang mag die Information genügen, dass in verhältnismäßig naher Zukunft ein epochaler Durchbruch auf dem Gebiet der Experimentellen Zeitforschung stattfinden wird. In Kooperation mit dem Pentagon gelingt es Wissenschaftlern des M.I.T. erstmals, unter stabilisierender Nutzung ›exotischer Materie‹ Nano-Partikel über die Einstein-Rosen-Brücke in die Vergangenheit zu transferieren. Acht Jahre später unternimmt der schottische Physiker Aidan Mac Kingsley den ersten Selbstversuch und durchquert den Crenlynn-Tunnel.«

Martin »… und kehrte zurück?«

Hudson »Ja, das tat er. Zusammen mit Bodenproben aus vorkolonialer Zeit. Es war der erste empirisch dokumentierte ›Chrono-Jump‹ der Geschichte. Viele weitere folgten. Oder vielmehr: werden folgen. [Er lächelt.] Ich hoffe, Sie sehen es mir nach, dass es mir leichter fällt, die Dinge aus der Rückschau zu erzählen.«

Martin [gespielt freundlich] »Selbstverständlich.«

Hudson »Zu gütig. Also: Primäres Zielgebiet war stets ein bewaldetes Areal im Nordosten von Maryland, das aufgrund verschiedener Faktoren ideale Voraussetzungen für die Ankunft bot.«

Martin »Die … Ankunft aus dem Zeittunnel. Von Ihrer Zeit in unsere.«

Hudson »Richtig.«

Martin »Dann … reden wir hier also nur über Reisen in die Vergangenheit? Wieso nicht auch die Zukunft?«

Hudson [lächelnd] »Das tun wir doch.«

Martin »Oh, okay … Sie meinen die Rückkehr in Ihre Zeit. Aber was ist mit weiteren Reisen? Reisen von Ihrer Zeit in die Zukunft. Es müsste doch …«

Hudson »Um jeder unnötigen Enttäuschung vorzugreifen, möchte ich darauf hinweisen, dass ich ausschließlich über die Porterville-Basis und deren spezifisches Programm zu reden befugt bin.«

Martin [seufzend] »Na dann …«

Hudson »Also, wo war ich? Ach ja, die Landezone. Wie gesagt, dieses Waldgebiet in Maryland erwies sich als ideales Terrain für die ›Chrono-Jumps‹.«

Martin »Wenn ich Sie noch mal unterbrechen darf …«

Hudson »Aber bitte, mein Bester.«

Martin »Sie sagten ja schon, dass wir hier in ›unserer Zeit‹ popkulturell komplett verseucht sind und deshalb ziemlich abgefahrene Vorstellungen von diesem ganzen Zeitreise-Kram haben. Eine der wichtigsten Regeln bei all den Büchern und Filmen ist einleuchtenderweise immer, dass man nichts in der Vergangenheit verändern darf, weil jeder Eingriff gigantische Auswirkungen haben kann. Stichwort Großvater-Paradoxon: Wenn ich in der Vergangenheit meinen Großvater töte, noch bevor mein Vater gezeugt wurde, kann ich doch gar nicht geboren worden sein, um später diese Zeitreise anzutreten.«

Hudson »Dieses zentrale Diktum eines Eingriffs-Verbots ist durchaus zutreffend. Daher fand es auch als einer der ersten Paragraphen Eingang in die gesetzlichen Verfügungen für aktive Zeit-Transfers.«

Martin »Und was ist mit klassischen Überlegungen wie: Wir reisen ins Jahr 1933 und töten Adolf Hitler? Oder ins Jahr 2001 und verhindern den elften September?«

Hudson »Sie dürfen versichert sein, dass diese und unzählige weitere Optionen Gegenstand hitziger parlamentarischer Debatten waren. An deren Ende stand jedoch der mehrheitliche Konsens, dass jeder Eingriff in das historische Kontinuum ein dramatisches Sicherheits-Risiko, sowohl auf nationaler wie auf internationaler Ebene darstellt. Eine Erkenntnis übrigens, die experimentell teuer erkauft wurde.«

Martin »Worüber Sie mir aber natürlich keine weiteren Einzelheiten nennen werden.«

Hudson »So ist es.«

Martin »Aber allein schon die bloße Anwesenheit in der Vergangenheit kann doch ungeahnte Auswirkungen haben.«

Hudson »Damit kommen wir zum Hauptfaktor, warum gerade dieses Gebiet gewählt wurde. Aus Gründen, die ich mit meinen limitierten Kenntnissen nicht näher ausführen kann, stellt das Gebiet des Shaden Forest eine ›Low Reverse Area‹ dar. Die Rückkopplungs-Effekte bewegen sich hier in einem kaum noch messbaren Bereich der Skala. Im Klartext bedeutet das: Solange wir uns von hier aus nicht aktiv ins Weltgeschehen einmischen, bleibt Porterville eine geschlossene Blase im Strom der Zeit.«

Martin »Aber Sie sagten, nicht die Stadt sei zuerst da gewesen, sondern ihr.«

Hudson »Das ist richtig. Die ersten ›Chrono-Jumps‹ waren noch Einzel-Exkursionen, die mit erheblichen Risiken verbunden waren, da der Austritts-Punkt nur vage berechnet werden konnte. Um diesem Problem zu begegnen, beschloss das zuständige Gremium die Errichtung einer unterirdischen multifunktionalen Anlage.«

Martin »… in der wir uns jetzt gerade befinden.«

Hudson »Einem kleinen Teil davon, ja. Die Primär-Anlage beinhaltete neben dem Terminal sowohl diverse Forschungseinrichtungen und Laboratorien als auch die notwendigen Wohnquartiere für konstante Aufenthalte.

Ein Wunder der Wissenschaft und zugleich stolzes Symbol menschlichen Pioniergeistes. Die entstandene ›Retro-Basis‹ stellte von dem gewählten Zeitpunkt an einen fest fixierten Anker im Crenlynn-Tunnel dar. Ein Fenster zwischen Gegenwart und Vergangenheit.«

Martin »Und wann war das?«

Hudson »Man entschied sich nachvollziehbarerweise für einen Zeitraum vor der Besiedelung dieses Gebiets. Allerdings kam es gelegentlich zu gewissen Zwischenfällen mit indianischen Nomadenstämmen. Dies zog mitunter die Notwendigkeit nach sich, einige dauerhafte ›Gäste‹ in die Basis aufzunehmen.«

Martin »So entstanden die Legenden um die Erdgeister, die immer wieder Opfer ins Erdreich hinabzogen. In Wahrheit wurden diese Unglücklichen zu Gefangenen in einem grotesken Menschen-Zoo, tief unter den Wäldern.«

Hudson »Sehr blumig ausgedrückt, aber in der Tat war diese Entwicklung äußerst bedenklich, zumal die Sagen und Erzählungen nach Ankunft der ersten Weißen immer weitere Kreise zogen. Ein verschwundener oder mental derangierter Weißer erzeugt natürlich eine ungleich komplexere Resonanz als ein paar zerlumpte Indianer.«

Martin [gespielt verständnisvoll] »Natürlich.«

Hudson »Zur Stabilisierung der sensiblen Gemenge-Lage traf das Oberste Konzil eine kühne Entscheidung: Man beschloss, den Aufbau der 1877 in unmittelbarer Nähe gegründeten Stadt Porterville nicht zu sabotieren, sondern direkten Einfluss auf ihre Entstehung und weitere Ausgestaltung zu nehmen.«

Martin »Ihr habt die Stadt also bereits infiltriert, noch bevor sie überhaupt auf der Landkarte auftauchte. Alle wichtigen Schaltstellen wurden dann natürlich mit ›Eingeweihten‹ besetzt.«

Hudson »Was gäbe es für eine bessere Tarnung als eine eigene Stadt, über die man die volle Verfügungsgewalt hat? Das einzig bleibende Problem war die Abschottung der unterirdischen Basis, die kein Außenstehender jemals zu Gesicht bekommen durfte. Der ursprüngliche Schutz durch eine riesige Grünanlage erwies sich letztlich leider als unzureichend.«

Martin »Der St. Helena Park, dem die beunruhigten Bürger nach vielen mysteriösen Vermisstenfällen schließlich den Namen Darkside Park gaben.«

Hudson »Ihr Informationsmaterial ist zutreffend. Schlussendlich waren wir gezwungen, den Park zu beseitigen und das gesamte Terrain neu zu gestalten. In einer konzertierten Aktion wurden sämtliche alten Pläne, Karten und Dokumente aus den städtischen Archiven entfernt und durch überarbeitete Neufassungen ersetzt.«

Martin »Der Darkside Park sollte komplett aus der Historie von Porterville ausradiert werden.«

Hudson »Ein ebenso ambitionierter wie illusorischer Plan. Man kann das kollektive Gedächtnis einer Stadt nicht einfach so auslöschen. Es bleiben immer Spuren zurück, geflüsterte Gerüchte, dunkle Erzählungen hinter vorgehaltener Hand. Doch zumindest war nun eine nahezu absolute Sicherheit der Basis gewährleistet.«

Martin »Durch das ›Abidias Asylum‹ und sein streng abgesperrtes Areal.«

Hudson »… unter dem sich – wie Sie schon richtig geschlussfolgert haben – diese Anlagen befinden.«

Martin »Dann war das ›Abidias‹ von diesem Zeitpunkt an also *das* Macht-Instrument von Porterville. Einerseits als massive Festung zum Schutz der unterirdischen Anlagen. Und andererseits als hermetisch abgeriegeltes Gefängnis zur Verwahrung und ›Verwandlung‹ all derjenigen, die zu viel gesehen oder gehört haben.«

Hudson »Beinahe. Die ›Verwandlung‹, wie Sie es nennen, wurde und wird nicht in der Klinik, sondern hier unten vollzogen. In der ›Halle der tausend Stimmen‹. Lediglich die ›Vorbehandlung‹ fand früher im Zimmer des Direktors statt.«

Martin [betreten] »Ich glaube, zu diesem Punkt will ich keine näheren Einzelheiten wissen …«

Hudson »Ganz wie Sie wünschen.«

Martin »Und … wieso musste die Klinik geschlossen werden?«

Hudson [abwinkend] »Ach, das war alles höchst ärgerlich. Eine heilsbeseelte Bürgerinitiative hatte es sich Anfang der 30er Jahre auf die Fahnen geschrieben, die ›humanitären Missstände‹ in der Klinik anzuprangern. Auf eine langwierige gerichtliche Auseinandersetzung wollten wir es nicht ankommen lassen. Denn selbst im Fall eines von uns arrangierten erfolgreichen Ausgangs wäre in der Zwischenzeit ein viel zu großer öffentlicher Schaden entstanden. Daher entschlossen wir uns zur offiziellen Schließung, in deren Folge das Gelände aber natürlich weiterhin abgesperrt und streng bewacht blieb.«

Martin »Okay. Das mit der Stadtgründung, dem Park und der Anstalt habe ich jetzt einigermaßen auf die Reihe gekriegt. Aber was hat es mit diesen ›Urlaubern‹ auf sich?«

Hudson »Nun, wie Sie sich vorstellen können, erlangte Porterville trotz höchster Geheimhaltungsstufe rasche Berühmtheit in gewissen privilegierten Kreisen. So dauerte es nicht lange, bis die ersten inoffiziellen Anträge auf Reise-Genehmigungen zur sagenumwobenen ›Stadt in der Vergangenheit‹ gestellt wurden. In streng reglementiertem Umfang und unter hohen Auflagen wurde diesen Gesuchen schließlich stattgegeben.«

Martin »… was umgehend zu einem lukrativen Geschäft ausgebaut wurde.«

Hudson »Alles hat seinen Preis, Martin. Aber seien Sie versichert: Jede Buchung kommt dem städtischen Haushalt und damit den Bürgerinnen und Bürgern von Porterville zugute. [Er hebt einen Prospekt in die Höhe.] Jeder dieser Reise-Prospekte finanziert indirekt soziale Einrichtungen, Bauprojekte und kulturelle Angebote.«

Martin [irritiert im Prospekt blätternd] »Das ist doch wieder einer dieser Versandhaus-Kataloge für Möbel …«

Hudson »Entschuldigen Sie, ich vergaß. [Er holt einen länglichen Gegenstand aus der Schublade seines Schreibtischs.] Hier, die Brille.«

Martin [die Brille aufsetzend] »Wow! … Jetzt verstehe ich, wieso die meisten dieser Typen im Park so dämliche Sonnenbrillen getragen haben. [Er liest.] ›Erleben Sie die Welt von gestern mit dem Service von morgen: Porterville – The Time Town.‹ Darunter Preise, Hotels, Programm-Angebote …«

Hudson »Sie sehen – es ist für alles gesorgt. Seit Inkrafttreten des Reise-Erlasses finden in einem festen Turnus Passagier-Transfers aus Politik, Wirtschaft, Kultur, Religion, Adel und Hochfinanz statt. Stets in kleinen Gruppen und natürlich strengstens abgeschirmt.«

Martin »Das Ganze muss ja extrem aufwändig sein.«

Hudson »In der Tat. Die Öffnung des Crenlynn-Tunnels erfordert die Freisetzung gewaltiger Energie-Ressourcen und bedarf entsprechend umfangreicher Sicherheitsvorkehrungen.«

Martin »Ein höchst exklusives Urlaubsvergnügen also …«

Hudson »Ihr jugendlicher Sarkasmus verleitet Sie zu unzulässiger Verkürzung. Wir transferieren durchaus nicht nur Touristen, sondern Personen vielfältigster

Couleur: Wissenschaftler, Heimkehrer, Service-Kräfte und gelegentlich auch Watsons.«

Martin »Watsons? Ich denke, das sind Kriminelle?«

Hudson »Potenzielle Kriminelle, um genau zu sein. Zum Zeitpunkt ihrer Ankunft sind sie in der Regel noch im Säuglingsalter.«

Martin [perplex] »Was??«

Hudson »Nicht so hitzig, Martin. Gemäß dem sogenannten Watson-Dekret ist es den Strafverfolgungs-Behörden in unserer Zeit möglich, die Biographie-Linien verurteilter Kapitalverbrecher rückzuverfolgen. Direkt nach ihrer Geburt werden diese Kinder aus dem ursprünglichen Lebenskontext gelöst und anschließend durch den Crenlynn-Tunnel nach Porterville überführt, wo sie an ausgesuchte Pflegeeltern weiter vermittelt werden.«

Martin »Und was soll das alles?«

Hudson »Es handelt sich um eine groß angelegte Langzeit-Studie über die genetische Veranlagung zum Bösen und seine wissenschaftliche Prognostizierbarkeit. Ein wahrlich bahnbrechender Ansatz. Die hierher transferierten Watsons werden Zeit ihres Lebens unter präziser Beobachtung gehalten. Die entscheidende Kernfrage ist, ob die betreffenden Personen auch in einem völlig anderen sozialen und kulturellen Umfeld zu Straftätern werden. Falls ja, und dies ist nach jetzigem Kenntnisstand der Regelfall, tritt der Rückruf in Kraft.«

Martin »… und anschließend werden sie beseitigt. [Er schüttelt fassungslos den Kopf.] Was für eine Stadt … einerseits exotisches Urlaubsziel für die dekadente Elite der Zukunft und andererseits abgeschlossenes Terrarium für perverse Menschen-Versuche.«

Hudson »Sie begehen immer wieder den Fehler, unser Handeln und dessen gesellschaftliche Legitimierung mit Ihren Maßstäben zu beurteilen.«

Computer »Eure Exzellenz, eine Anfrage aus Sektion 11, Antares-Stufe.«

Hudson »Verzeihen Sie, Martin, aber ich werde mich für einen Moment absentieren müssen. Falls Sie sich noch einen Drink genehmigen wollen, bedienen Sie sich nur. [Er steht auf, geht zur Tür und dreht sich noch einmal um.] Und keine Sorge: Hier sind Sie so sicher wie in Abrahams Schoß. [lächelnd] Big Brother is watching you.«

Hudson verlässt das Büro. Die Tür schließt sich.

Martin [genervt] »... und jetzt? Ist das einer von euren Watson-Tests? Wartet ihr darauf, ob ich eurem Bürgermeister die Büroklammern vom Schreibtisch klaue?? [murmelnd] Wichser ...«

Mit einem elektrischen Knacken erlischt plötzlich das Licht.

Martin [überrascht und wütend] »Was soll das? Wieso geht das Licht aus? Ist es jetzt Zeit für eure Nerven-Spielchen?? Falls ihr mich dazu bringen wollt, diesen Raum zu verlassen, habt ihr euch geschnitten! Ich ...«

Sehr leise sind im Hintergrund nun dumpfe, tänzelnde Schritte auf Metall zu hören, die langsam näher kommen.

Martin [sarkastisch] »Ganz großes Kino – Schritte im Dunkeln. Hut ab, Jungs!«

Die Schritte nähern sich weiter, verharren kurz, kommen dann wieder näher.

Martin »Uuuh – welch Wunder: Die Schritte kommen näher! Ich sag's euch gleich – ihr kriegt mich nicht kirre. Ich habe euer Bleichgesicht kaltgemacht, schon vergessen? Dieser Mist zieht bei mir nicht mehr!«

Unvermindert nähern sich die Schritte.

Martin [genervt] »Hallooo, Abteilung Hitchcock?! Seid ihr noch auf Sendung? Ihr könnt euch den ganzen Psycho-Zirkus sparen! Ich bleibe genau hier sitzen und warte, bis das Licht wieder angeht!«

Die Schritte nähern sich weiter.

Martin »Seid ihr taub? Ich mache euren Scheiß nicht mit!«

Die Schritte verharren vor der Tür des ›Frozen King‹, ein leises Schaben an Metall setzt ein.

Martin »Und jetzt die obligatorische Kühlschrank-Nummer, schon klar!«

Das Schaben wird lauter.

Martin [misstrauisch] »Ihr … wollt's wirklich durchziehen, oder?«

Der Kühlschrank öffnet sich. Ein heiseres, gieriges Atmen ist zu hören.

Martin [angstvoll] »Nein, … das ist nicht möglich…«

Dem ›Frozen King‹ entsteigt die bleiche Kreatur.

Martin [panisch] »Er ist es nicht! Er kann es nicht sein!! Ich habe ihn getötet! Es war alles voller Blut!«

Bleicher Mann [faucht] »Gute Mediziiiin …«

Martin »***Nein***!«

Der bleiche Mann beginnt, im Raum auf und ab zu tanzen und wollüstig zu zischen.

Bleicher Mann »Gleich … gleich … gleich … gleich … gleich … gleich … gleich«

Martin [panisch durch den Raum laufend] »Verschwinde!!«

Bleicher Mann »Gleich … gleich … gleich … gleich …«

Martin »Aufhören!!«

Bleicher Mann »… gleich … gleich … [bestialisch fauchend] wird das Kälbchen aufgemacht!«

Mit einem elektrischen Knacken geht das Licht wieder an. Die Bürotür wird aufgerissen.

Hudson [streng] »Zurück! Sofort!«

Bleicher Mann [innehaltend] »Jaaa, Exzellenzzz.«

Martin [fassungslos] »Was sollte das?? Wollten Sie mich auf die Probe stellen?? Ich hätte fast einen Herzinfarkt bekommen!!«

Hudson »Das wäre in höchstem Maße bedauerlich und vor allem unbeabsichtigt gewesen. Entgegen Ihrer Annahme hatte unser Besucher keine Order, Ihnen seine Aufwartung zu machen. Es scheint mir, ein spontaner Entschluss gewesen zu sein.«

Martin »Wie ist das überhaupt möglich? Ich habe dieses … Ding doch getötet!«

Hudson »Nun, dieses ›Ding‹, wie Sie es zu nennen belieben, ist überaus widerstandsfähig. Darüber hinaus wird es Sie kaum verwundern, dass wir über ausgezeichnete medizinische Kapazitäten verfügen.«

Martin [angewidert] »Wer oder was ist das überhaupt??«

Hudson »Wo habe ich nur meine Manieren gelassen, entschuldigen Sie. Darf ich vorstellen: Alpha – Ihnen sicherlich besser bekannt als ›der bleiche Mann‹.«

Martin »Ist das … ein Mensch?«

Hudson »Gegenfrage: Fällt Ihnen gar nichts auf, wenn Sie uns beide ansehen?«

Martins Blick springt zwischen Hudson und der Kreatur hin und her.

Martin [ungläubig] »Ach, du Scheiße …«

Hudson »Ihrer Reaktion entnehme ich, dass Sie gewisse physiognomische Ähnlichkeiten festgestellt haben. Dies ist nicht wirklich erstaunlich, schließlich handelt es sich bei Alpha um eine genetische Reduplikation.«

Martin »Ein … Klon?«

Hudson »Zumindest der Versuch eines solchen. Sie müssen wissen, dass es für Amtsträger in meiner Position vollkommen üblich ist, zu Zwecken des Schutzes und der Aufgaben-Delegierung genetische Duplikate einzusetzen. Leider kam es in meinem Fall zu einer dramatischen Fehlfunktion, in deren Folge der gesamte Prozess bereits nach der ersten Reproduktion gestoppt werden musste.«

Martin »Die erste Reproduktion … darum Alpha.«

Hudson »In der Tat. Zu Beta und Gamma ist es gar nicht erst gekommen.«

Martin »Und dieses … grässliche Aussehen …«

Hudson »Albinismus, phosphoreszierende Mutation der Iris, monströse Deformation der Extremitäten und Zähne – alles Folgen des Unfalls, für die das verantwortliche Team selbstverständlich zur Rechenschaft gezogen wurde. Da Alphas geistige Konstitution jedoch weitgehend unbeeinträchtigt blieb, entschied ich mich, ihn nicht zu entsorgen, sondern seine Andersartigkeit zu meinem Vorteil zu nutzen. Ich übertrug ihm die Aufgabe des Obersten Wächters über die innere Sicherheit der Stadt, ausgestattet mit sämtlichen Sanktions-Vollmachten.«

Martin »Oberster Wächter … eine weiße Bestie, die nach Belieben entführen und morden darf!«

Hudson »Alles zum Wohle Portervilles. Wegen seines ›exotischen‹ Aussehens muss dies natürlich im Verborgenen geschehen. Aufgrund seiner Pigmentstörung ist er ohnehin gezwungen, zu starkes Sonnenlicht zu meiden. Daher sind in nahezu jedem Gebäude verborgene Türen, zweite Wände und Geheimräume integriert.«

Martin »Erreichbar durch ein gigantisches Tunnelsystem unterhalb von Porterville. Und die Zugänge befinden sich in den riesigen Kühlschränken, dem ›Frozen King A plus‹.«

Hudson »Kühlschränke, Abstellkammern, Dachböden, Keller, Standuhren …«

Martin »Ein perfektes Netz, über das er zu jeder Tages- und Nachtzeit eindringen kann, wo er will.«

Hudson »… um über die Einhaltung von Recht und Gesetz zu wachen.«

Martin »Und wenn dieses Gesetz gebrochen wird …«

Hudson »Dann greifen Judikative und Exekutive nahtlos ineinander.«

Martin »Sie fällen das Urteil, und er führt es aus.«

Hudson »So ist es.«

Martin »Und was hat es mit diesen Tarot-Karten auf sich? Ich habe in Reggies Aufzeichnungen davon gelesen.«

Hudson [schmunzelt] »Tja, man sieht es dem Guten gar nicht an, aber Alpha hat tatsächlich eine kleine Schwäche fürs Theatralische. Deshalb hinterlässt er mitunter gewisse Ankündigungen, bevor er aktiv wird. Ein kleines Vorspiel zur Spannungssteigerung. Die Arbeit muss ja auch Spaß machen.«

Martin [leise] »Sadistischer Psychopath ...«

Hudson [an Alpha gerichtet] »So, ich glaube, wir benötigen deine Anwesenheit hier nicht mehr. Du darfst dich zurückziehen.«

Bleicher Mann [zischt] »Jaaa, Exzellenzzz.«

Alpha geht zum ›Frozen King‹, öffnet die Kühlschranktür und verschwindet.

Hudson »Wollen wir uns wieder setzen?«

Hudson und Martin setzen sich.

Martin [verwirrt] »Dieser Alpha ...«

Hudson [freundlich] »Ja?«

Martin »Das ... kann nicht stimmen. Ich habe Unterlagen aus der Gründerzeit der Stadt gelesen, in denen bereits von dem monströsen bleichen Mann die Rede ist. Wenn Alpha aber Ihr Klon ist, dann ...«

Hudson »... müsste ich ebenso alt sein wie er. [Er lächelt.] Ja, Martin, das bin ich auch. Es gehört zu den unbestrittenen Vorzügen künftiger Generationen, ein Alter erreichen zu können, das man im wahrsten Wortsinn als biblisch bezeichnen kann.«

Martin »Dann ... waren Sie von Anfang an Teil von Porterville?«

Hudson »Ohne den Eindruck unstatthafter Egomanie erwecken zu wollen ... ich *bin* Porterville, Martin. Es gab in der gesamten Geschichte der Stadt keine Entscheidung, die ich nicht abgesegnet habe, keine Entwicklung, die nicht von mir veranlasst wurde, kein Urteil, das ich nicht autorisiert habe.«

Martin »Aber Sie sind erst seit knapp elf Jahren Bürgermeister!«

Hudson »Formal gesehen, ja. De facto hatte ich stets die Stadtführung inne, auch wenn dies größtenteils aus dem Hintergrund geschah. Dieser Kompromiss war notwendig, da ein 200 Jahre alter Bürgermeister zwangsläufig für ein gewisses Aufsehen gesorgt hätte, da stimmen Sie mir doch zu?«

Martin [verunsichert] »Sicher …«

Hudson »Die probate Lösung waren Mehrfach-Biographien mit jeweiligen optischen Anpassungen.«

Martin [murmelnd] »Der Kupferstich von Thomas Field …«

Hudson »Ah, ich sehe – Sie hatten bereits erste Schlüsse gezogen. In der Tat, meine Erst-Identität war die des einflussreichen Bankiers Thomas Field, der die Geschicke der Stadt vom ersten Spatenstich an lenkte. Sheriff Parker hingegen trat erstmals 1882 als Dr. Leland Horace, Leiter des ›Abidias Asylum‹, in Erscheinung.«

Martin [grimmig] »Verantwortlich für unsägliches Leid und den Tod unzähliger ›Patienten‹. - Und noch immer werden Menschen, die zu neugierig oder unbequem werden, hierher verschleppt, um ihnen den Verstand oder das Leben zu rauben … Aber warum Sarah? Hat es nicht gereicht, was ihr Tom angetan habt?«

Hudson »Leider sah sich Miss Freeman dazu veranlasst, entgegen jeder Vernunft einen zweiten Ausflug zum ›Abidias‹ zu unternehmen. Das war unmöglich zu tolerieren, so leid es mir tut, Martin.«

Martin »Aber ihr könntet es rückgängig machen?! Sie könnte wieder normal werden?!«

Hudson [kopfschüttelnd] »Selbst wenn ich wollte, könnte ich einen solchen Vorgang nicht veranlassen. Die Asport–Behandlung ist irreversibel.«

Martin [aufgeregt] »Dann … dann schickt mich in die Vergangenheit! Einfach zwei Monate zurück, und ich werde dafür sorgen, dass das alles nie passiert! Sarah und Tom werden die Klinik nie betreten, ich schwöre es!«

Hudson »Martin, glauben Sie mir – ich kann Ihren Elan durchaus nachvollziehen, aber ein solches Vorhaben ist gänzlich undurchführbar. Zum einen lassen uns die gesetzlichen Bestimmungen keinerlei Spielraum für individuelle Retro-Transfers. Zum anderen kann ich Ihnen aufrichtig versichern, dass die Dinge dennoch so kommen würden, wie sie gekommen sind, selbst wenn Sie versuchen würden, rückwirkend einzugreifen.«

Martin [wütend] »Das ist doch hohles Gequatsche!!«

Hudson [bedauernd] »Sie tun mir Unrecht, Martin. Ich möchte mich keineswegs zu einem pathetischen Kalenderspruch im Stile von ›Das Schicksal ist unabänderlich‹ herablassen. Als Pragmatiker sind mir wohlfeile Pauschal-Aussagen über die ›großen Weltzusammenhänge‹ ein Gräuel. Ich weiß durchaus nicht, ob ›das Leben an sich‹ immer seinen Weg findet, und um ehrlich zu sein, will ich es auch gar nicht wissen. Was ich aber mit valider Sicherheit sagen kann, ist, dass *Porterville* immer seinen Weg findet. Ganz gleichgültig, mit welcher Vehemenz man sich den Entwicklungen entgegenstemmt.«

Martin »Blödsinn!!«

Hudson »Glauben Sie wirklich, wir hätten in Extremsituationen nicht einen vergleichbaren Versuch unternommen, um Unheil abzuwenden? Als uns das erste Mal der St. Helena Park um die Ohren geflogen ist, gab es nach langen Debatten den einmütigen Beschluss, einen kompletten ›Reboot‹ durchzuführen. Sozusagen die Uhren wieder auf Null zu stellen und erneut im Jahr 1877 mit Porterville zu starten.«

Martin »Was ist passiert?«

Hudson »Na, alles! Es ist alles wieder passiert, obwohl wir Himmel und Hölle in Bewegung gesetzt hatten, um die Entwicklung von damals zu verhindern. Auf einzelnen Schauplätzen ist uns das auch gelungen, aber das große Ganze ließ sich nicht beeinflussen. Beim ersten

Mal war es ein Journalist namens Dunford, der mit seiner Premieren-Ausgabe der ›Porterville Times‹ die Kettenreaktion auslöste. Beim zweiten Durchgang lief dieser Prozess zwar etwas langsamer und natürlich in anderer Besetzung ab, aber letztlich kam es erneut zum Eklat, diesmal ausgelöst durch einen Reporter namens …«

Martin »Wilcomb.«

Hudson »Völlig richtig. Was ich Ihnen damit sagen will: Es würde nichts ändern, wenn Sie Sarah in eine andere Richtung stoßen würden. Sie würde letzten Endes denselben Weg beschreiten.«

Martin [zornig] »Nein! Es muss möglich sein! [Er schlägt auf den Tisch.] Ihr habt Sarahs Leben zerstört!«

Hudson [ruhig] »Nein, Martin. Wir haben Sarahs Leben bewahrt. Das ist es, was ich Ihnen schon seit Beginn unseres Gesprächs klar zu machen versuche. Sarah ist bei bester Gesundheit. Ihr fehlt nichts und sie vermisst nichts.«

Martin »Das ist nicht wahr!«

Hudson »Mir ist bewusst, wie schwer Ihnen diese Einsicht fallen muss. Aber Sie werden sich mit der Tatsache arrangieren müssen, dass Sie blindwütig einer Obsession gefolgt sind. Sie haben sich mit fanatischer Verve an die fixe Idee geklammert, dass Sie einer misshandelten und bedrohten Frau zur Hilfe eilen müssen. Nachdem Sie so gut wie alle Verbindungen zu Ihrem früheren Leben gekappt hatten, war dieses Trugbild ihr einziger Antrieb, die Legitimation all Ihres Handelns. Sie durften keine Relativierung zulassen, weil Sie sich dann hätten eingestehen müssen, dass Sie die ganze Zeit einer spektakulären Lüge nachgejagt sind. Einer schillernden, rührend romantischen Lüge.«

Martin [außer sich] »Sie sind es, der lügt! Ganz allein *Sie*!«

Hudson »Ich vermag kaum zu ermessen, wie niederschmetternd es für Sie sein muss, nach einer solch schicksalhaften Odyssee erkennen zu müssen, dass Ihre Mission nie ein Ziel hatte. Weil es niemanden gibt, den Sie retten könnten.«

Martin »Sie versuchen, mich in den Wahnsinn zu treiben! Mich kaputt zu machen!!«

Hudson »Das ist es, was Sie sich sehnlicher wünschen als alles andere. Die Wahrheit ist jedoch eine andere. Sehen Sie. Hier, auf diesem Monitor.«

Er drückt einen Knopf.

Martin [wie vom Donner gerührt] »Sarah … und Tom.«

Hudson »Eng umschlungen in der Abendsonne.«

Martin [fassungslos] »Un…möglich.«

Hudson »Sehen Sie in ihre Gesichter. Dieser Glanz. Diese Geborgenheit. Dieses tief empfundene Glück, das keine Worte, keinen Intellekt benötigt.«

Martin [erschüttert] »Nein … nein …«

Hudson »Alles ist so einfach, Martin: Du warst die ganze Zeit auf der verzweifelten Suche nach Liebe und am Ende hast du sie gefunden. Nur ist es nicht die deine.«

Die Männer schweigen.

Martin [verzweifelt schluchzend] »Sarah, … was … was soll ich denn jetzt machen? Ich … kann nicht mehr zurück. Ich will nicht mehr zurück!«

Hudson »Das musst du auch nicht. [Er schaltet den Monitor aus.] Vertraue dich mir an, und du musst nie mehr zurück.«

Martin [verwirrt] »Ich … verstehe nicht …«

Hudson »Martin, du hast bereits nahezu sämtliche Bindungen zu deiner früheren Existenz gekappt. Ich kann dir ermöglichen, nun auch die letzte Hürde zu überwinden und dein altes Leben hinter dir zu lassen. Vollkommen hinter dir.«

Martin »Wie … meinen Sie das?«

Hudson »Ich meine es wie James Cook, der Joseph Banks die Möglichkeit eröffnete, ihn in eine neue Welt zu begleiten. Die letzte Grenze zu überqueren. Dem letzten Geheimnis gegenüberzutreten. Du musst nichts anderes tun, als mich durch diese Tür zu begleiten. … Ein kleiner Schritt für dich, aber ein großer Schritt für dein Leben.«

Martin [verunsichert] »Und dann … wird alles anders?«

Hudson »Alles, Martin. Alles.«

Martin kämpft mit sich.

Hudson »Nun?«

Martin [flüsternd] »Ich … ich tu's.«

Hudson »Dann steh auf, Martin Jefferson Prey, und folge mir auf die letzte Etappe. Durch diese letzte Tür.«

Sie stehen auf. Martin folgt Hudson zu einer Stahltür, die der Bürgermeister mit einem Code öffnet. Nacheinander gehen sie durch einen schmalen Gang auf eine Schleuse zu. Dahinter befindet sich ein riesiger silbern glänzender Raum, in dem sich eine größere Menschengruppe aufhält. An der Seite entdeckt Martin ein Schild mit der Aufschrift ›Wartesaal‹.

Martin [perplex] »Wer sind denn all die Menschen?«

Hudson »Touristen, Martin. Sie haben ihren Aufenthalt im alten Porterville beendet – so wie du. Und nun geht es zurück. [Er schmunzelt.] Zurück in die Zukunft, wenn die Plattitüde erlaubt ist.«

Junger Mann »Yeah! Field Goal! Go, Patriots, go!«

Junge Frau [eindringlich flüsternd] »Terry, nicht so laut. Der Bürgermeister …«

Junger Mann [von einem kleinen Gerät aufblickend] »Oh, Verzeihung, eurc Exzellenz. Die ›Patriots‹ haben gerade einen Drei-Punkte-Rückstand aufgeholt.«

Hudson »Wie überaus erfreulich. Während des Transfers werden Sie Ihren Gray-Stick allerdings abschalten müssen, das wissen Sie.«

Junger Mann »Selbstverständlich, Sir.«

Hudson [an Martin gerichtet] »Tja, die ›Porterville Patriots‹ könnten es wirklich in den Super Bowl schaffen. Wer hätte das zu Saisonbeginn gedacht?«

Martin [verwirrt] »Die ›Patriots‹?«

Hudson »Ach, ich vergaß. Die ›Porterville Patriots‹ sind ein Football-Team aus unserer Zeit. Noch dazu ein sehr erfolgreiches. Und da unsere Urlauber ungern auf ihren geliebten Sport verzichten, bieten wir Ihnen ein möglichst umfangreiches Versorgungs-Paket. Indirekt hattest du übrigens ganz sicher auch schon Kontakt mit den ›Patriots‹.«

Martin »Ich??«

Hudson [an den jungen Mann gerichtet] »Dürfte ich mir kurz Ihr Souvenir leihen?«

Junger Mann »Natürlich, Sir.«

Er gibt Hudson die grüne Monsterpuppe, die aus seinem Rucksack ragt.

Hudson »Gestatten? Der ›Green Goblin‹ – legendäres Maskottchen der ›Porterville Patriots‹.«

Die Figur bewegt ratternd ihre Gliedmaßen und gibt ein enthusiastisches »Go, Patriots, go!« von sich.

Martin »Das grüne Monster! Darum findet man es immer wieder in Porterville ...«

Hudson »Es tut eben gut, in der Fremde ein wenig Heimat um sich zu haben.«

Ältere Frau »Eure Exzellenz! Welche Ehre! Da kann ich Ihnen ja gleich direkt meinen herzlichsten Dank für diesen wunderbaren Aufenthalt aussprechen.«

Hudson »Zu gütig, Madam Secretary.«

Ältere Frau »Ich war in den letzten 170 Jahren ja schon in der ganzen Welt unterwegs, aber einen so anregenden Urlaub wie hier habe ich noch nie verlebt.«

Hudson »Das erfüllt mich mit aufrichtigem Stolz.«

Älterer Mann »Einmalig, einfach einmalig! Dieser unverfälschte Einblick in die primitive Frühzeit – das kann kein Lexikon der Welt vermitteln! [an Martin] Für einen jungen Hüpfer wie Sie muss das ja ein phantastisches Erlebnis sein. [Er zwinkert.] Großzügiges Elternhaus, wie?«

Martin »Äh, nein…«

Hudson »Mr. Prey ist ein persönlicher Gast von dieser Seite des Tunnels.«

Älterer Mann »Ooh! Ein waschechter Oldtimer, das wird ja immer besser! [Der Mann senkt in gespieltem Ernst die Stimme.] Kennen Sie den Darkside Park? [Er lacht amüsiert.] Einfach köstlich, diese urtümlichen Bräuche!«

Computer »Werte Reisende, Ihr Shuttle zum Transfer-Terminal steht nun bereit.«

Die Leute stehen auf und gehen zu einer Rampe, die zu einem länglichen stromlinienförmigen Fahrzeug führt.

Martin »Und was kommt jetzt?«

Hudson »Mit dem Shuttle-Bus fahren wir nun runter zum ›Zeit-Tor‹, um es vereinfacht auszudrücken. Bitte, steigen Sie ein.«

Nachdem alle den Elektro-Transporter betreten haben, beginnt die Fahrt.

Martin »Unglaublich … wie schnell fahren wir?«

Hudson »Das zulässige Limit liegt bei exakt 150 Meilen in der Stunde. Die Fahrt wird nur wenige Augenblicke dauern.«

Junger Mann [wütend auf seinen Mini-Bildschirm blickend] »Scheiß-Defense! Geht doch ins Altersheim!«

Junge Frau [ungehalten] »Terry – beherrsch dich!«

Ältere Frau »Hast du deine Reise-Tabletten genommen, Randolph? Du weißt doch, wie empfindlich dein Magen ist.«

Älterer Mann [unwirsch] »Ja doch! Du musst mich nicht dauernd bemuttern – ich bin ja keine 50 mehr.«

Computer »Ziel erreicht. Bitte aussteigen.«

Alle steigen aus.

Hudson »So, jetzt begeben wir uns in die Crenlynn-Kammer und dann haben wir es auch schon fast geschafft.«

Eine riesige Schleuse öffnet sich. Dampf entweicht.

Computer »Bitte nehmen Sie Ihre Plätze ein.«

Die Gruppe betritt die Kammer. Alle nehmen Platz.

Hudson »Für kurzentschlossene Passagiere sind immer ein paar Zusatz-Plätze reserviert. Bitte sehr. [Hudson und Martin setzen sich.] Erschrecken Sie nicht, wenn es gleich etwas ›holperig‹ wird. Für Erst-Reisende ist der Sprung durch den Zeit-Tunnel eine sehr intensive Erfahrung.«

Computer »Bitte deaktivieren Sie nun sämtliche elektronischen Geräte und begeben Sie sich in die ausgewiesene Sitzposition. Die Gurt-Fixierung erfolgt automatisch.«

Einige Passagiere stellen ihre Gray-Sticks ab, danach schließen sich die Gurte mit einem automatischen Summen.

Computer »Der Transfer erfolgt in T minus fünf … vier … drei … zwei … eins … go.«

Ein stetig lauter werdendes Zischen ertönt. Elektrische Entladungen und ein gewaltiges Rauschen setzen ein.

Martin [laut] »Ist dieser Höllenlärm wirklich normal?«

Hudson »Machen Sie sich keine Sorgen – es ist alles in bester …«

Mr. Sato [aufspringend] »Hudson!«

Hudson [überrascht] »Was soll das? Bleiben Sie um Himmels willen auf Ihrem Sitz!«

Mr. Sato [zornig] »Sie haben mein Leben ruiniert, meine Familie zerstört! Jetzt werden Sie bezahlen!«

Terry »Sind Sie wahnsinnig?? Nehmen Sie den Striker weg – wenn Sie an einen der Pole geraten …«

Hudson »Clark! Überwältigen Sie ihn!«

Es kommt zu einem wilden Handgemenge. Schreie ertönen.

Computer »Gefahr. Unkontrollierte Energie-Entfaltung im Passagierraum. Gefahr. Gefahr. Gefahr. Gefahr.«

Ein donnerndes Grollen setzt ein. Nach einer gewaltigen Entladung herrscht plötzlich Totenstille.

Martin [panisch] »Was … was ist passiert??«

Ältere Frau [schockiert] »Oh nein, die Anzeige …«

Junger Mann [entsetzt] »Das Datum!!«

Junge Frau [angstvoll] »In … in welcher Zeit sind wir jetzt?«

Älterer Mann »Herr im Himmel! Wir sind im Jahr ...«

Martin »Ich verstehe nicht. Wo … wo sind wir?«

Computer »Transfer beendet.«

Ein piependes Signal ertönt.

Der Außenmonitor springt wieder an.

Hudson [haucht] »Oh, mein Gott …«

Computer »Willkommen in Porterville!«

Die Schleuse öffnet sich zischend.

Epilog

von Hendrik Buchna

Edward Shipman »Um Ihr Problem zu lösen, müssen Sie Ihren Blickwinkel ändern. Die Perspektive.«

Dorothy Bates [zitiert von Martin Prey] »Die Sache ist einfach, Martin. Du kommst hier raus, wenn du nicht mehr darüber nachdenkst. Niemand verlangt, dass du dich verbiegst. Das funktioniert nicht. Du musst deine Perspektive ändern.«

Angus Hudson »Ich wiederhole es noch mal, Martin: Das ist keine Frage der Wahrheit, sondern der Perspektive. Es ist vollkommen gleichgültig, ob sich diese Personen in Fort Meade aufhalten, solange wir beide uns darauf einigen, dass sie es tun.«

***

Kate Harding »Mein Name ist Kate Harding und mir bleiben noch zwei Wochen. Dreizehn Tage, wenn man den Geburtstag nicht mitrechnet.«

Frank Morgan »Mrs. Harding antwortete nicht, sondern schaute mich nur unverwandt und mit einem melancholischen Ausdruck in den Augen an. Dann schüttelte sie müde den Kopf und sagte: ›Lass es sein‹.«

***

Edward Shipman »Woher hatten die meine Adresse? Woher wusste ›Asport Industries‹, dass ich einen Job suche?«

Kate Hudson »Seit ich Rob die täglichen Botengänge zu ›Asport Industries‹ übertragen habe, lächelt sie eigentlich nur noch. Und ich lächele ebenfalls beim Gedanken daran, dass Rob tatsächlich einmal den falschen Etagenknopf erwischen könnte.«

Charles, der Hundemann »Dr. Asport hat ihm jetzt drei weitere Wochen verschrieben. Wenn er wieder rauskommt, ist er mit Sicherheit so zahm wie ein Welpe.«

***

Gegensprechanlage »Mr. Shipman. Sie arbeiten ab morgen für ›Mac Kingsley's‹. Nehmen Sie den Umschlag und gehen Sie jetzt.«

Samuel Wilcomb »Ich muss mit Mr. Mac Kingsley sprechen. Über den Park, die Kostümierten, die Polizisten. Und über die Leiche von Mr. Gardener und den Vorfall bei Terry.«

Angus Hudson »Acht Jahre später unternimmt der schottische Physiker Aidan Mac Kingsley den ersten Selbstversuch und durchquert den Crenlynn-Tunnel.«

***

Edward Shipman »Sein Name war Matt Broyers und er war der erste Mensch in meinem Leben, den ich gerettet habe.«

Frank Morgan »Tatsächlich gelang es im Rahmen einer mehrmonatigen Therapie, Broyers Panikattacken nahezu vollständig einzudämmen.«

Sarah Freeman »Das andere Blatt zeigte das Portrait von Matt Broyers, einen Mann von circa 55 Jahren. Darunter eine sehr förmlich und höflich formulierte Bitte, sich bei Kate zu melden, falls man ihn sehen sollte.«

Reginald Broadus [zitiert von Martin Prey] »Heute hat mich im ›Corey's‹ unser Bar-Musiker angesprochen, der hier seit einem halben Jahr spielt. Ein unscheinbarer Mann namens Matt Broyers. Er schien sehr durcheinander zu sein, behauptete, er hätte von vertraulichen Quellen gehört, dass ich ›Informationen‹ sammeln würde.«

***

Frank Morgan »Er wollte jedoch lieber mit seinem roten Flugzeug spielen, das er ständig bei sich trug und mit dem er sich stundenlang beschäftigen konnte. Es war ein kleiner Plastik-Doppeldecker, auf dessen Bug ein weißer Vogel gedruckt war.«

Sarah Freeman »Auf dem Rasen, der hoch und wild wucherte, lag überall Müll und Schrott. Ein altes Dreirad, ein verrosteter Betonmischer, Dosen, Baseballhandschuhe von Kindern, ein Autowrack und ein seltsames Spielzeugflugzeug. Ein Doppeldecker aus rotem Plastik mit einem weißen Vogel auf dem Bug.«

Douglas Benchley »Ich erhob mich, um noch einmal nach meinem Sohn zu sehen. Er besaß ein neues Spielzeug. In seinen Händen lag nicht mehr das grüne Plüschmonster, sondern ein kleines rotes Flugzeug – ein Kunststoff-Doppeldecker mit einem weißen Vogel auf dem Bug.«

Martin Prey »Hätten die Porterville-Herrscher geahnt, was sich im Inneren dieses roten Flugzeugs befand, hätten sie den kleinen Jerry sicher nicht damit abreisen lassen …«

***

Frank Morgan »Dort stand, geduckt unter einer knorrigen Kiefer, ein Bauwagen. An sein Aussehen kann ich mich bereits nicht mehr erinnern, aber ich weiß noch, dass die Farbe auf merkwürdige Weise mit der Umgebung ringsherum verschwamm. Fast so, als sträube sich der Wagen gegen die hektische Außenwelt, die ihn umgab.«

Sarah Freeman »Direkt vor dem Zaun stand ein Bauwagen. Er machte nicht den Eindruck, als wäre er erst kürzlich aufgestellt worden. Unkraut wucherte zwischen den Rädern, und der Lack blätterte ab.«

Martin Prey »Zögernd ging ich auf den seltsamen Bauwagen zu, schob mich vorsichtig und so lautlos wie möglich an das schmale Fenster heran – und taumelte mit einem Aufschrei zurück. Im Inneren stand stocksteif und mit einem grässlichen Grinsen im Gesicht … Reggie. Mit der linken Hand winkte er mich spielerisch zu sich, in der Rechten hielt er ein riesiges Messer. Von blankem Entsetzen gepackt, rannte ich davon.«

***

Edward Shipman »In dieser Gegend ist alles mit diesen merkwürdigen Graffitis vollgesprüht – diesen komischen grünen Fratzen ...«

Frank Morgan »Verwundert bemerkte ich in einer Seitenstraße ein großformatiges grünes Graffiti, das die ansonsten blütenweiße Fassade einer Villa verunzierte.«

Sarah Freeman »Am Spiegel hing eine seltsame Stoffpuppe, die zu winken schien. Zumindest dachte ich das. Dann stellte ich fest, dass es sich um ein Monster handelte, das sich Kekse in den Mund warf. Ein Krümelmonster in Oscar-Grün, statt Grobi-Blau. Irgendetwas war merkwürdig an der Puppe.«

Lay-Tohan »Als Kind hatte man ihn eines Morgens inmitten unseres Dorfes gefunden, ohne jeden Hinweis auf seine Herkunft oder jene, die ihn brachten. Man nannte ihn ›Sohn der Geister‹, denn er war eingehüllt in ein weißes Tuch, das über und über mit einer zotteligen grünen Schreckgestalt bemalt war.«

Douglas Benchley »›Daddy! Schau mal!‹ Jerry deutete aufgeregt auf eine grüne Plüschpuppe am Souvenirstand. ›Die hatte der Sheriff auf seiner Tasse!‹«

Angus Hudson »Gestatten? Der ›Green Goblin‹ – legendäres Maskottchen der ›Porterville Patriots‹.«

***

Jimmy Barksdale »›Jetzt können wir beide endlich wieder in den Park. Da freust du dich, was Daisy?‹ Der Chihuahua ignoriert sie weiterhin. Ich verabschiede mich und trete hinaus auf die Straße. Wenn mich jemand nach einer guten Gegend fragen würde, um seine Kinder großzuziehen, dann würde ich ihm von der

Marley Avenue erzählen. Und von Misses Colvins Sorge um die Sicherheit ihres Hundes.«

Kate Harding »Daisy läuft aufgeregt vor der Bank hin und her und zerrt an ihrer Leine. ›Nicht jetzt, Daisy! Mutti unterhält sich gerade.‹ Amanda zieht an der Leine. ›Daisy, aus! Aus jetzt!‹ Sie hebt den Chihuahua hoch und setzt ihn in ihren Schoß. Daisy verschwindet zwischen Fuchsfell und Glattlederhandschuhen.«

***

Edward Shipman »Auf diesem Tisch lagen nur Versandhauskataloge, keine einzige Zeitschrift zum Lesen.«

Frank Morgan »Irritiert trat ich auf ihn zu und betrachtete die Prospektseite. Es war ein schmaler Versandhauskatalog für Möbel und sonstigen Einrichtungsbedarf.«

Sarah Freeman »Hinter dem Panzerglas kaute eine afroamerikanische Angestellte, die ebenso breit war wie die Kabine, gelangweilt Kaugummi und blätterte in einem Möbelkatalog.«

Martin Prey »Das ist doch wieder einer dieser Versandhaus-Kataloge für Möbel …«

Angus Hudson »Entschuldigen Sie, ich vergaß …! Hier, die Brille.«

Martin Prey »Wow! … Jetzt verstehe ich, wieso die meisten dieser Typen im Park so dämliche Sonnenbrillen getragen haben.« Er liest. »›Erleben Sie die Welt von gestern mit dem Service von morgen: PORTERVILLE – The Time Town.‹ Darunter Preise, Hotels, Programm-Angebote …«

***

Douglas Benchley »Ich stieß das Steak vorsichtig mit dem Messer an. Es rollte sich wie eine erschrockene Nacktschnecke zusammen und blieb auf der Seite liegen.

Mit Entsetzen entdeckte ich auf der Unterseite winzige bleiche Tentakel, die frenetisch zappelten. Ich stieß einen spitzen Schrei aus und sprang auf.«

Melinda McFaden »In meiner Jugend hatte mir Chandra den Besuch dreiköpfiger Riesenschlangen vorgegaukelt. Im Hotel diente die Droge zur Destabilisierung unbequemer Gäste. Ich öffne die Schreibtischschublade und greife nach einer der türkisfarbenen Kugeln …«

Samuel Wilcomb »Auf kleinen Tischen stehen mit Steinen gefüllte Schalen. Die Steine leuchten türkis-warm, kleine Lichtinseln im schwarzen Meer.«

***

Edward Shipman »Ich hab mal zufällig einem Gespräch zugehört – in ›Corey's Bar‹, Ecke Mainstreet und Thomas Field.«

Frank Morgan »Oft saßen wir nach langen Arbeitstagen noch bei einem Bier in ›Corey's Bar‹, rauchten eine von Parkers grässlichen Zigarren und redeten.«

Sarah Freeman »Was machte Tom in der Wohnung, wenn ich bei der Arbeit war? Ich konnte mir beim besten Willen nicht vorstellen, dass er den ganzen Tag unter dem Küchentisch saß. Ich nahm mir frei, sagte Tom nichts und wartete morgens eine Stunde auf der anderen Straßenseite in ›Corey's Bar‹. Als ich in die

Wohnung zurückkehrte, war sie leer. Tom war verschwunden …«

Reginald Broadus »›Sobald ich alles habe, lasse ich Ihnen eine Nachricht zukommen‹, sage ich. ›Ich setze mich mit Ihnen in Verbindung, nicht andersherum. Und ganz gleich, was passiert – kommen Sie nie wieder ins ›Corey's‹! Sie haben schon genug Aufmerksamkeit erregt.‹«

***

Frank Morgan »Dennoch musste man den alten Kauz gern haben, wenn er beim Öffnen der Tür von seinem völlig überladenen Basteltisch aufblickte und jeden Besucher mit einem überschwänglichen ›Charly! Wie schön, dass du es einrichten konntest!‹ begrüßte.«

Peggy Waters [zitiert von Charles Preston] »Hallo Charly, wie schön, dass du es einrichten konntest.«

Angus Hudson »Charly! Wie schön, dass du es einrichten konntest!«
Hundemann »Eure Exzellenz.«

***

Lay-Tohan »Im selben Moment richtete er einen glühenden Dorn auf mich. Ein ohrenbetäubend schrilles Zischen und der gellende Schrei Ni-Kateas trugen mich in die Finsternis.«

Douglas Benchley »Der Wachmann sprach kein Wort mit mir. Mir fiel auf, dass er keine Schusswaffe in seinem

Holster trug, sondern einen silbernen Stab, den ich für einen Elektroschocker hielt.«

Melinda McFaden »Es war Howard. In der rechten Hand einen der extrem wirkungsvollen Nervenschocker, den die Sicherheitskräfte benutzten. Er ließ den Metallstab unter seinem Jackett verschwinden.«

Hudson »Sorgen Sie dafür, dass Clark ihn in Empfang nimmt, und lassen Sie ihn dann zu mir bringen. Und keine Striker, bitte. Wir wollen die Konzentrationskraft unseres Gastes ja nicht fahrlässig einschränken.«

***

Edward Shipman »Plötzlich ging die Tür im Wartezimmer auf und zwei völlig verwahrloste Obdachlose setzten sich mir wortlos gegenüber. Die hatten nicht wirklich gut gerochen. Ich habe mich gefragt, was die hier wollten. Ächzend griff sich der eine den schmalen Versandhauskatalog und murmelte etwas Unverständliches in seinen verfilzten Bart hinein.«

Frank Morgan »Er hatte sich gerade auf dem Rückweg von einem Abendspaziergang befunden, als er ohne sichtbaren Anlass die Besinnung verlor und in Starre verfiel. Zwei Obdachlose hatten den Vorfall beobachtet und brachten ihn zum nächsten Krankenhaus.«

Sarah Freeman »Der Mann musste ein Obdachloser sein, der sich in der alten Nervenklinik häuslich eingerichtet hatte. Er machte erneut einen Schritt in unsere Richtung. Licht fiel in seine Augen und auf den Bart. Zwei glühende, schwarze Kohlenstücke fixierten uns.«

Jimmy Barksdale »Hände in meinem Gesicht, an meinem Hals. Direkt vor mir ein alter Mann. Seine Arme umschlingen mich, pressen mich an seinen dünnen Körper. Er öffnet den zahnlosen Mund und stößt ein Grunzen hervor. Er wirft den Kopf in den Nacken und bellt. Von allen Seiten kommen Antworten. Schreie der Hyänen.«

Howard K. Brenner [zitiert von Douglas Benchley] »›Wir vertreten die Rechte einer Gruppe von Obdachlosen‹, fuhr er in einem Tonfall fort, als sei überhaupt nichts Ungewöhnliches geschehen. ›Bisweilen sind sie etwas ... kompliziert. Aber harmlos.‹«

Kate Harding »Man sieht sie überall, die Obdachlosen: An Straßenecken und vor Supermärkten, in den U-Bahnen und Unterführungen. Und in den Parks. Wenn man denn darauf achtet. Die meisten Menschen nehmen sie gar nicht mehr wahr, blinde Flecken im vertrauten Stadtbild.«

Reginald Broadus »›Wie lange leben Sie schon in Porterville?‹ Ich antworte nicht. ›Wissen Sie, was hier geschieht?‹ Ich bleibe stehen und schaue ihn an. Schaue an ihm vorbei. Zwei Obdachlose, auf der anderen Straßenseite. Sie starren zu uns herüber. Der eine fängt leise an zu keuchen, als sich unsere Blicke kreuzen.«

Melinda McFaden »Christine erstarrte plötzlich. ›Was wollen die?‹ Zwei Obdachlose standen auf dem Bürgersteig und starrten zu uns herüber. ›Da sind noch mehr.‹ Christines Stimme flatterte. Drei weitere zerlumpte Gestalten näherten sich jetzt aus der anderen Richtung. Sie alle schwankten, als würden sie sich auf unebenem

Grund bewegen. Ich glaubte, den Gestank ihrer schmutzigen Kleidung wahrzunehmen.«

Martin Prey »Es gibt nur die Leitplanken zwischen Fahrspur und Fußgängerbereich, hinter denen ich mich verstecken kann. Und ich *muss* mich verstecken, denn überall in dieser Stadt lauern Augen.«

Daniel Chester Kipling »Ich aktiviere den Außenscheinwerfer. Grellweißes Licht trifft auf zwei Gestalten. Sie reißen die Hände vors Gesicht und ziehen sich fluchtartig ins Dunkel zurück. Da, wo ich sie nur noch erahnen kann. Obdachlose! Der Riese mit der ruinierten Nase und sein kleinerer Begleiter. Ich habe sie vor ein paar Stunden in die Kanzlei gebracht. Ihre Anwesenheit ist kein Zufall. Sie beobachten mich.«

Angus Hudson »Sie sehen hier das Bildmaterial, das uns in permanenter Übertragung von unserem Außendienst zugespielt wird.«
Martin Prey »Von den Obdachlosen?«
Hank Parker »So ist es. Sie bilden die unverzichtbare Speerspitze der städtischen Sicherheit.«

***

Edward Shipman »Ich wäre damals fast von Porterville weggezogen, weil ich monatelang keinen einzigen Job gefunden hatte. Ich habe dann noch einen allerletzten Versuch unternommen und mich bei fünf Firmen beworben. Das waren ganz unterschiedliche Jobs: als Kellner, Kurierfahrer, in einer Wäscherei, im ›Rider's Inn‹ und bei ›Ted's‹, dieser Tankstelle im Norden.«

Martin Prey »Damals hatte ich gedacht, Dorothys Dachboden-Gefängnis sei die Hölle auf Erden. Doch da kannte ich noch nicht den Keller unter Ted's Tankstelle …«

Martin Prey [zitiert von Jason Hincks] »»Es gibt da ein Café und ›Ted's‹, die Tankstelle‹, keucht er, als die Detonation uns alle von den Beinen reißt. Eine Flammenwand schießt aus dem Camaro und züngelt an dem Baum empor.«

***

Frank Morgan »Ich hatte meine Chance dazuzugehören und habe sie mutwillig verspielt. Wie sagte mein alter Freund Dr. Barrett doch immer: ›Gib einem Narren Bürgerrecht, und er fällt in den Dorfbrunnen.‹«

Peggy Waters [zitiert von Charles Preston] »Nein, Toby. Leider nicht. Das ist Dr. Joseph Barrett. Er hat dir vieles erzählt, nicht? Die Dinge, die du für deine Erinnerungen hältst. Auch von dem schrecklichen Unfall deiner Eltern hat er dir erzählt.«

Sarah Freeman »Dann geschah etwas Merkwürdiges. Ich sah, wie Dr. Barrett die Lippen bewegte, hörte jedoch nichts. Tom hob den Kopf. In diesem Moment drehte Dr. Barrett die Tafel. Wirre Linien und schimmernde Farbmuster waren zu erkennen. Eine Art Hologramm. Tom erschrak und erstarrte gleichzeitig. Der Ausdruck eines namenlosen Entsetzens war auf sein Gesicht gemeißelt.«

Martin Prey [zitiert von Jason Hincks] »Wir können hier nicht weg, Jason! Sie lassen uns nicht weg! Und die

Straßen aus Porterville raus sind inzwischen komplett abgeriegelt und Dr. Barrett …«

Jason Hincks »Fuck, Martin, hör, verdammt nochmal, endlich mit diesem fucking Dr. Barrett auf, ich kann diese Psycho-Scheiße nicht mehr hören!«

Daniel Chester Kipling »Ich lege den Sack einfach ab. So, wie ich es schon zu oft getan habe. Doch heute ist es anders. Ohne Dr. Barretts Medikament habe ich Skrupel. Funktioniere nicht wie eine auf permanent gute Laune geeichte Maschine.«

***

Stewart Falkner »Der Legende der Seyota zufolge waren diese ›Väter‹ mächtige Dämonen, die in den Tiefen der Erde lebten und über das Schicksal jedes Menschen richteten.«

Hia-Takee [zitiert von Lay-Tohan] »Die, die ich meine, waren schon hier, weit bevor unser Volk diese Wälder betreten hat. Viele Namen hat man ihnen gegeben: Die Großen Väter, Erdgötter, Schattenkrieger. Ihnen allein gehört dieses Land. Was sie begehren, nehmen sie sich. Und wer sie nicht achtet, den vernichten sie.«

Angus Hudson »Allerdings kam es gelegentlich zu gewissen Zwischenfällen mit indianischen Nomadenstämmen. Dies zog mitunter die Notwendigkeit nach sich, einige dauerhafte ›Gäste‹ in die Basis aufzunehmen.«

Martin Prey »So entstanden die Legenden um die Erdgeister, die immer wieder Opfer ins Erdreich hinabzogen. In Wahrheit wurden diese Unglücklichen zu Gefangenen in einem grotesken Menschen-Zoo, tief unter den Wäldern.«

***

Edward Shipman »Ah, das wird sie sein. Pünktlich, diese Peggy Waters von der ›Porterville Times‹. [Er senkt die Stimme.] Also, halte dich jetzt ein bisschen zurück, okay? [Er ruft.] Einen Moment bitte, ... ich öffne die Tür. Hallo, ich bin Edward Leroy Shipman – und Sie müssen Peggy Waters sein, oder?«

Jimmy Barksdale »Shipman lacht. ›Genau dasselbe habe ich Misses Waters auch gefragt. Und glauben Sie mir, da gab es noch ganz andere Fragen.‹ Er wird wieder ernst. ›Kranke Fragen. Und dann bin ich plötzlich eingeschlafen. Das war ein sehr seltsames Interview.‹«

Charles Preston »Ich nahm den metallischen Geschmack von Blut auf meinen Lippen wahr. Es war kein Traum. Peggy saß mir gegenüber am Küchentisch, vor ihr stand die Keksdose, daneben ein seltsamer Apparat, eine Art Diktiergerät. Ich war mit Händen und Füßen an einen Stuhl gefesselt, es war immer noch Nacht.«

Reginald Broadus »Ich schaue Peggy Waters nach, wie sie an der Bar vorbeigeht, wie sie das ›Corey's‹ verlässt. Ihr Gang hat etwas Beschwingtes. Sie hat erfahren, was sie in Erfahrung bringen wollte. Es ging nicht um den Jungen. Sie wusste, dass er hier war. Sie wusste von dem Gespräch. Wahrscheinlich schon bevor sie mit Gus gesprochen hatte. Es ging um mich. Es ging darum herauszufinden, auf welcher Seite ich stehe.«

Melinda McFaden »›Traumatisierte Eltern folgen Tochter in den Tod‹ lautete die Überschrift auf Seite drei. Ich las den Artikel der Reporterin Peggy Waters zweimal.«

Stewart Falkner [zitiert von Martin Prey] »Ständig Drogen und diese Miss Waters mit ihren entsetzlichen Fragen. Ich verliere meinen Verstand ...«

Angus Hudson »Nun, vereinfacht gesagt führt Miss Waters mittels eines speziellen dialogischen Verfahrens einen Charakter-Test durch, der eine differenzierte Einstufung des Watson-Index' zulässt.«

***

Frank Morgan »Schnell wurde klar, dass Stewart Falkner über Jahre hinweg akribische Nachforschungen betrieben hatte. Offensichtlich ging es dabei um ungeklärte Vermisstenfälle, die sich seit der Gründung Portervilles 1877 hier ereignet hatten.«

Martin Prey [zitiert von Sarah Freeman] »Das ist Stewart Falkner. Er hatte einen Nervenzusammenbruch und wurde ins ›St. Christopher's‹ eingewiesen. Er war dort bis zu seinem Tod.«

Martin Prey »Ich schlug die Ausgabe vom 23. Januar 1881 auf. Genau diese Seite hatte Stewart Falkner bei einer anderen Zeitung entfernt und hinter seinem Foto versteckt. Warum? War er einfach nur verrückt geworden?«

Reginald Broadus »›Falkner‹, sagt er. ›Falkner wusste davon.‹ Er atmet einige Male tief durch. ›Der Artikel in der Erstausgabe der ›Porterville Times‹ ... es hängt alles miteinander zusammen.‹ ›Und das, was wir kennen, ist wahrscheinlich nur ein kleiner Teil der Wahrheit.‹«

Angus Hudson »In der Tat, Sheriff. Sie kennen Mr. Prey ja bereits.«

Hank Parker »Selbstverständlich. Unser Exit-Kandidat mit H6-Kennung. Unfassbar zäh, das muss man ihm lassen. Wir nennen ihn hier schon ›Little Falkner‹.«

***

Martin Prey »Wenn es irgendwo etwas geben müsste, dann hier, in der Stadtbibliothek. Stattdessen tauchte immer wieder ein Vermerk auf: ›Ausgeliehen von Stadtverwaltung Porterville, Abteilung Öffentlichkeit‹. Offensichtlich hatte die Stadtverwaltung alles zum Thema Darkside Park ausgeliehen ... ausgeliehen oder aus dem Verkehr gezogen?«

Charles Preston »Er blickte auf die Straße, und ich sah zu meinem Erstaunen, dass sein Kollege eine große, schwere Kiste mit Hilfe einer Sackkarre in ihren Lieferwagen wuchtete. Ein grauer Lieferwagen, auf dem in schwarzen Lettern zu lesen war: ›Stadtverwaltung Porterville‹. Stadtverwaltung? Was hatte die Stadtverwaltung mit dem Anschluss von Kühlschränken zu tun?«

***

Meredith Young [zitiert von Edward Shipman] »Mein Name ist Meredith Young. Suchen Sie etwas Bestimmtes?«

Edward Shipman »Verkaufen Sie auch Tarotkarten?«

Meredith Young »Rider-Waite, Marseille, Crowley oder Hudson?«

Sarah Freeman »Die exzentrisch aussehende Besitzerin, eine gewisse Meredith Young, saß mit weit aufgerissenen Augen über einer Kristallkugel und hielt eine Tarotkarte in die Höhe.«

Kate Harding »Meredith Young gewinnt immer. Sie spielt nicht häufig, aber wenn sie spielt, dann gewinnt sie auch. Das sei der ganze Trick, sagt sie. Nur dann zu spielen, wenn man weiß, dass man gewinnt.«

***

Douglas Benchley »Melinda McFaden legte mir in einer, wie ich fand, etwas zu intimen Geste ihre Hand auf den Arm. »Der Sheriff deutete an, dass Sie in großer Sorge um Menschen sind, die Ihnen nahe stehen.«

Melinda McFaden »Ich sollte ihnen Christine ausliefern. Von mir wollten sie nichts. Sehr wahrscheinlich wussten sie sogar, wer ich war: Melinda McFaden, Vize-Managerin des ›Olympic Regent Hotels‹. Eine der Eingeweihten. Wie gering mein Wissensstand in Wirklichkeit war, sollte ich erst später erfahren.«

***

Daniel Chester Kipling »Brenner stößt eine Nikotinwolke aus und flutet den Aufzug mit einem süßlichen Vanillearoma. ›Schließen Sie die Tür‹, sagt er. ›Und warten Sie einen Moment.‹

Er blickt beiläufig auf einen der Monitore. ›Delfine‹ murmelt er. ›Die werden bald aussterben.‹«

Angus Hudson »Um es auf die reduzierteste Definition zu bringen: Wir sind Anachrons.«

Martin Prey »Anachrons… im Sinne von Anachronismen?«

Angus Hudson »So ist es.«

Martin Prey »Und was soll das bedeuten? Ihr fühlt euch in unserer Zeit nicht heimisch, oder wie?«

Angus Hudson »Wir *sind* in dieser Zeit nicht heimisch, Martin.«

***

Charles Preston »Als ich die Flasche ansetzte, bemerkte ich eine Gestalt, die an einem Fenster im zweiten Stock des gegenüberliegenden Gebäudes stand und auf die Straße hinab sah. Es war die Wohnung von Miss Bikauski, der wir an meinem ersten Samstag ihren Kühlschrank geliefert hatten. Doch am Fenster stand nicht Miss Bikauski. Es war einer der Monteure, mit grauem Overall und Krawatte, der dort hinab sah.«

Jason Hincks »Auf dem Klingelschild neben der Tür im zweiten Stock kann man noch ›Bikauski‹ lesen, die Tür steht offen, nackte Glühbirnen hängen von der Decke, die Bude ist bis auf eine Matratze am Boden des Wohnzimmers komplett leergeräumt.«

***

Angus Hudson »Es gehört zu den unbestrittenen Vorzügen künftiger Generationen, ein Alter erreichen zu können, das man im wahrsten Wortsinn als biblisch bezeichnen kann.«

Kate Harding »Ich stehe auf und gehe zu dem Grabstein hinüber. Ich streiche den Schnee von den Buchstaben: Bernard Harding, 28. Januar 1853 – 13. Oktober 2001. Er ging vor seiner Zeit.«

***

Douglas Benchley »Parker seufzte und legte den Zeigefinger auf das Kästchen. ›Sicher ist nur, dass Sie während Ihres Aufenthalts in Porterville niemals Herr Ihrer Sinne waren. Und wir haben schon acht Meilen vor der Stadtgrenze nahezu alles über Sie gewusst.‹«

Martin Prey »Ihr … ihr seid ja überall – einfach überall! Straßen, Geschäfte, Restaurants, Kirchen … Wohnhäuser – Badezimmer, Schlafzimmer!!«

Hank Parker »Die visuelle Abdeckung liegt derzeit bei 82 Prozent, aber wir steigern uns stetig.«

***

Lay-Tohan »Obwohl ein strenger Wind wehte, wurde der austretende Rauch nicht aufgewirbelt und davongetragen, sondern stieg langsam in drei pfeilgeraden weißen Säulen in die Nacht auf. Horchend schloss ich die Augen: War da nicht ein gedämpftes Summen zu hören, wie aus einem großen Bienenstock?«

Douglas Benchley »Das Summen aus der vergangenen Nacht setzte abrupt wieder ein. Diesmal war es viel intensiver ... schien seinen Ursprung unmittelbar hinter meinen Schläfen zu haben. Ich musste hier raus! Auf dem Weg durchs Zimmer wurde mir schwindlig. Auf dem hellen Teppichboden erschien ein dunkler Fleck, dann ein zweiter und dritter.

Die Nase blutete. Das Summen füllte jetzt meinen ganzen Schädel aus.

Mein Bewusstsein endete so abrupt, als hätte jemand einen Schalter umgelegt … «

***

Jimmy Barksdale »Dann sehe ich sie. Dutzende. Manche schwimmen wie Hunde, andere rudern spastisch mit den Armen. Der Alte verstummt und betrachtet mich aus weißen Augäpfeln. Sie werden mich nicht gehen lassen. Mein Schicksal ist ein anderes.«

Amanda Colvin [zitiert von Kate Harding] »›Erinnerst du dich an den Polizisten, von dem ich dir erzählt habe?‹

Ich nicke. ›Barksdale.‹

›Genau. So hieß er. Keine drei Monate in Porterville, und schon haben sie ihn geholt. Jammerschade…‹«

Angus Hudson »Ach, wo wir hier gerade so nett plaudern – wie ist eigentlich der Stand der Dinge in der Barksdale-Sache?«

Charles, der Hundemann »Alles unter Kontrolle.«

***

Jacob Sullivan [zitiert von Sarah Freeman] »›Ahh, da sind Sie ja. Willkommen in Porterville! Jacob Sullivan.‹

Er streckte die Hand aus, begrüßte Tom und ignorierte mich. Männer unter sich, dachte ich, blieb locker und lächelte.«

Douglas Benchley »Der Makler sah mir intensiv in die Augen. Er streckte die Hand nach Jerry aus, als wollte er ihm über den Kopf streicheln. Jerry wich zurück und versteckte sich hinter meinem Rücken. ›Ich wollte Ihren Jungen nicht erschrecken‹, sagte der Dicke. ›Ein Einbrecher würde sich wohl kaum von seinem kleinen Sohn begleiten lassen.‹ Er zuckte mit den Achseln. ›Ich bin wohl ein wenig gestresst. Die viele Arbeit …! Gestatten, Jacob Sullivan.‹«

Jason Hincks »Big J. braucht seine Droge wie die Wüste den Regen, das sieht ein Blinder mit Krückstock. Er schwitzt und sein krebsrotes Gesicht hebt sich krass von seinem mintgrünen Anzug und der kalkweißen Wand ab. Aber da ich selber einen ziemlichen Scheißtag hinter mir habe und Big J. immer noch wissen sollte, wie man sich gegenüber dem Dealer seines Vertrauens benimmt, haue ich ihm erst mal eine runter. Er zuckt zusammen und starrt mich fassungslos an.

›Jason, du …‹

›Halt die Klappe, Big J. oder willst du hier einen auf großer Immobilienhai machen, Mr. Jacob Sullivan?‹«

***

Douglas Benchley »Der Truckfahrer zwinkerte mir zu. ›Niemand mag es, wenn ein Steak zu einem zweiten Leben erwacht. Stimmt's, Mister?‹

Der Truck setzte sich in Bewegung. Mit einer Beschleunigung, die ich eher einem Sportwagen zugetraut hatte. Ich konnte nur noch das gezeichnete rosafarbene Schwein auf der Ladeklappe erkennen. Es stand auf den Hinterpfoten und grinste gutgelaunt, obwohl man ihm bereits ein riesiges Stück Fleisch aus seinem Rücken geschnitten hatte. Die Wunde klaffte wie ein blutroter Halbmond.«

Jason Hincks »Von der Ladeklappe des Fleischtransporters grinst mir ein aufgemaltes Schwein entgegen. ›Morris Fine Foods‹ steht darüber, und dem grinsenden Schwein hat man das erste Steak schon aus dem Rücken geschnitten, trotzdem grinst es noch, was ich selten dämlich finde.«

Daniel Chester Kipling »Eine hagere Frau trägt ein viel zu weites T-Shirt mit einem lachenden Schwein, aus dem man bereits das Filetstück herausgeschnitten hat. ›Niemand mag es, wenn ein Steak zu einem zweiten Leben erwacht‹, teilt es uns in einer Sprechblase mit.«

***

Sarah Freeman »Mit lautem Knall fiel eine Tür ins Schloss. Wir zuckten zusammen. Eine ältere Dame mit schmieriger Hornbrille und abgenutztem Kostüm trat auf die Straße. Sie erkannte sofort, dass wir ortsfremd waren. Wahrscheinlich allein deshalb, weil wir vor ihrer Tür standen. Offensichtlich taten normale Menschen das nicht.«

Melinda McFaden »›Wo ist Madame Rose?‹

›Zurückgekehrt. Ihre Arbeit in Porterville ist beendet.‹ Ich verstand nicht.

›Es existieren keine Lücken im System‹, fuhr der Kellner fort. ›Oder dachten Sie wirklich, Madame Rose hätte sonst hier, unmittelbar neben dem ›Abidias Asylum‹, wohnen dürfen? Ihre Aufgabe war Kontrolle. Darauf zu achten, welche verdächtigen Elemente sich hier aufhalten.‹«

***

Lay-Tohan »Und wahrhaftig – tief unter uns ragte weiß leuchtend die gewölbte Oberfläche des Mondes aus dem dunklen Erdreich hervor. Auf ihr wandelten in unvorstellbaren Bewegungen die Schattengötter umher. Bei ihrem Anblick traten mir Tränen der Ehrfurcht und Angst in die Augen. Diese Wesen waren grauenvoll und erhaben zugleich. Ihre Farbe reichte von tiefem Blutrot bis zum leuchtendsten Gelb der Mittagssonne.«

Martin Prey »Unfassbar … was für ein riesiger Tunnel! Wo man nur hinsieht, glänzender Stahl, Schleusen und Türen. Und all diese Leute in ihren roten und gelben Overalls …«

***

Frank Morgan »Wäre es möglich, dass ihr Sohn zusammen mit seinem Freund Toby das leerstehende Gebäude als geheimen Ort zum Spielen genutzt hatte? Und waren sie dort vielleicht auf irgendetwas gestoßen? Etwas … Verbotenes?«

Charles Preston »Ein Schrei drang aus meiner Kehle und es war, als wäre es nicht meine Stimme, die da schrie. Als wäre es die Stimme eines zehnjährigen Jungen, der im Flur eines gespenstischen Hauses steht und mir zuruft: ›Lauf weg, Toby, lauf! Laaaauuuf, Toby!‹«

***

Peggy Waters [zitiert von Charles Preston] »Ich stelle dir jetzt eine Frage.«

Edward Shipman [zitiert von Jimmy Barksdale] »Sie warten auf die Bahn, es ist frühmorgens, Sie sind auf dem Weg zur Arbeit.«

Peggy Waters [zitiert von Charles Preston] »Der Bahnsteig ist leer, abgesehen von dir und einem Betrunkenen.«

Edward Shipman [zitiert von Jimmy Barksdale] »Einem groben, ungewaschenen Kerl, der die ganze Zeit über Flüche ausstößt.«

Peggy Waters [zitiert von Charles Preston] »Er beschimpft dich und droht, dir die Fresse zu polieren.«

Edward Shipman [zitiert von Jimmy Barksdale] »Aber vorher müsse er noch… pissen.«

Peggy Waters [zitiert von Charles Preston] »Er stellt sich also an den Rand des Bahnsteigs und uriniert auf die Gleise.«

Edward Shipman [zitiert von Jimmy Barksdale] »Auf der Anzeige sehen Sie, dass die Bahn in einer Minute kommt.«

Peggy Waters [zitiert von Charles Preston] »Was tust du?«

Die Autoren von

»Darkside Park – Das letzte Geheimnis«

Ivar Leon Menger studierte in Hildesheim Grafik-Design und arbeitete fünf Jahre in der Frankfurter US-Werbeagentur ›Ted Bates‹ als Texter. Seit 2001 arbeitet Menger als freischaffender Werber, Regisseur und Autor u. a. für Jung von Matt, den Axel Springer Verlag und Sony/BMG. Seine Arbeiten erhielten zahlreiche Auszeichnungen. Im Jahr 2009 gründete Menger seinen eigenen Hörbuchverlag ›Psychothriller GmbH‹.

Hendrik Buchna, geboren in Hamburg, studierte Kunst, Germanistik und Psychologie. Seit 2006 arbeitet er als freier Autor. Seine Hörspiele erhielten zahlreiche Preise und wurden bislang mit drei Goldenen Schallplatten ausgezeichnet. Bisherige Veröffentlichungen (Auswahl): »DiE DR3i« Folge 1 »Das Seeungeheuer«, Folge 3 »Verschollen in der Zeit«, Folge 5 »Das Haus der 1.000 Rätsel«; »Die drei ??? und der dreiTag« / Folge 1 »Der Fluch der Sheldon Street«.

Die Autoren von

»Darkside Park – Das letzte Geheimnis«

Als Kind begann **Christoph Zachariae**, Kurzgeschichten zu schreiben. Später studierte er Filmwissenschaften und Philosophie. Aus eigenen Drehbüchern entstanden erste Kurzfilme, die auf zahlreichen Festivals liefen. Er wechselte an die Filmakademie Ludwigsburg, schloss ein Regiestudium ab und machte seine Leidenschaft – Horror, Thriller & Phantastik – zum Beruf. Er lebt in Berlin.

John Beckmann, geboren 1981 in Hamburg, studierte nach dem Abitur BWL und arbeitete als Altenbetreuer, Call-Center-Agent und Lagerarbeiter. Er ist freiberuflicher Autor für Kurzgeschichten, Hörbücher und Hörspiele. Neben zahlreichen Veröffentlichungen in Anthologien und Zeitschriften erscheint seine Krimi-Hörspielserie ›Lady Bedfort‹ seit 2007 beim ›Hörplanet‹.

Die Autoren von

»Darkside Park – Das letzte Geheimnis«

Simon X. Rost, Jahrgang 1972, Regisseur und Autor für Spielfilm, Werbung, Hörspiel und Theater. 2004 kam sein Kinodebüt bundesweit auf die Leinwand, erfolgreiche TV-Movies folgten, mehrere neue Filme sind in Arbeit. ›Die Playmos‹ und ›Mitschnitt‹ sind Hörspielserien aus seiner Feder. Im Frühjahr 2010 erschien sein erster Roman ›Der fliegende Mönch‹. Mit seiner Frau und seinen beiden Söhnen lebt und arbeitet Rost in Stuttgart.

Durch **Raimon Weber**s Gesamtwerk – ob Roman oder Hörspiel – zieht sich der besondere Blick für das Unheimliche. Er schrieb für preisgekrönte Serien wie ›Gabriel Burns‹ und ›Point Whitmark‹. Seine Recherchen treiben ihn in die geschlossene Forensische Psychiatrie, auf hohe Fabrikschornsteine oder in Verbrennungsanlagen für amputierte Gliedmaßen. Weber liebt seinen Beruf.

Ivar Leon Mengers
Darkside Park

Weitere Bücher von »**Darkside Park**«:

Ivar Leon Mengers

Thriller

Darkside Park

Erstes Buch

Ankunft in Porterville

Manche Menschen verschwinden spurlos. Andere kommen völlig verändert zurück. Entdecken Sie das dunkle Geheimnis von Porterville, der scheinbar friedlichen Stadt an der Ostküste Amerikas ...! Der Start der spannenden Thriller-Trilogie. Sechs verschiedene Menschen, sechs verschiedene Schicksale und ein Geheimnis, das alles miteinander verbindet. Darkside Park - die mehrfach prämierte Thriller-Serie in drei Büchern. Verfasst von den bekannten Hörspiel-Autoren Hendrik Buchna, Christoph Zachariae, John Beckmann, Simon X. Rost und Raimon Weber.

Taschenbuch - 9,90 € - ISBN 978-3-942277-08-2

Thriller

Darkside Park

Zweites Buch

Wege in die Dunkelheit

Was ist das dunkle Geheimnis des ›Frozen King‹? Kann Sarah Freeman ihren Freund Tom retten? Es geht spannend weiter mit dem zweiten Buch von Darkside Park. Sechs verschiedene Menschen, sechs verschiedene Schicksale und ein Geheimnis, das alles miteinander verbindet.

Darkside Park - die mehrfach prämierte Thriller-Serie in drei Büchern. Verfasst von den bekannten Hörspiel-Autoren Hendrik Buchna, Christoph Zachariae, John Beckmann, Simon X. Rost und Raimon Weber. Ab Sommer 2010 im Handel erhältlich!

Taschenbuch - 9,90 € - ISBN 978-3-942277-09-9

»**Darkside Park**« als Hörbücher:

Ivar Leon Mengers

Darkside Park *Staffel 1*

Beste Lesung 2009 (Hörspiel-Award 2010), Hörbuch des Monats (Hörspiel-Award 2009), Prädikat: Sehr gut (hörBücher Magazin). Manche Menschen verschwinden spurlos. Andere kommen völlig verändert zurück. Entdecken Sie das dunkle Geheimnis von Porterville, der scheinbar friedlichen Stadt an der Ostküste Amerikas ...! Mit vielen bekannten Synchronsprechern, wie z.B. den deutschen Stimmen von Brad Pitt, Kevin Spacey, Drew Barrymore, Anthony Perkins und Leonardo DiCaprio.

Audiobook – 6 CDs - 19,95 € - ISBN 978-3-942261-00-5

Darkside Park *Staffel 2*

Was ist das dunkle Geheimnis des ›Frozen King‹? Kann Sarah Freeman ihren Freund Tom retten? Es geht spannend weiter - mit der zweiten Staffel von Darkside Park. Mit vielen bekannten Synchronstimmen, wie z.B. von Johnny Depp, Matt Damon, Nicolas Cage, Liz Sheridan, Drew Barrymore und Morgan Freeman.

Audiobook – 6 CDs - 19,95 € - ISBN 978-3-942261-01-2

Darkside Park *Staffel 3*

Ausgezeichnet mit dem ›Innovationspreis 2010‹ (Ohrkanus 2010). Erleben Sie auf 7 CDs das spannende Finale der preisgekrönten Thriller-Hörbuchserie Darkside Park und tauchen Sie mit Martin Prey ein - in das dunkle Geheimnis der Stadt Porterville ...!
Mit vielen bekannten Synchronsprechern, wie z.B. den deutschen Stimmen von Leonardo DiCaprio, Snoop Dogg, Colin Farrell, Gillian Anderson, Jack Nicholson und Michael Caine.

Audiobook – 7 CDs - 19,95 € - ISBN 978- 3-942261-02-9

Die Hörbücher sind erschienen im

Verlag Psychothriller GmbH